Herzklopfen am Bodensee

Das Buch

Andrea Karlsberg arbeitet in ihrer Praxis in Gauting bei München, als sie über dem Grundstück einen Rettungshubschrauber hört. Darin liegt ihr schwerverletzter Verlobter Gerhard, der jedoch nicht allein im Unfallwagen saß, sondern gemeinsam mit Ellen Häuser, seiner Sekretärin.

Für Andrea bricht eine Welt zusammen, und sie setzt Gerhard auf die Straße. Um Abstand von ihm zu gewinnen, besucht sie ihre Cousine Bettina am Bodensee. Dort erfährt sie von einer Tierarztpraxis, wo sie als Partnerin einsteigen könnte. Nach einigem Zögern nimmt sie das Angebot an. Der neue Lebensabschnitt beginnt turbulent: Noch ehe sie ganz angekommen ist, muss sie ein Pferd verarzten. Es gehört dem attraktiven Hotelier Markus Eichner … Doch wird es wirklich so einfach mit dem Neuanfang am Bodensee?

Die Autorin

Johanna Nellon lebt mit ihrem Mann und einer Katze in Köln. Sie ist Drehbuchautorin und schreibt seit vielen Jahren auch Romane.

Von Johanna Nellon sind in unserem Hause bereits erschienen:

Ein Sommer am Chiemsee
Liebesleuchten am Bodensee
Marillenglück und Gummistiefel
Nussgipfel und Alpenglück

2. Band

Johanna Nellon

Herzklopfen am Bodensee

Roman

List Taschenbuch

Besuchen Sie uns im Internet:
www.list-taschenbuch.de

MIX
Papier aus verantwortungsvollen Quellen
FSC® C083411

Originalausgabe im List Taschenbuch
1. Auflage April 2017

Umschlaggestaltung: bürosüd° GmbH, München
Titelabbildung: www.buerosued.de
Satz: Pinkuin Satz und Datentechnik, Berlin
Gesetzt aus der Janson
Druck und Bindearbeiten: CPI books GmbH, Leck
ISBN 978-3-548-61327-7

1

Du solltest dich endlich um ein Brautkleid kümmern. In fünf Wochen ist Hochzeit, aber die Braut interessiert sich mehr für trächtige Kühe, scheinschwangere Dackel und alte Kater als für ein weißes Kleid.« Daniela Meyerbeer hob einen fetten schwarzweißen Kater auf den Untersuchungstisch.

»Ach, das Kleid ... Davon gibt es Tausende in München zu kaufen. Irgendeins wird mir schon passen.« Ohne ihre langjährige Freundin und Mitarbeiterin anzusehen, schob sich Andrea Karlsberg das Stethoskop in die Ohren und horchte den Kater ab.

»Na also, mein Dicker, das hört sich doch gut an.« Sie kraulte den Kater hinter den Ohren. »Wenn sich dein Frauchen jetzt noch an meine Ratschläge hält und dich nicht mehr überfüttert, hast du noch ein paar gute Jahre.«

»Das wird sein Frauchen aber nicht tun. Im Gegenteil, es wird ihn wieder so lange mit ungesundem Zeug vollstopfen, bis er erneutes Nierenversagen kriegt und hier landet. Oder er stirbt an Herzverfettung.« Daniela hob den leise maunzenden Kater in seinen Korb zurück. »Ich werde nie verstehen, warum die Leute ihren Tieren so was antun.«

»Die meisten haben nur dieses Tier als Bezugsperson – und sie verwöhnen es eben. Auch wenn es unvernünftig ist.«

»Zum Glück hast du deinen Gerhard zum Liebhaben.« Daniela seufzte leise. »Er ist ein Traummann. Obwohl …« Sie biss sich auf die Lippe, erwiderte dann aber: »Manchmal ist er mir ein bisschen zu materiell eingestellt.«

»Na ja, er hat so seine Macken. Und er ist ausgesprochen geschäftstüchtig. Das ist auch nicht falsch.« Die blonde Tierärztin brachte den behandelten Kater selbst zu seiner Besitzerin zurück und gab der zierlichen alten Dame ein paar Verhaltensmaßregeln mit auf den Weg. Danach behandelte sie, assistiert von Daniela, noch eine trächtige Hündin, einen Kanarienvogel und kastrierte zwei Kater.

Am Schluss erneuerte sie bei dem mächtigen Bernhardiner, den man ihr vor zwei Stunden mit einem heftigen Epilepsieanfall gebracht hatte, die Infusion. Apathisch und mit halbgeschlossenen Augen lag der große Hund in einer der Boxen, die Andrea in der Scheune installiert hatte, und reagierte kaum, als sie ihm liebevoll zuredete. Sie kontrollierte vorsichtshalber sein Herz, maß Fieber und machte sich dann zu einem Hausbesuch auf, da mit dem Bernhardiner so weit alles in Ordnung zu sein schien.

»Pass nur ja auf bei den Wagners«, mahnte Daniela und sah der Freundin nach, die in ihren graublauen alten Kombi stieg und kurz die Hand hob.

Die Wagner-Brüder wohnten nur ein paar Straßen entfernt und besaßen drei Pythonschlangen, von denen eine den erfahrenen Tierhaltern Sorge machte. Sie fraß nicht und lag apathisch in einer Ecke des großen Terrariums.

Vorsichtig untersuchte Andrea das Tier. Sie hatte keine Angst vor Schlangen, und diese Python war gerade mal einen Meter lang. »Sie hat Bakterien. Deshalb liegt sie auch gerne in ihrem Wasserbecken«, diagnostizierte sie schließlich.

»Aber das kann nicht sein!« Jens Wagner fuhr sich mit beiden Händen durch die blonden dichten Locken. »Wir halten die Terrarien peinlich sauber, das wissen Sie doch, Frau Doktor.«

»Sicher. Aber woher wollen Sie wissen, dass nicht eins der Futtertiere mit Bakterien infiziert war?« Andrea zog eine Spritze auf und injizierte ein Antibiotikum. »Das Mittel ist erprobt«, erklärte sie. »Noch drei, vier Injektionen, dann ist Ihre Schlange sicher auf dem Weg der Besserung. Falls nicht, müssten Sie sie in eine Tierklinik bringen, die auf Schlangenkrankheiten spezialisiert ist. Aber ich bin sicher, dass sie sich bald erholt«, fügte sie rasch hinzu, als sie die bedrückten Gesichter der beiden jungen Männer sah.

Nach diesem ungewöhnlichen Hausbesuch fuhr sie noch zu drei weiteren Adressen, doch dort gab es keine besonderen Vorkommnisse.

Im Westen verfärbte sich der Himmel, die Gipfel der fernen Alpen wirkten, als wären sie mit einem rotgoldenen Tuch bedeckt worden. Noch lag Schnee auf den Spitzen, der Winter hatte sich im Gebirge noch nicht ganz verabschiedet, doch im Flachland hielt bereits der Frühling Einzug.

Für ein paar Minuten blieb Andrea hinter dem Lenkrad ihres Wagens sitzen und genoss die Ruhe und das schöne Szenario. Sie ließ den Blick schweifen, sah die braunen Rinder des Huber-Bauern, die sie vor einigen Wochen geimpft hatte, schaute hinüber zu den vier Haflingern, die der leidenschaftliche Pferdezüchter Bernd Huber oft vor seine alte Kutsche spannte.

Das hier, das ist meine Welt, dachte Andrea, und wieder einmal fragte sie sich, ob sie sich an einer Tierklinik in München wohlfühlen könnte. Gerhard, ihr Verlobter, hatte ihr vorgeschlagen, sich dort zu bewerben. Er liebte die Großstadt, besaß ein weitläufiges Apartment in Schwabing und wollte, dass sie nach der Hochzeit mit ihm dort lebte. Seit Monaten drängte er sie, die Praxis »auf dem Land«, wie er Gauting nannte, zu verkaufen oder zumindest zu verpachten, doch Andrea hatte sich noch nicht dazu durchringen können.

Ihre Arbeit als niedergelassene Tierärztin – das war der einzige Streitpunkt zwischen Gerhard und ihr. Seit gut einem Jahr kannte sie den erfolgreichen Immobilienmakler, Hals über Kopf hatte sie sich auf einer Party bei Bekannten in ihn verliebt. Sie waren ein schönes, harmonisches Paar, und die bevorstehende Heirat war in Gerhards Augen mehr als überfällig. Schon wenige Monate nach ihrem Kennenlernen hatte er Andrea einen Heiratsantrag gemacht.

Andrea allerdings hatte sich zunächst nicht entscheiden können. Sie liebte ihre Unabhängigkeit, liebte ihren Beruf, liebte das alte, geschmackvoll renovierte Bauernhaus am Ortsrand von Gauting, in dem sie lebte und in dem sich auch ihre Praxis befand. Ein Onkel hatte ihr den Besitz samt drei Hektar Land vor Jahren vererbt.

Als »brachliegendes Kapital« hatte Gerhard den Hof vor ein paar Tagen noch bezeichnet. »Im Umland von München bezahlen die Leute ein Vermögen für ein großes Grundstück in dieser Lage. Wenn du den ganzen Krempel verkaufst, könnten wir uns ein Haus kaufen. Oder, besser noch, eine Penthousewohnung direkt in der Innenstadt. Und es bliebe immer noch genug übrig, um sorglos leben zu können.«

Doch so sehr er auch drängte, Andrea zögerte, diesen entscheidenden Schritt zu tun. Allerdings war ihr auch klar, dass eine Ehe auf Dauer nicht funktionieren konnte, in der die Frau auf dem Land und der Ehemann in einer Luxuswohnung in der Stadt lebte.

Sie zuckte zusammen, als hinter ihr das dumpfe Tuten eines Traktors ertönte.

»Probleme, Frau Doktor?«, erkundigte sich der Huber-Bauer, der von seinem Gefährt gestiegen war und sich neben Andreas Wagen stellte.

»Nein, nein, alles in Ordnung. Ich hab mich nur in dem schönen Anblick des Sonnenuntergangs verloren.«

»Ja, ja, unsere Heimat ist einmalig schön. Wenn's auch oft Arbeit macht, die Hangwiesen zu mähen«, fügte er lakonisch hinzu.

Andrea nickte. »Schönen Feierabend«, wünschte sie ihm.

»Ihnen auch, Frau Doktor. Und bis bald. Sie denken ja dran, dass bald die alte Fanny kalben wird. Die Gute kriegt noch mal Zwillinge.« Er kratzte sich am Kinn. »Hoffentlich geht alles gut, meine Frau hängt an dem Tier. Sie hat die Fanny mit der Flasche großgezogen.«

»Ich komme, sobald Sie mich rufen.« Andrea startete den Motor, nickte dem Bauern noch einmal zu und fuhr dann weiter. Sie freute sich auf einen ruhigen Abend, den sie mit dem neuen schwedischen Krimi verbringen wollte, den sie sich am Vormittag gekauft hatte. Gerhard würde in München bleiben, er hatte am Abend noch einen Kundentermin.

Gerade, als sie in die breite Einfahrt zu ihrem Haus einbog, die von einer halbhohen Ligusterhecke gesäumt wurde, klingelte ihr Mobiltelefon.

»Karlsberg.«

»Hey, Andrea, ich bin's, Bettina.«

»Hallo, Bettina. Was gibt's?« Sie fuhr den Wagen vor die links vom Haus neu gebaute Garage.

»Gute Neuigkeiten. Richard kann jetzt doch mit zu eurer Hochzeit kommen. Die Dreharbeiten zu seinem neuen Film verzögern sich.« Bettina Meiningen, Andreas Cousine, war seit knapp drei Jahren mit einem bekannten Schauspieler verheiratet. Die beiden lebten auf dem Weingut der Meiningens am Bodensee, wo Richard mithalf, sofern er nicht drehen musste. Wenn er in den Weinbergen arbeitete, erkannte niemand in ihm den berühmten Rick Meinhard, der schon in den USA gedreht hatte und der Hauptdarsteller eines dreiteiligen Fernsehfilms gewesen war, der beste Kritiken erhalten hatte. Seither war seine Bekanntheit noch gestiegen, die Aufträge und Angebote mehrten sich.

»Das wird meine Sprechstundenhilfe umhauen. Daniela schwärmt so für ihn.«

»Hoffentlich ist sie nicht enttäuscht, wenn sie ihn in natura sieht.« Bettina lachte. »Ich bin jedenfalls froh, dass er mitkommen kann.« Ihre letzten Worte wurden vom Rotorengeräusch eines Rettungshubschraubers geschluckt. »Wir telefonieren noch mal«, rief sie, dann brach das Gespräch ab.

Andrea stieg aus dem Wagen und sah nach Süden, wo der Hubschrauber in Richtung Starnberger See entschwand. Auf der Autobahn, die zum See führte, passierten immer wieder schwere Unfälle, und auch die Nebenstraßen waren unfallträchtig.

Von der nahen Koppel erklang nervöses Wiehern, und Mucki, die schwarze Katze, die Andrea vor einem Jahr halbverhungert im Garten gefunden und gesund gepflegt hatte, kam ums Hauseck und schmiegte sich an ihre Beine.

»Dich könnte ich auch nicht mitnehmen nach München«, murmelte Andrea, und ein Schatten fiel über ihr Gesicht.

2

Die Federn des alten blauen Sessels quietschten leise, als sich Andrea hineinkuschelte und die Füße über die rechte Lehne hängte. Unwillkürlich musste Andrea schmunzeln. Schon als Kind hatte sie in dieser Haltung gern gelesen, der alte Sessel war das einzige Möbelstück, das sie aus der Wohnung ihrer Großeltern mitgenommen hatte. Sie hatte ihn aufarbeiten und neu beziehen lassen. Und wenn sie jetzt die Füße über die Lehne legte, schimpfte auch niemand mehr mit ihr, so wie früher, als sie von ihrer Großmutter regelmäßig gerügt worden war. Allerdings hatte Gerhard den Kopf geschüttelt, als er mitbekommen hatte, dass sie in das alte Möbelstück Geld investiert hatte.

»Das Ding gehört auf den Sperrmüll, wie konntest du nur so viel Geld fürs Aufarbeiten ausgeben?«

»Ich liebe diesen Sessel.«

»Und ich finde ihn scheußlich. Glaub bloß nicht, dass ich ihn in meiner Wohnung haben will.«

Das werden wir ja noch sehen, hatte Andrea damals nur gedacht und sich auf keine weiteren Diskussionen eingelassen. Allerdings war es nicht das erste Mal, dass ihr Verlobter und sie völlig gegensätzliche Ansichten und Vorlieben hatten, aber beide diskutierten das nicht aus. Natürlich gab es auch etliche Gemeinsamkeiten. Sie besuchten beide gern Konzerte und Museen, vor allem die Impressionisten liebten beide. Und auch in puncto Urlaub waren sie sich bislang stets einig gewesen. Sie liefen beide sehr gut Ski, mochten keinen Strandurlaub.

Aber ... das waren Dinge, die nicht so gravierend waren, dass sie die Grundlage für ein langes gemeinsames Leben bilden konnten.

Während sie sich in die ersten zwei Kapitel des Krimis vertiefte, aß Andrea ein Brot, das dick mit duftendem Heublumenkäse belegt war. Einer der Bauern in der Gegend produzierte diesen Käse, der hervorragend schmeckte. Dazu passte der Roséwein vom Bodensee ausgezeichnet. Zu Ostern hatte ihr Bettina eine Kiste davon geschickt. Die junge Winzerin, die sich erst nach der Hochzeit in den Betrieb eingearbeitet hatte, war sehr stolz auf dieses neue Produkt.

Andrea wollte sich gerade noch ein halbes Glas eingießen, als ihr Mobiltelefon klingelte. Mit einem kleinen Seufzer legte Andrea das Buch zur Seite und meldete sich.

»Schwester Marie-Christine vom Klinikum rechts der Isar. Frau Doktor Karlsberg?«

»Ja, bitte?« Andreas Puls beschleunigte sich.

»Wir haben Ihren Namen in den Papieren von Gerhard Gschwendner gefunden. Darin steht, dass Sie im Fall eines Unfalls benachrichtigt werden sollen. Herr Gschwendner ist vor einer Stunde hier eingeliefert worden und ...«

»Was ist mit ihm?« Andrea musste sich bemühen, das Zittern in ihrer Stimme zu unterdrücken. »Ich bin seine Verlobte.«

»Er hatte einen Unfall.« Die Schwester zögerte sekundenlang, dann fuhr sie fort: »Es wäre gut, wenn Sie kommen könnten.«

»Ja … danke. Ich komme sofort.« Andrea als Medizinerin wusste, dass es schlecht um Gerhard stehen musste, wenn man sie dringend bat, zu kommen.

Sekundenlang blieb sie mit geschlossenen Augen im Sessel sitzen. Ihr Herz raste, und sie glaubte für ein paar Atemzüge lang, nicht aufstehen zu können.

Gewaltsam riss sie sich zusammen. Ein Glück, dass sie das zweite Glas Wein noch nicht angerührt hatte!

Die Fahrt durch die einsetzende Dämmerung kam ihr unendlich lang vor. Das große Gebäude der Uniklinik war hell erleuchtet, der Parkplatz auch jetzt noch voll besetzt. Zwei Krankenwagen kamen Andrea entgegen, und in der weitläufigen Halle herrschte reges Kommen und Gehen.

Als sie sich endlich zum OP-Trakt durchgefragt hatte, war ihr elend vor Aufregung. Eine ältere Pflegerin kam gerade aus der breiten, doppelflügeligen Milchglastür, über der *OP-Bereich – Eintritt verboten* stand.

»Bitte, Schwester …« Andrea stellte sich der Schwester, deren Gesicht grau vor Müdigkeit war, in den Weg. »Können Sie mir etwas über das Befinden von Herrn Gschwendner sagen? Man hat mich angerufen und über seinen Unfall informiert.«

»Das war ich.« Die grauhaarige Schwester griff nach Andreas Arm und zog sie ein paar Schritte zur Seite. »Der Patient wird noch operiert. Er hat innere Verletzungen erlitten. Ebenso seine Begleiterin. Sie hat einen Armbruch und leider sehr schwere Gesichtsverletzungen. War wohl nicht angeschnallt.«

»Seine Begleiterin?«

Die Schwester nickte. »Ja. Er war nicht allein im Wagen. Tut mir leid.«

»Wann kann ich ihn sehen?« In ihrer Angst um Gerhard hörte Andrea gar nicht richtig zu.

Ein kurzer, mitleidiger Blick streifte sie. »Die Operation wird sicher noch länger dauern.« Die Schwester wies auf eine kleine Sitzecke. Helle Plastikstühle waren um einen ovalen Tisch gruppiert, auf dem ein paar zerlesene Zeitschriften lagen. »Man wird Ihnen Bescheid sagen, wenn er aus der Narkose erwacht ist. Mich entschuldigen Sie bitte, ich muss zur Intensivstation.«

Andrea war versucht, die Schwester noch einmal zurückzuhalten, doch sie sah ein, dass es sinnlos war. Mit schweren Schritten ging sie zu den vier Stühlen, doch sie setzte sich nicht. Blicklos, mit Tränen in den Augen schaute sie aus dem hohen Fenster in die Nacht hinaus.

Erst nach und nach drang in ihr Bewusstsein, was die Schwester gesagt hatte: Gerhard war schwer verletzt – genau wie seine Begleiterin!

Seine Begleiterin ... Wer hatte mit ihm im Wagen gesessen? Eine Kundin? Eine Anhalterin?

Für kurze Zeit klammerte sie sich an diesen Gedanken. Doch im tiefsten Innern wusste sie, wer die Beifahrerin gewesen war: Ellen Häuser, Gerhards Sekretärin. Und Geliebte.

Schon vor Monaten hatte sie mitbekommen, dass er eine Affäre mit dieser Frau hatte. Ellen Häuser hatte ihr irgendwann aufgelauert, als sie abends von einem Besuch bei einem Bauern mit zwei kranken Schafen heimgekommen war.

Ungeniert hatte die schöne rothaarige Frau ihr erklärt: »Gerhard und ich lieben uns. Geben Sie ihn endlich frei. Er liebt Sie nicht, nur Ihr Geld. Und das hier …«, eine weit ausholende, das Terrain umfassende Handbewegung war gefolgt, »das hier hasst er. An dieser Hütte und dem Land interessiert ihn nur das Geld, das ein Verkauf einbringen wird.«

»Sie lügen. Gehen Sie!«

Es hatte Andrea Mühe gekostet, die Nerven zu bewahren. Und es war ihr auch schwergefallen, Gerhard zur Rede zu stellen. Doch er hatte sie beruhigt und mit treuem Blick gesagt: »Diese Ellen … Wir hatten mal was miteinander, aber das ist lange her. Sie kann nur nicht akzeptieren, dass ich sie nicht mehr liebe, sondern dass mein ganzes Herz dir gehört. Deshalb hat sie mich bei dir verleumden wollen.«

Er hatte damals so leidenschaftlich, so intensiv auf Andrea eingeredet, ihr mit so vielen schönen Worten klargemacht, dass sie seine große Liebe war, dass Andrea ihm geglaubt hatte.

Sie erinnerte sich noch an die Nacht, die nach der Aussprache gefolgt war. Mit unendlicher Zärtlichkeit hatte Gerhard sie geliebt, sie so verwöhnt wie noch kein Mann zuvor.

Und sie war glücklich gewesen.

Glücklich und vertrauensselig …

Zäh krochen die Minuten dahin. Hin und wieder kam eine Schwester aus der Milchglastür, hastete über den Flur, kehrte zurück und verschwand wieder im OP-Bereich.

Fast vier Stunden dauerte es, bis ein junger Assistenzarzt zu Andrea kam. »Der Eingriff ist geglückt«, erklärte er und reichte ihr flüchtig die Hand. »Es war knapp. Aber unser Chef hat wieder mal sein Bestes gegeben.«

»Kann ich zu meinem Verlobten?«

Der blonde Arzt mit der schwarzen Hornbrille, die überhaupt nicht zu seinem schmalen Gesicht passte, nickte. »Ich bringe Sie zur Intensivstation. Aber Sie können nur kurz bleiben.«

»Danke.« Andrea fragte sich, wieso sie in dieser Situation darüber nachdenken konnte, dass die Brille dem jungen Arzt so gar nicht stand. Verrückt!

Und dann stand sie an Gerhards Bett. Sein Gesicht war kaum zu erkennen, so zerschunden war es. Ein Verband verbarg die braunen Haare, über der Nase klebte ein festes Pflaster, leise summten die Instrumente, die neben dem Pflegebett standen.

»Er hat die Nase gebrochen und eine tiefe Risswunde am Haaransatz.« Eine Intensivmedizinerin mit olivfarbener Haut trat neben Andrea. »Aber das sind unbedeutende Verletzungen. Am schlimmsten sind die Wirbelbrüche. Zudem musste Professor Meyers die Milz entfernen. Und auch seine Lunge ist verletzt. Eine Rippe hat sich hineingebohrt.«

»Wirbelbrüche?« Andreas Stimme klang hohl.

»Ja. Drei.« Die Ärztin sah Andrea aus ihren dunklen Augen ernst an. »Er muss eine Weile in einer Gipsschale liegen, sonst droht doch noch eine Lähmung. Die Nervenbahnen sind …« Sie wollte ein paar weitere Erklärungen abgeben, aber Andrea unterbrach sie:

»Ich bin Veterinärmedizinerin. Ich weiß Bescheid.« Vorsichtig griff sie nach Gerhards Hand, in der eine Infusionsnadel steckte. »Kann ich noch eine Weile bleiben?«

»Fünf Minuten. Bitte nicht länger.«

»Danke.«

Dann saß sie neben ihm, schaute auf die Instrumente, die seine Lebensfunktionen aufzeichneten, in sein

Gesicht, auf seinen Mund, den sie so oft geküsst hatte. Zärtlich strich sie mit dem Zeigefinger über die rissigen Lippen.

Gerhards Lider flatterten. »Ellen … was ist mit Ellen …« Er öffnete die Augen nicht, doch an den Instrumenten war abzulesen, dass sich sein Puls beschleunigte.

Andrea zog ihre Hand zurück, als hätte sie sich verbrannt.

Die indische Ärztin kam zurück und forderte sie auf: »Bitte gehen Sie. Der Patient braucht unbedingt Ruhe.« Sie warf einen Blick auf die Instrumente, dann gab sie der Schwester, die sie begleitete, Anweisung, ein Medikament aufzuziehen. Doch ehe sie es injizierte, drängte sie Andrea aus der schmalen Kabine.

3

Morgen, spätestens übermorgen wird's regnen.« Bettina Meiningen blieb stehen und blickte über den hohen Rebhang hinweg zum Bodensee hin, der sich in strahlendem Blau präsentierte. »Endlich!«

»So was kann auch nur eine Winzerin sagen.« Zärtlich legte Richard Meiningen den Arm um seine Frau. »Die Touristen genießen lieber die Sonnentage. Und ich, ehrlich gesagt, auch.«

»Du hast nur keinen Bock drauf, uns beim Biegen und Hochbinden der Reben zu helfen, gib's zu!«

»Unsinn! Mit dir zusammen macht sogar die Rebenerziehung Spaß.« Treuherzig sah Richard seine Frau an. »Wobei ich zugeben muss, dass ich andere Dinge lieber mache. Das hier, zum Beispiel.« Übermütig zog er sie in die Arme und küsste sie. »Hab ich dir heute schon gesagt, wie glücklich du mich machst?«

»Nein.« Lachend schaute sie ihn an. Wie sehr sie ihn liebte! Und wie glücklich sie mit ihm war! Vor gut vier Jahren hatten sie sich während eines Unwetters am Bodensee kennengelernt. Damals hatte Bettina nicht gewusst, dass der Mann, mit dem zusammen sie einen kleinen Hund aus dem Wasser rettete, der berühmte Filmstar Rick Meinhard war.

Und Richard hatte sie lange im Unklaren gelassen. Er arbeitete in seiner Freizeit auf dem Weingut mit, unterstützte seinen alten Großvater, der den Besitz nach dem Tod von Sohn und Schwiegertochter bewirtschaftete. Ottmar Meiningen hatte Bettina schon bei ihrem ersten Besuch auf dem schönen alten Besitz ins Herz geschlossen. Und als sie sich entschloss, ihren Beruf als Landschaftsgärtnerin auf der Insel Mainau aufzugeben und den Winzerberuf zu erlernen, gewann sie seine Liebe endgültig. Sie arbeitete hart, aber mit Begeisterung, und täglich lernte sie von dem erfahrenen alten Winzer noch mehr.

»Wir müssen zurück. Sonja muss gefüttert werden.« Bettina wollte sich aus Richards Umarmung befreien, doch er hielt sie fest. »Noch einen Kuss.«

»Du bist ein pflichtvergessener Vater.« Sie lachte und strich ihm eine widerspenstige Haarlocke aus dem Gesicht. »Heute bist du schließlich dran mit Füttern und Baden.«

Seit fast zehn Monaten war die kleine Sonja auf der Welt, und niemand hätte stolzer sein können als Richard. Oft war er versucht, eine Rolle abzulehnen, wenn ihn die Dreharbeiten zu lange von daheim fortführten. Aber er wusste auch, dass das unklug gewesen wäre. Gerade war er gut im Geschäft, doch das konnte sich innerhalb weniger Monate ändern. Das Filmgeschäft war hart und kurzlebig.

»Ich liebe unsere Prinzessin«, murmelte Richard dicht an Bettinas Lippen. »Aber jetzt wäre ich nicht böse, wenn wir zwei noch eine Stunde für uns allein hätten.« Zärtlich knabberte er an ihrem Ohrläppchen, während sich seine Hände unter ihren leichten Pulli schoben.

»Später.« Bettina gab ihm noch einen raschen Kuss. »Der Abend gehört uns, versprochen.«

»Kein Papierkram? Keine Kontrolle im Weinkeller?«

»Nein. Nur du.« Sie legte ihm den Arm um die Hüfte, und eng umschlungen gingen sie den Weg durch die jungen Reben hoch zum Hof, der sich auf einer Anhöhe über dem Ort Nonnenhorn befand. Vom Vorplatz aus hatte man einen wunderbaren Blick über den Bodensee.

Auf der alten, sonnengebleichten Holzbank vor dem Haus saß Ottmar Meiningen, links von ihm stand Sonjas Kinderwagen, in dem die Kleine noch tief und fest schlief. Auf dem alten, schön gemaserten Holztisch stand ein Tonkrug mit hellroten Tulpen. Daneben das unvermeidliche Glas Wein, mit dem Ottmar seinen Feierabend begann.

»Die Süße schläft noch.«

»Irrtum. Sie spürt, wenn ihr Papi bei ihr ist.« Richard beugte sich über den Wagen. »Na, Prinzessin, ausgeschlafen?«

Klein Sonja sah ihn an, das Mündchen zu einem Lachen verzogen. Strampelnd befreite sie sich von der

Wolldecke, die Ottmar über sie gebreitet hatte, und streckte die Arme nach ihrem Vater aus.

»Du verwöhnst sie.« Ottmar grinste. »Wirst schon sehen, was du davon hast.«

»Glück, was sonst?«

»Ich hole uns auch was zu trinken.« Bettina war noch nicht an der Haustür, als ihr Handy klingelte. Nach einem kurzen Blick aufs Display meldete sie sich.

»Hallo, Andrea! Was gibt's Neues? Hast du endlich dein Brautkleid, oder soll ich dir meins mitbringen?«

Das Lachen, das folgte, blieb ihr in der nächsten Sekunde in der Kehle stecken.

»Es gibt keine Hochzeit.« Andreas Stimme klang dumpf. »Er hat mich betrogen.«

»Aber …«

»Ich weiß es genau. Seit fast zwei Jahren ist sie seine Sekretärin – und wohl auch mehr, und jetzt hatten die beiden einen Unfall.« Heftiges Schniefen unterbrach den aufgeregten Redeschwall. »Stell dir vor, er war noch halb betäubt nach der schweren OP, die hinter ihm lag, als er schon nach dieser Ellen rief.«

»Sie ist auch verletzt?«

»Ja. Sie hat Schnittwunden im Gesicht. Und er …«, wieder ein Schluchzen, »er hat Verletzungen im Gesicht, Prellungen, einen gebrochenen Arm, einen Lungenriss und eine Rückenverletzung. Aber er wird wohl nicht gelähmt bleiben. Dieser verdammte Mistkerl! Dieses Ekel! Ich hasse, hasse, hasse ihn!«

Es dauerte eine Weile, bis Bettina antworten konnte. Sie ging ins Haus und setzte sich in der Küche auf die breite Eckbank, die unter dem Fenster stand. »Beruhige dich. Andrea, bitte, reg dich nicht so auf. Vielleicht ist alles ein dummes Missverständnis, und er hat sich nur nach der Sekretärin erkundigt. Aus Fürsorge.«

»Pah! Das glaubst du doch selber nicht.«

Bettina schwieg. Nein, sie glaubte auch nicht an das, was sie gerade gesagt hatte. Und wenn sie ehrlich war, wunderte es sie gar nicht, dass Gerhard ihre Cousine betrogen hatte. Er war smart, wirkte oft aalglatt und hatte auf sie, als sie ihn einmal getroffen hatte, nicht sehr sympathisch gewirkt. Doch Andrea liebte ihn, und nur das schien ihr wichtig zu sein.

»Man hat mir seine Sachen gegeben, die die Polizei sichergestellt hat. In seiner Jacke waren Fotos ... Und ein Flugticket nach Rom. In der nächsten Woche wollte er mit dieser Ellen für drei Tage dahin.«

»So kurz vor eurer Hochzeit? Das ist ... abgefeimt.«

»Das ist gemein und hinterhältig. Mir hat er gesagt, er muss nach Berlin zu einer wichtigen Besprechung wegen eines Großprojekts.« Wieder schluchzte sie unterdrückt auf. »Und ich Trottel hab ihm geglaubt, hab nie hinterfragt, ob es stimmt, was er alles erzählt. Ich frag mich wirklich, warum er mich überhaupt heiraten wollte, wenn er doch anderweitig liiert ist.«

Bettina zögerte. »Dein Grundstück ... Es ist ziemlich wertvoll, nicht wahr?«

»Ja.«

»Wenn er darauf spekuliert hat ...« Bettina brach ab. »Weißt du was, darüber reden wir, wenn du hier bist. Pack deine Sachen und komm her für zwei Tage. Wir alle würden uns freuen. Und du hast dein Patenkind lange nicht mehr gesehen. Sonja kann schon stehen, und die ersten Schritte versucht sie auch schon.«

Andrea zögerte. Das Angebot war verlockend, doch sie konnte ihre Tiere nicht allein lassen. Zwei frisch operierte Katzen und ein Bernhardiner mit Epilepsie befanden sich in ihrer Obhut. Vor allem der Hund musste intensiv betreut werden. Dazu kam, dass der Huber-Bauer darauf vertraute, dass sie sich um seine kalbende Kuh kümmerte.

»Ich kann nicht«, sagte sie leise. »Aber wenn ich darf, ruf ich dich wieder an, ja?«

»Mach das. Wann immer du willst.«

4

Was willst du? Alles verpachten? Das darf doch nicht wahr sein!« Gerhard Gschwendner wollte sich ruckartig aufrichten, doch im letzten Moment hielt er sich zurück. Die Wirbelverletzung war noch lange nicht ausgeheilt, rasche Bewegungen musste er meiden. »Du spinnst doch, Andrea! Sei vernünftig, wir können doch über alles reden.«

»Es gibt nichts mehr zu reden.« Andrea, die am Fußende des Krankenbetts stand, umklammerte das kühle Gestell so fest, dass ihre Fingerknöchel weiß hervortraten. »Bettina hat mir die Beteiligung an einer Praxis am Bodensee vermittelt. Morgen fahre ich hin und verhandle mit dem Besitzer.«

»Das kannst du nicht machen! Du kannst mich doch jetzt nicht so einfach verlassen.« Er schaffte es tatsächlich, Tränen zu produzieren. »Verzeih mir, Liebes. Ich flehe dich an.«

Andrea schwieg, sah ihn nur mit einem kühlen Blick an.

»Ich hab einen Fehler gemacht, ich weiß. Einen riesigen Fehler. Den ich bereue, glaub mir. Aber das passiert nie wieder. Bitte, Liebes, wir hatten doch Pläne. Eine gemeinsame Zukunft.«

»Hatten wir die wirklich?«, warf Andrea spöttisch ein. »Ich sehe das anders.«

»Doch. Ich wollte wirklich immer nur dich. Das mit Ellen … Sie hat einfach nicht loslassen wollen. Deshalb hatte ich ihr ein letztes gemeinsames Wochenende versprochen.«

»Mieser Lügner!« Andrea wandte sich zum Gehen. »Gib dir keine Mühe mehr, es ist aus. Ich lass mich nicht noch länger von dir belügen. So schnell wie möglich werde ich die Gegend hier verlassen.«

»Und was willst du tun?«

»Ich fange am Bodensee neu an. Das steht fest.«

»Und dein Haus? Was wird damit?« Lauernd sah er sie an.

»Das Haus … Das interessiert dich wirklich mehr als alles andere.« Geringschätzig blickte sie auf ihn herunter. »Du hast wirklich nur darauf spekuliert, an diesen Besitz zu kommen, stimmt's? Ich selbst war nur Beigabe. Und eine oft lästige noch dazu.«

»Unsinn! Wie kommst du auf so eine absurde Idee?« Gerhard schüttelte den Kopf, doch er konnte Andrea nicht in die Augen sehen. Sicher, sie war süß und attraktiv, doch ohne diesen großen Besitz im Rücken hätte er sich wohl nie für sie interessiert. Mit der rassigen Ellen, die ihn sexuell so stark reizte, dass er einfach nicht von ihr loskam, konnte sie ohnehin nicht mithalten.

»Was wird jetzt?« Er streckte die Hand nach Andrea aus. »Ich verspreche, dass ich mich von Ellen trennen werde. Wirklich! Sobald ich dieses verdammte Bett hier verlassen darf, gehe ich zu ihr und rede mit ihr. Ich liebe dich doch, Andrea. Nur dich. Glaub mir. Wenn wir erst verheiratet sind, wird alles anders. Ich ziehe auch zu dir auf den Hof, wenn du willst.«

Kühl schaute Andrea ihn an. »Du bist peinlich, Gerhard. Mach es jetzt nicht noch schlimmer.« Sie wandte sich zur Tür. »Ach ja, falls du es wissen willst: Die Praxis kann ich vermieten. Es ist ein Zufall, dass sich vorige Woche ein Ehepaar gefunden hat, das alles übernehmen will. Die beiden haben bisher in Freiburg gelebt, aber sie würden lieber heute als morgen nach Bayern ziehen. Wir sind uns schon in allen wichtigen Punkten einig.« Sie zuckte mit den Schultern. »Wenigstens das Glück hatte ich.«

»Andrea!« Er streckte erneut die Hand nach ihr aus. »Bitte, Liebes, verlass mich nicht. Du bist doch die Einzige. Die wirklich einzige große Liebe meines Lebens.«

»Lass die Schauspielerei, Gerhard. Das ist doch Schmierentheater. Darauf fall ich nicht mehr rein.«

Grußlos verließ Andrea das Krankenzimmer. Draußen auf dem Flur atmete sie tief durch. Geschafft! Sie hatte nicht geheult, nicht geschrien. Hatte ihm nicht gezeigt, wie sehr er sie verletzt hatte.

Vor dem Lift traf sie auf Schwester Marie-Christine.

»Frau Doktor Karlsberg ... Sie waren bei Herrn Gschwendner?«

»Ja.« Andrea blieb kurz stehen. »Ein letztes Mal. Ich hab die Verlobung gelöst.«

»Verstehe.« Die Krankenschwester wollte weitergehen, doch Andrea hielt sie zurück.

»Bitte, Schwester, können Sie mir sagen, wie es Frau Häuser geht? Ich kann doch nicht einfach zu ihr gehen.«

Die erfahrene Pflegerin zögerte. »Ich darf Ihnen keine Auskunft geben«, sagte sie leise. »Das wissen Sie doch.«

»Ja, ich weiß.« Andrea senkte den Kopf.

»Vielleicht fragen Sie die Schwester der Patientin. Sie kommt heute Abend vorbei.«

»Nein, nein, auf keinen Fall.«

»Verstehe. Aber vielleicht könnten Sie mir die Papiere aufheben. Ich hab's so im Rücken.« Im selben Moment fielen drei Blätter zu Boden.

Andrea bückte sich. Das dritte Schreiben war eine Überweisung in eine Spezialklinik für plastische Chirurgie. Der Name der Patientin: Ellen Häuser.

In Sekundenschnelle überflog Andrea die Unterlagen, dann gab sie die Blätter an Schwester Marie-Christine zurück. »Danke.«

Die Schwester nickte nur. »Alles Gute für Sie.« Schnell ging sie davon.

Andrea sah ihr nach, bis die Pflegerin hinter einer doppelten Schwingtür verschwunden war. Tausend Gedanken schwirrten ihr durch den Kopf, und sie musste sich zwingen, den Lift noch einmal zu rufen und die Klinik zu verlassen.

Draußen regnete es leicht, die Tropfen mischten sich mit Andreas Tränen.

»Frau Doktor! Frau Doktor, sehen Sie nur! Der Juppi ist wieder ganz gesund.« Ein etwa Zehnjähriger kam quer über den Parkplatz auf sie zugelaufen, einen Bernhardiner an der Leine, der brav neben ihm her trottete. »Wir warten auf meine Eltern. Mami hat ein Baby gekriegt und wird gleich entlassen.«

»Das freut mich. Gratuliere.« Andrea tätschelte den dicken Kopf des Hundes, der sich an sie schmiegte.

»Es ist ein Mädchen, und ich werde sie, wenn sie größer ist, auf Juppi reiten lassen. Das kann ich doch machen, oder?«

»Lieber nicht. Aber ich bin sicher, dass dein Juppi gut auf dein Schwesterchen aufpassen wird.«

»Tut er auf mich ja auch.«

»Ich weiß.« Andrea zwang sich zu einem Lächeln. »Du, ich muss los. Grüß deine Eltern.«

»Mach ich.«

Der Regen wurde heftiger, und Andrea beeilte sich, in ihren Wagen zu kommen. Sie fühlte sich besser, die Begegnung mit dem Jungen und seinem Hund hatten gutgetan. Sie war nicht allein. Sie hatte ihre Arbeit, Freunde – und bald eine neue Aufgabe!

5

Das zweistöckige Haus lag am Ortsrand von Lindau direkt am See. Eine Wiese, auf der etliche Obststräucher standen, reichte von der langgestreckten Terrasse bis zum Wasser. Ein Holzbalkon, in dessen Kästen Primeln und Tulpen blühten, zog sich um die Süd- und Westseite des ersten Stockwerks.

Vier Parkplätze waren vor dem hellgelb gestrichenen Gebäude für Patienten reserviert, eine Garage mit vorgelagertem Carport stand links vom Haus.

Andrea parkte auf dem Parkplatz ganz links. Direkt vor der Haustür stand ein schwarzer Porsche. Nicht gerade das richtige Gefährt für einen Tierarzt, schoss es Andrea durch den Kopf. Eine Weile saß sie hinter dem

Lenkrad ihres Kombis und schaute hinüber zum See, ohne wirklich etwas wahrzunehmen.

»Kann ich Ihnen helfen? Fühlen Sie sich nicht wohl?« Ein gutaussehender Mann trat ans Seitenfenster, das halb heruntergelassen war.

»Nein, nein, alles in Ordnung, danke.« Andrea zuckte kurz zusammen.

»Sicher?« Der Fremde, der einen perfekt geschnittenen dunkelgrauen Anzug trug, runzelte leicht die gebräunte Stirn.

»Ja, danke.« Andrea zwang sich zu einem Lächeln. »Ich hab hinüber zum See geschaut.«

»Jetzt, im Frühling, ist es hier besonders schön, finde ich. Im Sommer sind mir zu viele Touristen in der Gegend.« Der Mann öffnete ihr die Tür. »Wo haben Sie denn Ihr krankes Tier?«

»Ich hab keins.« Andrea stieg aus. »Ich bin selbst Tierärztin und möchte zu Doktor Paulsen. Andrea Karlsberg.«

»Ach, Sie sind das!« Ein Lächeln glitt über das gutgeschnittene Männergesicht. »Ich bin Tom Bender, Christians Freund. Kommen Sie, ich bringe Sie zu ihm. Er sitzt sicher noch auf der Terrasse.«

»Dann störe ich seine Mittagspause.«

»Ach was, er erwartet Sie doch.« Ein kurzes Zögern, dann fügte Tom Bender hinzu: »Ich hoffe sehr, dass Sie sich einig werden. Chris arbeitet zu viel, seit sein alter Kollege den Schlaganfall hatte.« Während er sprach, führte er Andrea über einen Weg aus Natursteinen hinüber zur Terrasse.

Ein großer, breitschultriger Mann erhob sich bei ihrem Näherkommen.

»Chris, das ist Frau Karlsberg. Sie ist gerade angekommen, als ich fahren wollte.« Tom nickte Andrea zu. »Ich muss leider los. Hoffentlich sehen wir uns wieder.«

»Danke. Und auf Wiedersehen.«

Tom Bender hob kurz die Hand und verschwand dann ums Hauseck.

»Ich überfalle Sie während der Mittagszeit, tut mir leid.« Andrea streckte dem Kollegen die Hand entgegen.

»Das macht gar nichts.« Christian Paulsen war mindestens eins neunzig groß, hatte dunkelblondes, leicht gewelltes Haar und die blauesten Augen, die Andrea je gesehen hatte. »Setzen Sie sich doch. Ich hole Ihnen was zu trinken. Haben Sie Hunger?«

»Nein, nein, danke. Ich fahre gleich rüber nach Nonnenhorn zu Verwandten, da esse ich was. Aber einen Kaffee nehme ich gerne.«

In den ersten Minuten unterhielten sie sich über die Landschaft, über den See, zu dessen Schweizer Ufer man hinübersehen konnte, schließlich über den erkrankten Kollegen von Christian Paulsen.

»Erwin Trautmannsdorf ist gerade mal siebzig, doch es steht fest, dass er nie mehr arbeiten kann. Leider. Er war ein ausgezeichneter Tierarzt, konnte mit dem schwierigsten Tier umgehen. Er wohnt jetzt bei seiner Tochter drüben in Meersburg.«

»Und ich kann seinen Anteil der Praxis übernehmen?«

»Wenn wir uns einig werden ... gern.« Dr. Paulsen zögerte, dann fügte er hinzu: »Ich müsste mich allerdings von Ihrer Qualifikation überzeugen. Sie verstehen ...«

»Aber ja. Was halten Sie von ein paar Tagen Probearbeit?«

»Einverstanden.«

Andrea blieb noch eine knappe Stunde, in der sie mit Christian Paulsen Details einer eventuellen Partnerschaft besprach. Sie hatten viele Gemeinsamkeiten, stellten sie fest, waren sich in der Einstellung zur Arbeit sehr ähnlich. Und dass Andrea schon bald umziehen konnte, kam Christian sehr gelegen.

»Ich glaube, ich brauche keine Bedenkzeit«, sagte er, als er Andrea zu ihrem Wagen brachte.

Andrea lächelte. »Ich auch nicht.«

6

Die Räder des Rollstuhls quietschten unangenehm, als ein Pfleger Gerhard Gschwendner durch die langen Klinikflure hinüber zu einem anderen Trakt fuhr.

»Ich hätte gut laufen können«, monierte Gerhard.

»Nichts da, wir dürfen nichts riskieren. Der Herr Chefarzt hat Ihnen den Besuch bei Ihrer Bekannten nur genehmigt, wenn Sie sich ganz ruhig verhalten.«

»Schon gut. Ich sag ja nichts mehr.« Gerhard war nervös. Drei Wochen waren seit dem verhängnisvollen Unfall vergangen. Seine Verletzungen heilten gut, vorgestern hatte ihm der Arzt versichert, dass keine Lähmung mehr drohte. Und auch der Lungenriss verheilte zufriedenstellend.

Über Ellens Befinden wusste er nicht allzu viel. Wann immer er nach ihr fragte, hatte man ausweichend geantwortet und sich darauf berufen, dass er kein Angehöriger war.

»Verdammt, wir waren zusammen im Wagen! Sie ist meine Sekretärin. Ich hab ein Recht darauf zu wissen, was mit ihr los ist.«

»Ihre Bekannte hat etliche Gesichtsverletzungen erlitten«, hatte ihm einer der Ärzte daraufhin zögernd erklärt. »Man hat sie bereits zwei Mal operiert, aber keine Sorge, sie ist nicht lebensgefährlich verletzt. Der Beinbruch heilt optimal, nur der Schnitt in ihrer linken Wange macht Probleme.«

Ellens schönes, ebenmäßiges Gesicht verletzt ... Er durfte es sich gar nicht vorstellen.

Nachdem er sich wieder ungehindert hatte bewegen können, hatte er ein paar Mal mit Ellen telefoniert, doch sie war sehr wortkarg gewesen. Zudem hatte er sie nur schwer verstehen können.

Ein beklemmendes Gefühl beherrschte ihn, als der Pfleger den Rollstuhl jetzt vor einer Zimmertür zum Stehen brachte, kurz anklopfte und das Gefährt Sekunden später schon in den leicht abgedunkelten Raum schob, auf ein »Herein« hatte er gar nicht erst gewartet.

»Ich lass Sie dann mal allein.« Kurz beugte er sich zu Gerhard herunter. »In einer Viertelstunde komme ich zurück, okay?«

»Ja. Danke.« Gerhard drehte sich nicht zu dem Pfleger um, er rollte die letzten Meter zum Bett – und konnte nur mit Mühe ein Aufstöhnen unterdrücken, als er Ellen dort liegen sah. Die obere Gesichtshälfte war frei, die linke Wangenpartie und das Kinn mit großen Mullkompressen bedeckt. Ein weiterer Verband befand sich an ihrer linken Stirnseite, zog sich bis zum Ohr, über dem die Haare abrasiert worden waren.

»Endlich! Ich hab so auf dich gewartet.« Ellen streckte ihm die Hand entgegen, die Gerhard zögernd ergriff.

»Hey, meine Süße.« Seine Stimme klang belegt, er musste sich zwingen, in das verbundene Gesicht zu schauen, das so gar keine Ähnlichkeit mehr mit den ebenmäßigen Zügen besaß, die Ellen einmal gehabt hatte. Das linke Augenlid hing leicht herab, die Lippen waren rissig, noch immer war etwas von der bräunlichen Desinfektionstinktur zu sehen, die man vor den Korrektureingriffen aufgetragen hatte.

»Schau mich nicht so an!« Ellens Stimme klang aggressiv. »Ich weiß, wie schrecklich ich aussehe. Aber das wird wieder, sagen die Ärzte.«

»Da bin ich auch ganz sicher.« Gerhard zog ihre Hand an die Lippen. »Du bist so tapfer, meine Süße. Ich hab schon gehört, dass man dich operiert hat. Wie schlimm ist es denn?«

Ellen zögerte. Mit der freien Hand tastete sie zu dem Verband an der Wange. Erst vor drei Tagen war sie von einem plastischen Chirurgen operiert worden. Aber ob es ihm gelungen war, die tiefe, zum teil zerfetzte Wunde so zu vernähen, dass keine Narbe zurückblieb, wusste noch niemand zu sagen. Der Arzt hatte sich optimistisch gezeigt, aber das war ja sein Job.

Von ihren Bedenken und Ängsten sagte Ellen nichts. Gerhard war ein Ästhet, sie ahnte, dass er sich mit ihrem Anblick schwertat. Sogar jetzt, da alle Wunden verdeckt waren, konnte er ihr kaum ins Gesicht sehen.

»Was ist denn mit dir?«, fragte sie ablenkend. »Du musst im Rollstuhl sitzen?«

»Vorsichtshalber noch. Aber es wird wieder.« Er strich über die Bettdecke. »Wir hatten Glück, wir zwei.«

»So würde ich das nun wirklich nicht nennen. Und wenn, dann hattest du allein Glück, wenn du wieder ganz okay wirst. Ich aber ...« Sie biss sich auf die Lippe.

»Sieh mich gefälligst an! Sieh dir an, was du mir angetan hast!«

»Ich habe dir gar nichts angetan. Wir hatten einen Unfall. Den ich mindestens so bedauere wie du.«

»Ach nein? Du bedauerst ihn. Wie edel! Du bist schuld an allem, du Mistkerl! Du warst viel zu leichtsinnig, hast in der Kurve überholt und …«

»Du hast mich abgelenkt, vergessen?« In der Erinnerung daran, dass sich Ellen über ihn gebeugt und während des Fahrens mit Zärtlichkeiten verwöhnt hatte, wurde ihm heiß. Sie war eine leidenschaftliche Geliebte und mochte, so wie er, aufregende Praktiken. Und Sex während der Fahrt gab ihnen beiden stets einen besonderen Kick. Im Gegensatz zu Andrea, die viel zu bieder, viel zu langweilig im Bett war, war Ellen sehr phantasievoll und mochte es auch schon mal härter, so wie er selbst.

Andrea hatte allerdings viele andere Vorzüge. Vor allem den, dass sie ein sehr wertvolles Grundstück besaß, für das er insgeheim schon Interessenten gefunden hatte. Fast zwei Millionen war allein der Grund wert, und auch für das alte Haus, das komplett saniert war, erzielte man beim Verkauf sicher einen sechsstelligen Betrag.

Andrea … Sie hatte sich nicht mehr gemeldet, unterband jeden seiner Versuche, sie zu kontaktieren. Bei der Erinnerung daran verdüsterte sich seine Miene. Nein, so leicht würde ihm der Goldfisch nicht entkommen. Wenn er erst mal aus der Klinik entlassen war, würde er alles versuchen, ihre Verzeihung zu erlangen. Und er war sicher, dass sie ihm auf Dauer nicht würde widerstehen können.

»Wann kannst du hier raus?« Ellens undeutliche Stimme unterbrach seine tristen Gedanken.

»Keine Ahnung. Das dauert wohl noch.« Er strich ihr über den Handrücken. »Und du?«

»Ich will so schnell wie möglich verlegt werden. In eine Spezialklinik. Die Typen hier sind doch unfähig! Ich brauche einen Schönheitschirurgen von Format, nicht einen Wald- und Wiesenchirurgen.« Sie drückte Gerhards Finger schmerzhaft fest. »Sieh mich doch an: Die behaupten, ich hätte Glück gehabt, dass mein Auge erhalten geblieben ist.«

»Das stimmt ja auch.«

»Ja, ja, ich weiß. Aber die Narben auf der Wange sind zu groß. Glassplitter waren drin, so wie in der Lippe. Verdammt, wenn ich mich nicht so intensiv mit dir befasst hätte ...«

»Du wolltest das«, unterbrach er sie. »Es macht dich doch an, mir während der Fahrt was Gutes zu tun. War ja nicht das erste Mal.« Er zuckte mit den Schultern und wandte sich ab.

Noch ehe Ellen antworten konnte, kam der Pfleger zurück.

»Wir müssen los, Herr Gschwendner. Ich habe leider gar keine Zeit mehr.«

Gerhard strich Ellen noch einmal übers Haar, sie zu küssen, schaffte er einfach nicht. »Ich komme wieder, Süße.«

»Versprich es!«

»Ich versprech's. Ganz bestimmt.«

Draußen auf dem Klinikflur atmete er erleichtert auf. Nein, so rasch würde er Ellen nicht wieder besuchen, das stand fest!

7

»Sie kommen wirklich mit den schwierigsten Patienten zurecht. Kompliment.« Chris Paulsen schloss hinter dem hageren Mann im Trachtenjanker die Tür. »Der alte Graf Hinterecker ist extrem misstrauisch, ich hab ewig lange gebraucht, ehe er mir die Behandlung seiner drei Jagdhunde anvertraut hat.« Er grinste. »Erst als Doktor Trautmannsdorf krank wurde, durfte ich an die kostbaren Tiere.«

»Der Rüde ist aber auch ein Prachtexemplar.« Andrea sah dem alten Herrn nach, der mit seinem Hund zu einem graugrünen Geländewagen ging.

»Er ist ein Biest. Launisch wie sein Besitzer. Aber Sie haben die beiden sofort in den Griff bekommen. Unglaublich!«

Andrea lächelte. Es war nicht schwer gewesen, das Vertrauen des Hundes zu gewinnen, dessen Pfote verletzt war. Der alte Graf hingegen war erst umgänglich geworden, nachdem sie seinen Hund verarztet hatte, ohne dass dieser auch nur einmal gejault hatte.

»Mir wär's am liebsten, Sie würden gleich einsteigen.« Christian ging zum Medizinschrank und holte eine grüne Flasche heraus. »Was halten Sie vom nächsten Ersten?«

»So schnell? Sind Sie sich denn ganz sicher, dass wir miteinander auskommen werden?«

Ihr Kollege goss zwei Reagenzgläser mit einer hellgrünen Flüssigkeit voll. »Vollkommen sicher. Und wenn Sie mit einem schwulen Kollegen arbeiten wollen – dann schlagen Sie ein.« Er streckte ihr die Hand entgegen.

Andrea zögerte nur noch den Bruchteil einer Sekunde, dann schlug sie ein. »Ihre sexuelle Orientierung ist mir völlig egal«, erwiderte sie. »Aber wir sollten uns schon sympathisch sein, oder?«

»Sind wir doch!« Er hielt ihr das Reagenzglas entgegen. »Trinken wir auf die neue Partnerschaft. Das ist Selbstgebrannter. Vorsicht, scharf und gut!«

Andrea trank einen Schluck – und schüttelte sich sofort. »Wollen Sie mich umbringen?«

»Mitnichten. Der ist die reinste Medizin. Und den kriegen nur meine Freunde serviert.« Er zog Andrea kurz an sich. »Ich heiße Chris für die, die mich mögen.«

»Und ich Andrea. Aber das weißt du ja – Chris.«

»Dann sieh zu, dass du in Gauting alles geregelt kriegst und bald hierherziehen kannst.«

»Da gibt's aber noch ein Problem … Nein, zwei, genauer gesagt.« Andrea sah zum Fenster hinaus. Auf dem See glitten etliche Segelboote dahin, der leichte Wind, der von den Bergen herüberwehte, sorgte für die perfekte Brise. »Ich habe keine Wohnung. Und … ich muss sehen, dass ich meine Katze mitbringen kann in die neue Wohnung. Ich würde sie nur ungern bei den Pächtern lassen, obwohl die schon angeboten haben, meine Mucki zu übernehmen.«

»Die kann hier bei mir bleiben.« Chris zögerte. »Du eigentlich auch. Der Speicher ist ausgebaut. Wenn du nicht allzu anspruchsvoll bist … Es gibt zwei Zimmer dort oben, ein kleines Bad und eine Miniküche.«

»Das wäre super!«

»Wir gehen gleich mal hoch. Ich war lange nicht mehr dort. Die zweite Tochter von Doktor Trautmannsdorf hat eine Weile da gewohnt. Sie ist aber schon seit drei Jahren in Wien verheiratet.«

»Und du meinst, die Räume könnte ich mieten?«

»Kannst du.« Chris lachte und ließ dabei seine blendend weißen Zähne sehen. »Das Haus gehört inzwischen mir.«

Andrea wusste nicht, was sie sagen sollte. Alles lief so reibungslos ab, so ohne Probleme und Zweifel, dass es schon fast beängstigend war.

»Am Wochenende fahre ich nach Hause und rede mit den Leuten, die mein Haus und das Grundstück drumherum pachten wollen«, sagte sie. »Wenn alles glattgeht, wenn wir uns einig werden, bin ich ab nächsten Ersten deine Partnerin.«

»Darauf sollten wir noch einen Schluck trinken.«

»Nur nicht!« Lachend wehrte sie ab. »Noch einen Schluck von diesem Gift verkrafte ich nicht.«

»Ich rufe noch heute den Notar an und lasse alles vorbereiten.« Er zögerte. »Der Notar ist ein guter Bekannter von mir. Wenn du möchtest, kann er dich auch beraten, falls du deinen Besitz doch noch verkaufen willst.«

»Nein, nein, das werde ich nicht. Die Familie, die daran interessiert ist, will zum Glück das Anwesen auch nur pachten. Er ist Tierarzt, sie Pferdewirtin. Die beiden wollen mit ihren Kindern dort so was wie einen Gnadenhof für alte Pferde aufziehen. Er will allerdings weiterhin die Praxis führen, was optimal ist, denn der nächste Tierarzt ist eine ganze Ecke weit weg.«

»Na prima. Dann wäre also nicht nur uns beiden geholfen.«

»So kann man es sagen.« Andrea lächelte verhalten. »Wenn nichts mehr anliegt, fahre ich jetzt rüber nach Nonnenhorn und erzähle meiner Cousine, dass ich tatsächlich bald herkommen werde.« Sie schüttelte den

Kopf. »Ich kann's selbst noch nicht richtig glauben. Alles geht so schnell …«

Das Telefon auf Christians Schreibtisch klingelte. »Paulsen.« Seine eben noch heitere Miene wurde ernst. »Ich komme sofort, Markus. Versuch auf jeden Fall, die Stute zum Aufstehen zu bewegen. Bis gleich.«

»Was ist denn?«

»Eine Stute mit schweren Koliken.« Er zögerte. »Willst du mitkommen? Mir wäre es recht.«

»Sollte ich auch besser.« Andrea wies auf die grüne Flasche. »Dein zweiter Drink war vielleicht zu viel.«

»Ach was, bei meiner Größe verläuft sich das.« Er grinste jungenhaft. »Aber ich höre auf dich und werde vernünftig sein und dich fahren lassen.« Er griff nach seiner Bereitschaftstasche. »Wir nehmen meinen Wagen. Darin befindet sich alles, was wir eventuell brauchen werden.«

Es herrschte reger Verkehr, und Andreas Ungeduld wuchs mit jeder Minute. »Dieser Pferdebesitzer hätte besser einen Tierarzt aus Meersburg gerufen. Wir brauchen viel zu lange.«

»Wir sind gleich da.« Christian wies nach links. »Fahr da rüber auf den Feldweg, das ist eine Abkürzung.«

»Wir müssen also nicht bis nach Meersburg?«

»Nein, nein, Markus wohnt am Ortsrand. Sein Hotel liegt direkt am See, also in bester Lage.«

Der Landrover holperte über den unebenen Weg, doch Andrea lenkte ihn sicher bis vor ein weißes Gebäude im bayerischen Stil, an das sich ein holzvertäfelter Anbau anschloss, der ganz offensichtlich Stallungen beherbergte. Der breite Balkon aus hellem Ahorn, der sich um die ganze erste Etage zog, war mit roten Tulpen und weißgelben Narzissen bestückt, dazwischen rankte Efeu herunter, das im leichten Wind sacht hin und her schwang. Etwas weiter entfernt befand sich ein moderner zweigeschossiger Bau, der sich jedoch harmonisch in den ganzen Komplex einfügte. Auch hier waren die Balkone mit Tulpen und Narzissen bepflanzt.

Alles wirkte sehr gepflegt, das erkannte Andrea mit einem Blick. Die Rasenfläche, auf der etliche Tische und Stühle gruppiert waren, zog sich bis zum See hinunter. Ein Bootssteg ragte ins Wasser hinein. Etliche Gäste saßen in der Frühlingssonne und genossen den Blick hinüber zu den Schweizer Alpen, deren Bergspitzen noch weiße Schneehauben trugen. Eine Kellnerin kam mit einem großen Tablett und servierte etwas.

»Ein tolles Anwesen«, sagte Andrea.

»Ja. Markus hat einiges auf die Beine gestellt. Ach, da ist er ja schon!« Kaum hielt der Wagen, sprang Chris heraus und begrüßte den Mann, der soeben aus einer grün gestrichenen Scheunentür trat, mit einem kurzen Schulterklopfen.

»Schnell, sie liegt schon wieder. Ich konnte sie nicht dazu bringen, noch ein paar Schritte zu machen.« Der Mann nickte Andrea nur flüchtig zu, er drehte sich gleich wieder um und hastete zur Scheune zurück.

»Ruhig, wir kümmern uns.« Chris untersuchte die dunkelbraune Stute, horchte ihren Bauchraum ab und maß Fieber, während Andrea schon eine Injektion mit einem krampflösenden und einem Schmerzmittel fertigmachte. Sie arbeiteten Hand in Hand.

Der Besitzer des Pferdes stand dabei und biss sich nervös auf die Unterlippe.

»Was ist denn? Warum steht sie denn immer noch nicht auf?«

»Manchmal ist es ganz gut, wenn ein Pferd eine Weile liegt«, erklärte Andrea. »Das entlastet den Kreislauf und entspannt.«

»Aber in den nächsten zehn Minuten sollte sie aufstehen«, warf Chris ein, der dem Tier das krampflösende Mittel ebenso wie ein Schmerzmittel injiziert hatte.

»Sie bewegt sich ja schon.« Andrea beugte sich wieder über die Stute, sprach leise auf sie ein und zog vorsichtig am Halfter. Wenig später stand das Pferd, noch leicht zitternd, neben ihr.

»Na also! Geht doch. Jetzt laufen wir ein paar Meter.« Andrea führte die Stute aus dem Stall, ging langsam mit ihr einige Schritte hin und her.

Markus Eichner kam ihr nach. »Puh, bin ich erleichtert!« Er griff nach dem Halfter. »Ich übernehme, wenn Sie wollen.«

»Sicher. Sie sollte ein bisschen abäppeln, wenn's geht. Dann wäre das Schlimmste überstanden. Ansonsten müsste man ihr einen kleinen Öleinlauf verpassen, damit sich der Darm entleert.«

»Sie sind auch Tierärztin? Oder Chris' neue Assistentin?«

»Tierärztin.«

»Ich hab mich noch nicht richtig vorgestellt – Markus Eichner. Chris und ich sind seit der Schulzeit Freunde. Wir haben schon einiges zusammen durchgestanden. Vor allem an seinem Liebesleben hab ich früher regen Anteil genommen.«

»Warst du eifersüchtig?« Chris grinste ihm zu.

»Setzt nur ja keine Gerüchte in die Welt.« Sein Freund lachte. »Wir hatten ganz unterschiedliche Geschmäcker.«

Andrea sah die beiden so verschiedenen Männer an,

dann streckte sie Markus die Hand entgegen. »Andrea Karlsberg. Vielleicht bin ich bald seine Partnerin.«

»Gratuliere.« Er zuckte zusammen, als die Stute laut aufwieherte, dann aber ein wenig Verdauung hatte.

»Na also!« Andrea ging zum Stall zurück, wo Chris schon alles eingepackt hatte. Langsam folgten ihr Markus Eichner und die dunkle Stute, die bildschön war mit ihrem sternförmigen Fleck auf der Stirn.

»Markus, sie darf heute nichts mehr fressen. Und beweg sie noch ein bisschen, der Darm muss so leer wie irgend möglich werden.« Chris verstaute die schwere Arzttasche auf dem Rücksitz seines Wagens.

»Ja, mach ich. Und danke, dass du so schnell gekommen bist.« Er wandte sich an Andrea. »Ihnen auch vielen Dank.«

Andrea nickte nur. Sie sah, wie sich die beiden Männer freundschaftlich zum Abschied umarmten. Schade, dachte sie, dieser Markus ist ein interessanter Typ, doch bestimmt auch schwul. In der nächsten Sekunde schüttelte sie über sich selbst den Kopf. In was verstieg sie sich da? Der Ärger mit Gerhard war noch nicht verarbeitet, da machte sie sich schon Gedanken über einen homosexuellen, gutaussehenden Mann. Verrückt! Sie sollte sich wahrlich um Wichtigeres kümmern.

8

Dass du dich so schnell entschlossen hast, deine Zelte in Gauting abzubrechen und hier noch mal neu anzufangen, hätte ich nicht gedacht. Aber ich freue mich riesig, dass du da bist.« Bettina hob Andrea das Glas entgegen. »Auf dich. Auf deine Zukunft am Bodensee.«

Andrea trank einen Schluck und gestand dann leise: »Ich hab ein bisschen Angst vor der eigenen Courage. Es ist ein so bedeutsamer Schritt … Und es geht alles so schnell …«

Die beiden Frauen saßen auf der Holzbank gleich neben der Haustür. Im Türrahmen, vor dem leichten Wind, der wehte, geschützt, stand der Kinderwagen, in dem die kleine Sonja ihren Mittagsschlaf hielt. Auf dem alten, von Wind und Wetter ausgebleichten Holztisch, an dem die Familie bei schönem Wetter gern eine Brotzeit einnahm, stand eine Flasche Weißwein, am linken Ende ein hellgrüner Tonkrug, üppig bepflanzt mit leuchtend gelben Osterglocken.

Andreas Blick schweifte über die Rebhänge, ging hinüber zu den Obstbäumen, die weiter rechts auf einer großen Wiesenfläche standen und ihre ersten zart rosafarbenen Blüten trugen. Das satte Blau des Bodensees mischte sich am Horizont mit dem hellen Frühjahrshimmel, an dem kleine weiße Wolken segelten.

»Es ist wunderschön hier.« Andrea lehnte sich zurück. »Ich denke schon, dass ich mich hier bald einleben werde. Das kommt auch sehr auf Christian an. Er scheint ja nett zu sein, aber wie wir auf Dauer zusammenarbeiten können, muss sich noch rausstellen. Zumindest ist er sehr kompetent.«

»Wenn's gar nicht funktioniert, ziehst du zu uns.«

»Danke fürs Angebot, ich hoffe, dass ich nicht darauf zurückkommen muss.« Sie trank ihr Glas aus. »Ich fahre noch mal rüber nach Meersburg und schau nach der Stute von diesem Markus Eichner.«

»Der Eichner mit dem Hotel direkt am See? Der hat innerhalb weniger Jahre aus dem veralteten Familienbetrieb ein florierendes Unternehmen gemacht. Einige unserer Kunden übernachten da, wenn sie ein paar Tage bleiben, bevor sie ihre Bestellung aufgeben.«

»So genau hab ich mir das alles nicht angesehen. Mir war nur das kranke Tier wichtig.«

»Dann schau dir jetzt mal Markus an. Er ist Single, soviel ich weiß.«

»Und schwul.«

Bettina schüttelte den Kopf. »Nie und nimmer!« Sie lachte leise. »Find's doch einfach raus!«

»Du bist unmöglich.«

»Ich weiß. Aber ich finde, es gibt kein besseres Mittel gegen Liebeskummer als einen Flirt.«

»Ich hab keinen Liebeskummer.« Andreas Miene wurde hart. »Gerhard ist passé. Es hat eine Weile gedauert, bis ich ihn durchschaut habe. Aber jetzt bin ich von ihm kuriert, ehrlich. Er war nur scharf auf meinen Hof, hatte ja sogar schon Interessenten für den Besitz, wie sich in den letzten zwei Wochen rausgestellt hat. Vielleicht war ich eine angenehme Beigabe, mehr jedenfalls nicht.« Sie griff nach der Flasche und schenkte sich noch einmal ein. Doch dann schüttelte sie den Kopf. »Lieber nicht. Ich will ja noch fahren.«

Bettina legte ihrer Cousine den Arm um die Schultern. »Vergiss ihn! So rasch wie möglich. Wenn alles mit deinen Pächtern glattgeht, steht einem neuen Lebensabschnitt hier am Bodensee nichts mehr im Weg.«

»Hallo, die Damen. Krieg ich auch einen Schluck?« Richard kam ums Hauseck, er trug eine dunkelblaue Latzhose und ein kariertes Hemd. Das dunkle Haar war unter einer blauen Kappe verborgen. Niemand, der ihn so sah, hätte in ihm einen der bekanntesten deutschen Schauspieler vermutet.

»Puh, ist das eine Schufterei! Johann ist der reinste Sklaventreiber.« Seine lachende Miene strafte die Worte allerdings Lügen. Seit vielen Jahren war Johann Kayser Kellermeister auf dem Gut der Meiningens, leitete auch die Arbeiten im Weinberg. Das meiste, was Bettina über den Betrieb erfahren hatte, wusste sie von Johann, der froh war, in der jungen Frau eine kluge Assistentin zu haben, die ihn immer mehr entlastete. Ottmar Meiningen war gesundheitlich angeschlagen, ihm konnten die schweren Arbeiten im Weinberg nicht mehr zugemutet werden.

»Nimm einen Schluck.« Bettina schob Richard ihr Glas hin.

Mit geschlossenen Augen, das Gesicht der Sonne zugewandt, trank Richard. »Hmm, der ist wunderbar. Spritzig und fruchtig, dabei von angenehmer Restsüße.«

»Ja, er ist uns wirklich gut gelungen.«

»Ihr Lieben, ich lass euch allein, ich will ja noch mal nach der kranken Stute sehen. Und dann muss ich mit den Stallers telefonieren und mein Kommen fürs Wochenende ankündigen. Die werden froh sein, wenn ich ihnen die Praxiseinrichtung überlasse und auch einen Teil meiner privaten Möbel. Es ist ein Riesenglück, dass die beiden alles übernehmen wollen. Sogar Daniela kann weiter bei ihnen arbeiten. Was für beide Seiten vorteilhaft ist. Sie behält ihren Job, und der neue Tierarzt hat eine Assistentin, die schon bei den Patienten und ihren Besitzern bekannt ist.«

»Er ist also auch Tierarzt, ja?«, hakte Bettina nach.

»Er ist Tierarzt, sie Heilpraktikerin, für Menschen

und Tiere. Sie hat gerade in der Lüneburger Heide eine Zusatzausbildung gemacht, hat sie mir erzählt.«

»Was verschlägt das Paar denn nach Bayern?«, wollte Richard wissen.

»Seine Eltern leben in Garmisch, sie sind schon älter, und er will wenigstens in ihrer Nähe sein.«

»Das fügt sich ja alles prima, und du kannst bald herkommen. Freut mich.« Richard trank ihr zu.

»Ja. Wenn alles klappt, steige ich schon nächsten Monat in die Praxis von Christian Paulsen ein.«

»Darauf müssen wir anstoßen. Ich hole noch eine Flasche.«

»Später«, wehrte Andrea ab. »Ich fahre jetzt erst mal nach Meersburg.«

9

Im Westen färbte sich der Himmel langsam rot, die hellen Schönwetterwolken, die den ganzen Tag hindurch über den blauen Himmel gesegelt waren, bekamen hellrote Mäntel umgehängt. Als Andrea die Einfahrt zum Hotel *Seegrund* erreichte, ließ die Abendsonne das weitläufige Haus hell aufstrahlen. Ihr Herz begann schneller zu schlagen, als sie sich nach Markus Eichner umsah, und leichte Enttäuschung machte sich breit, als sie ihn nirgendwo entdecken konnte.

Sie stellte ihren Wagen direkt vor dem Stallgebäude ab. Neben der hohen Tür stand eine Schubkarre mit Stroh, daneben ein Korb mit Möhren und Äpfeln. Drei Mädchen, etwa zehn Jahre alt, kamen vom Hotel herüber und liefen quer über eine Wiese zu einer Koppel, auf der Andrea jetzt erst zwei Esel entdeckte.

»Wartet, ihr blöden Hühner, ich komme mit!« Ein kleiner Junge, höchstens sechs, stürmte ums Hauseck, in der Hand ein schwarzweiß geflecktes Kaninchen. Als er Andrea bemerkte, stoppte er, dann lief er auf sie zu und drückte ihr das Tier in die Hand.

»Können Sie mal halten?« Ohne ihre Antwort abzuwarten, rannte er den Mädchen nach.

»Das ist aber kein Patient.« Mit leichtem Knarren öffnete sich die Stalltür, und Markus kam auf Andrea zu. Er wies auf das Kaninchen. »Wie kommen Sie zu Flecki?«

»Der ist mir gerade zugelaufen.« Andrea deutete mit dem Kopf auf die Kinder, die die beiden Esel umkreisten. »Die beiden waren den Kindern wichtiger.«

»Unbegreiflich. Ich bleibe gerne in Fleckis Nähe. Solange Sie ihn halten jedenfalls.« Sein Blick verfing sich in ihrem. »Schön, dass Sie zurückgekommen sind.«

»Das hatte ich versprochen. Wie geht's der Stute?« Andrea musste sich bemühen, gelassen zu erscheinen. Markus Eichner hatte etwas an sich, das ihr unter die Haut ging. Sein Blick, seine warme, sympathische Stimme, die Art, wie er lächelte ... Es war ein verhaltenes, und doch sehr zärtliches Lächeln. Und er schien alles andere als schwul zu sein.

Irgendwie erleichterte sie das.

»Schon viel besser geht's der Lulu. Dank Ihrer Hilfe. Wollen wir zu ihr gehen?« Er nahm ihr das Kaninchen ab. »Den kleinen Kerl bringe ich rasch in seinen Stall.«

»Haben Sie noch mehr Tiere?«

»Einige. Sechs Kaninchen, die beiden Esel, ein Haflinger-Pony und eben meine Lulu. Die Stute hab ich vor einigen Monaten erst gekauft, sie stand in einem dunklen, viel zu kleinen Stall und war ziemlich schlecht dran. Man konnte ihre Rippen zählen, und sie war so was von verängstigt, dass es mir richtig wehtat.«

»Davon sieht und merkt man aber nichts mehr.«

»Zum Glück. Aber falls sie noch mal Probleme hat, weiß ich, wen ich rufen muss. Sie kommen noch besser mit ihr klar als Chris.« Er setzte das Kaninchen zu den anderen in den Stall, dann legte er die Hand kurz unter Andreas Arm und führte sie zurück. Die kurze Berührung jagte ihr einen leichten Schauer über den Rücken. »Wissen Sie, als ich das Hotel nach dem überraschenden Tod meiner Eltern übernommen habe, war die Ausstattung bieder, um nicht zu sagen veraltet. Ich hab einiges investiert und mir ein neues Konzept ausgedacht.«

»Und das lautet … wie?«

»Erst mal hab ich renoviert, alles heller, moderner gestaltet, ohne auf gewisse Gemütlichkeit zu verzichten. Es kommen meist Familien her, alle sollen sich wohlfühlen. Für die Kinder ist es ein bisschen wie Ferien auf dem Bauernhof, deshalb hab ich die Tiere angeschafft, die Eltern haben aber alle Annehmlichkeiten eines Hotelbetriebs. Seit vorigem Jahr ist der neue Spa-Bereich in Betrieb.« Er lächelte. »Mein Konzept ist bisher aufgegangen, wir sind komplett ausgebucht.«

»Freut mich.« Andrea ging in den Stall. »Ach, da steht die Lulu ja!«

Die Stute wirkte schon wieder munter, die Augen waren klar, und sie wieherte leise zur Begrüßung, als Markus an ihre große Box trat.

Andrea untersuchte das Tier noch einmal gründlich, dann konnte sie Entwarnung geben. »Sie ist schon wieder ganz fit. Aber füttern Sie sie erst morgen. Heute soll sie nur viel saufen.«

Markus nickte zustimmend. »Darf ich Sie zu einem Drink einladen? Als ein kleines Dankeschön, weil Sie noch mal hergekommen sind.«

Andrea nickte. Sie war gespannt darauf zu sehen, wie Markus lebte, gespannt darauf, mehr von ihm zu erfahren. Es war seltsam, aber er faszinierte sie wie lange kein Mann mehr. In seiner Nähe verblasste für eine Weile die Erinnerung an Gerhard und seinen Verrat.

10

Die nächsten Wochen vergingen für Andrea wie im Flug. Sie bemerkte kaum, dass der Frühling die Bodenseeregion in ein Paradies aus Blüten und Blumen verwandelte. Der Umzug, das Einleben in ihrem neuen Zuhause nahmen sie ganz in Anspruch. Hin und wieder fuhr sie zum Weingut Meiningen und entspannte für ein, zwei Stunden.

»Meinst du, du kommst über die Pfingsttage allein zurecht?« Chris räumte die Instrumente aus dem Sterilisator, während Andrea ihre Bereitschaftstasche mit neuen Medikamenten auffüllte.

»Na klar. Willst du verreisen?«

»Zu Tom nach München. Seine Kanzlei feiert Zehnjähriges.«

»Dann viel Vergnügen.« Sie zwinkerte Chris zu. »Und zeig ihm nicht zu deutlich, wie eifersüchtig du bist.«

»Bin ich doch gar nicht.«

»Du hast es erfunden.«

»Quatsch!«

»Ach, Chris, man merkt dir genau an, wie du leidest, wenn Tom einen anderen Mann länger als drei Sekunden ansieht. Ich erinnere mich an den Pudelbesitzer vor zwei Wochen ...«

»Dieser alberne Fatzke mit seinem lila eingefärbten Tierchen ... Der soll sich eine andere Praxis suchen! Der hat mir das ganze Wochenende mit Tom verdorben.«

»Das zum Thema Eifersucht.« Lachend ging Andrea hinaus, doch Chris kam ihr nach.

»Ich weiß, ich benehme mich manchmal blöd. Sorry, aber ich komme einfach nicht dagegen an.« Er senkte den Kopf.

»So ist das eben mit der Liebe.«

»Du musst es ja wissen.«

»Ich? Ich habe mit dem Thema erst mal gar nichts mehr am Hut.« Andrea schüttelte so vehement den Kopf, dass ihr heller Pferdeschwanz aufgeregt hin und her wippte. »Wann willst du fahren?«

Christian zögerte. »Am liebsten noch heute Abend. Aber dann müsstest du die Praxis für ein paar Tage alleine schmeißen. Die neue Praxishelferin fängt ja nun doch erst in vierzehn Tagen an, das ist nicht so günstig.«

»Kein Problem! Sag mir nur, welche Hausbesuche anstehen.«

»Du bist ein Engel.« Überschwänglich zog er sie an sich. »Tausend Dank! Dann kann ich Tom überraschen.«

Andrea nickte nur. Sie hoffte für Chris, dass es wirklich eine angenehme Überraschung werden würde.

Die ersten beiden Tage allein in der Praxis verliefen ruhig, es standen nur wenige Hausbesuche an, und Andrea konnte pünktlich Feierabend machen. Sie versorgte ihre Katze, die sich schon gut eingelebt hatte. Nach vier Tagen im Haus konnte sie bereits in den Garten, den sie aufgeregt erkundete, und Andrea war erleichtert, als das Tier keine Anstalten machte, wegzulaufen. Muchi spazierte hoch erhobenen Schwanzes durch das neue Revier, jagte ein paar Enten nach und fing sich die ersten Mäuse.

Andrea beschloss, einen langen Spaziergang am See entlang zu machen. Gerade, als sie das Haus durch die hintere Tür verlassen wollte, läutete es Sturm.

»Schade«, murmelte Andrea, die ihren Feierabend dahinschwinden sah. Sie lief nach vorn, öffnete die Haustür – und prallte in der nächsten Sekunde zurück.

»Du?«

»Ja.« Gerhard Gschwendner versuchte sich an einem Lächeln. »Ich ... du ...« Er streckte den Arm nach Andrea aus, doch sie wich einen Schritt zurück. »Liebling, wir müssen noch mal miteinander reden. Es tut mir alles so leid.« Er machte Anstalten, an ihr vorbei ins Haus zu gehen, doch Andrea stellte sich ihm in den Weg.

»Wir haben nichts mehr miteinander zu bereden. Es ist aus. Vorbei. Begreif es und lass mich in Ruhe.« Sie schaute ihn kurz an. Elend sah er aus. Blass, das Gesicht eingefallen, das Haar, das früher immer exakt geschnitten war, war viel zu lang. Auf der Stirn hatte er eine gezackte Narbe, die noch hellrot leuchtete.

»Kann ich helfen, Frau Doktor?« Wie aus dem Boden geschossen stand Markus Eichner dicht hinter Gerhard.

Für Sekunden huschte ein kleines Lächeln über Andreas angespanntes Gesicht. »Markus! Wie schön, dass du schon da bist!« Sie drängte sich an Gerhard vorbei und umarmte Markus flüchtig. Dann wandte sie sich an ihren Ex: »Du störst jetzt wirklich. Geh! Bitte.«

Aus zusammengekniffenen Augen blickte Gerhard Gschwendner von ihr zu dem gutaussehenden Mann, der jetzt zärtlich den Arm um Andrea legte.

»So ist das also! Hast dich ja schnell getröstet. Aber das war's noch nicht, das schwöre ich dir. So schnell schiebst du mich nicht ab.«

»Red nicht so einen Schmarrn, Gerhard. Du hast mich belogen und betrogen. Was auch immer dich dazu bewogen haben mag, herzukommen und zu Kreuze zu kriechen: Es interessiert mich nicht. Und du wirst auch keinen Erfolg haben. Also geh endlich. Verschwinde aus meinem Leben!«

Der Druck um ihre Schultern verstärkte sich, sie zitterte vor Erregung und war froh, als Gerhard sich endlich fluchend umdrehte und zu seinem Wagen ging. Es war ein schwarzer italienischer Sportwagen, genau der Typ, von dem Gerhard immer geschwärmt hatte. »Mein Traumauto, aber viel zu teuer«, hatte er damals gesagt und lachend hinzugefügt: »Es sei denn, du schenkst ihn mir zur Hochzeit. Schließlich bist du eine reiche Frau.«

Damals hatte Andrea mitgelacht, doch inzwischen wusste sie, dass Gerhard immer nur ihr Geld im Auge gehabt hatte. Wer ihm diesen Wagen jetzt finanziert hatte, wusste sie nicht. Doch es war auch uninteressant. Das Kapitel Gerhard war zu Ende.

Es wunderte sie, wie gelassen sie auf einmal war, nachdem sie sich diese Tatsache eingestanden hatte.

Markus schloss die Tür, und langsam, etwas zögernd löste sich Andrea aus seinen Armen.

»Danke.« Sie presste die Lippen zusammen. »Sie sind genau im richtigen Moment gekommen.«

»Sie? Wir waren doch schon beim Du. Das sollten wir beibehalten.« Er legte ihr mit zärtlicher Geste einen Finger unters Kinn.

Andrea nickte nur.

»Ich freue mich.« Kurz küsste er sie auf die Wange. »Ich heiße Markus.«

»Andrea.«

»Ich weiß.« Er hielt ihren Blick fest. »Schön, dass du hergezogen bist, Andrea.«

»Noch wohne ich nicht fest hier. Aber ich freue mich darauf, bald meine Zimmer bei Chris beziehen zu können.«

»Du wohnst bei ihm?«

»Erst mal. Ja.« Sie lächelte. »Das macht es für uns beide einfacher, denke ich. Später kann ich mich immer noch nach einer größeren Wohnung umschauen. Erst mal müssen wir schauen, ob wir überhaupt auf lange Sicht zusammenarbeiten können.«

»Das hoffe ich doch sehr – für mich.« Sein Lächeln ging ihr unter die Haut. »Kennst du dich eigentlich aus in der Gegend? Ich würde mich nämlich gerne als Fremdenführer anbieten.«

»Ein bisschen kenne ich die Gegend. Aber noch nicht sehr gut.« Sie zögerte, fragte dann: »Musst du nicht in deinem Hotel arbeiten?«

Er lachte leise. »Im Grunde ja. Aber das ist das Gute daran, wenn man Chef ist: Man kann sich hin und wieder freigeben.« Er legte den Arm um Andreas Schultern. »Was hältst du am Mittwoch von einem Mainau-

Besuch? Das ist der Tag, an dem erfahrungsgemäß nicht allzu viel los ist und ich gut für ein paar Stunden weg kann.«

»Wenn Chris mir frei gibt …«

»Wehe wenn nicht!«

»Was würdest du dann tun?« Es machte ihr auf einmal Spaß, locker mit ihm zu flirten. Jung und unbeschwert fühlte sie sich plötzlich.

»Ich ließe mir einiges einfallen, um mit dir zusammen sein zu können.« Ein zärtlicher Blick unterstrich seine Worte.

»Dann schau ich, dass ich einen freien Nachmittag bekommen kann. Chris ist über Pfingsten nicht da, aber er kommt sicher nach den Feiertagen zurück.«

»Gut, dann fangen wir mit dem Besichtigungsprogramm auf der Mainau an.« Er zögerte kurz, dann zog er Andrea an sich. »Ich freue mich sehr.«

»Ich mich auch.«

»Wir telefonieren vorher aber noch miteinander. Oder …« Er zögerte. »Komm doch noch mal vorbei. Wir könnten zusammen essen oder …« Ein melodischer Klingelton unterbrach ihn. »Sorry.« Er hob das Mobiltelefon ans Ohr und meldete sich mit einem knappen: »Ja, was gibt's, Veronika?« Eine Weile hörte er zu, Andrea verstand nicht, was die Anruferin sagte, doch ihre laute, etwas schrille Stimme drang bis zu ihr.

»Gut, ich regle das. Sofort. Versprochen. Ja, reg dich ab.« Er klappte das Handy zu, sah Andrea entschuldigend an und meinte: »Tut mir leid, aber ich muss los. Ich rufe dich an.«

Sie nickte nur und fragte sich, wer diese Veronika war, deren Anruf Markus sichtlich verstimmt hatte.

Geht mich gar nichts an, sagte sie sich und ging hinüber in die Praxisräume. Ich habe meine eigenen Probleme.

Und doch dachte sie während der Abendstunden immer wieder an Markus – und die unbekannte Veronika.

11

»Bis bald, meine Süße. Ich komme so rasch als möglich zurück.« Richard küsste Bettina noch einmal zärtlich, dann hob er die kleine Sonja in die Höhe, die ihren Papa aus der Höhe strahlend anlächelte und dabei die ersten drei Zähnchen sehen ließ.

»Du musst los.« Bettina nahm ihm die Kleine ab und stellte sie auf den Boden. Ganz sicher stand sie noch nicht, doch an der Hand der Mama ging es schon ganz gut. »Wenn du nicht bald fährst, verpasst du noch den Flieger.« Bettina strich ihrem Mann noch einmal kurz über den Ärmel der hellen Wildlederjacke. »Wäre doch schade, wenn deine Fans in Wien umsonst warteten.«

»Mir wär's egal. Ich hatte mich auf die Pfingsttage mit euch gefreut. Und schließlich hatten wir Karten fürs Musicalkonzert.« Liebevoll sah er sie an. »Ich weiß doch, wie sehr du dich darauf gefreut hast.«

»Die Karten kann ich verschenken. Oder ich gehe mit Andrea hin. Du musst jetzt los. Sei nicht so pflichtvergessen, Rick Meinhard. Schließlich bist du der Star des neuen Films, also musst du ihn promoten.«

»Jawohl, Chefin.« Lachend klemmte er sich hinters Lenkrad seines Porsches, den er nur noch fuhr, wenn er allein war. Für die kleine Familie hatte er einen großen

Kombi angeschafft, mit dem Bettina und Ottmar auch Weinlieferungen erledigen konnten.

Ehe er außer Sichtweite geriet, hupte er noch einmal und winkte, und Sonja winkte mit Bettinas Hilfe begeistert zurück.

»So, meine kleine Maus, ich bringe dich jetzt zur Tante Gertrud, die freut sich schon auf dich.« Sie wollte Sonja hochheben, doch ein heftiger Bauchschmerz durchzuckte sie, und rasch stellte sie ihr Töchterchen auf die Erde zurück.

»Gerut, Opa, Sammy.« Stolz sagte Sonja all die Namen auf, die sie schon aussprechen konnte.

»Richtig, Sammy wartet bestimmt auch auf dich.« Bettina ignorierte den ziehenden Schmerz in ihrem Unterbauch. Vorige Woche hatte sie dieses unangenehme Stechen auch schon einige Male gehabt, doch es war wieder vergangen, so wie gestern auch. Allerdings hatte es gestern ziemlich lange gedauert, bis sie wieder schmerzfrei gewesen war.

Der große schwarze Hund, den Bettina und Richard vor Jahren als zitterndes Welpenbündel vor dem Ertrinken im Bodensee gerettet hatten, kam ihnen schon an der Tür des Gutshauses entgegen und ließ sich von Sonja kraulen. Dass sie ihm hin und wieder ungeschickt ins Gesicht patschte, machte ihm gar nichts aus.

»Ich muss wieder zu den Leuten, am Südhang ist noch viel zu tun.« Bettina wandte sich an Gertrud, die in der Küche stand und Gemüse putzte.

»Ottmar wollte auch mithelfen, aber es geht ihm heute gar nicht gut. Er sitzt drüben unterm Baum.« Sie zuckte mit den Schultern. »Ich hab gesagt, er sollte besser mal den Arzt rufen, aber das will er nicht. Er meinte, es gibt schon bald anderes Wetter.« Gertrud, die seit Jahrzehnten als Haushälterin auf dem Gut arbeitete und seit zwei Jahren mit dem Kellermeister Johann Kayser verheiratet war, hob Sonja auf die Arme. »Komm, es gibt leckeren Kakao. Und dann schauen wir mal nach deinem Opa, dem alten Sturkopf.«

Lächelnd sah Bettina den beiden nach. Gertrud war und blieb der gute Geist des Gutes. Sie war der ganzen Familie eine treue Freundin, und seit sie endlich ihre große Liebe Johann geheiratet hatte, war sie dem Betrieb noch enger verbunden.

Bettina nahm sich nicht die Zeit, sich noch einmal umzuziehen; auf dem Traktor, mit dem sie durch die Reben fahren wollte, um die Begrünungspflanzen auszusäen, reichten Jeans und der leichte Baumwollpulli. Es war angenehm warm, die Sonne verwöhnte die Bodenseeregion wieder einmal mit ihrem goldenen Licht.

Johann Kayser und zwei festangestellte Gutsarbeiter hatten schon mehr als die Hälfte des großen Südhangs bearbeitet.

»Du hättest nicht noch kommen müssen, wir schaffen das schon.« Johann überließ Bettina dennoch seinen Platz auf dem Traktor. »Wenn du aber unbedingt willst ... ich müsste mit Volker noch zwei Tanks säubern. Das würde ich dann heute machen.«

»Sicher. Ich bin doch gekommen, um dich zu entlasten.« Sie lachte leise. »Im Weinberg bin ich lieber als beim Reinigen der Tanks.«

Johann nickte. »Ist nicht gerade die beliebteste Arbeit auf einem Weingut, aber sie muss gemacht werden. Da hinten«, er wies auf eine Stelle im Südosten, »musst du aufpassen, da gibt es ein paar Kaninchenlöcher. Wir werden die Viecher in den nächsten Tagen vertreiben oder abschießen müssen. Die großen Löcher sind viel zu gefährlich.«

»Ist gut.« Bettina hob kurz die Hand und machte sich an die Arbeit. Das Traktorfahren hatte sie rasch gelernt, ebenso wie alle anderen Arbeiten auf dem großen Weingut. Vor vier Jahren war sie noch eine der Landschaftsgärtnerinnen auf der Mainau gewesen, doch sie bereute den Berufswechsel keine Minute. Blumen waren immer noch ihre Leidenschaft, der Blumengarten rechts neben dem Haus wurde von ihr allein gepflegt, hier wuchsen die schönsten Rosen. In großen Kübeln, die sie neben der Haustür aufgestellt hatte, blühten in verschwenderischer Pracht Geranien, Fuchsien und Margeriten, umgeben von blauen Hängelobelien. Aber auch das Weinmachen lag ihr. Sie hatte die Ausbildung so rasch wie irgend möglich gemacht und als Jahresbeste abgeschlossen. Richard, aber auch Ottmar und Johann waren stolz auf sie, denn sie hatte härter als jeder andere gearbeitet.

Eine Stunde fuhr Bettina den Hang auf und ab, säte die Begrünungspflanzen aus und schaute dabei nach den jungen Trieben, die bereits ein helles Grün zeigten. Als der Traktor über einen größeren Stein rumpelte, schrie sie unterdrückt auf. Der Schmerz, der sie bei der heftigen Bewegung durchzuckt hatte, trieb ihr die Tränen in die Augen.

Sie hielt sich die Seite, dabei geriet der Traktor aus der Spur.

»Chefin! Was ist los?« Ulli, dessen rotes Haar im Sonnenlicht leuchtete, sprang von der Seite auf. Er war gerade mal achtzehn und machte für ein halbes Jahr ein Praktikum auf dem Weingut. »Sie sind ja ganz blass.« Er griff ins Lenkrad und brachte den Traktor wieder in die Spur.

Bettina biss sich auf die Lippe. »Mir ist schlecht«, murmelte sie. »Bring mich zum Haus zurück, Ulli.«

Der Tausch der Plätze war anstrengend, jede Bewegung tat ihr weh, und sie atmete auf, als der Traktor endlich auf dem Hof zum Stehen kam. Wie immer wollte sie abspringen, doch Ulli hinderte sie daran.

»Lieber nicht. Ich helfe Ihnen.« Vorsichtig hob er sie herunter.

Bettina taumelte. »Mir ist so schlecht«, flüsterte sie, dann wurde sie auch schon ohnmächtig.

Alles, was dann geschah, bekam sie nur noch gedämpft und wie durch einen Nebelschleier von der Realität getrennt mit. Ein Krankenwagen fuhr vor, sie wurde kurz untersucht, und eine dunkle Männerstimme, die sie nicht zuordnen konnte, sagte:

»Wie lange haben Sie schon Beschwerden, Frau Meiningen?«

»Tage …«

Der Arzt tastete ihren Bauch ab, und Bettina seufzte auf, als er auf den rechten Unterbauch drückte.

»Wir dürfen keine Zeit mehr verlieren. Das ist mit Sicherheit ein perforierter Appendix, und damit ist auch heutzutage noch nicht zu spaßen. Die Bauchfellentzündung darf sich auf keinen Fall weiter ausdehnen, Sie müssen schnellstens operiert werden.«

»Aber …« Bettina wollte etwas einwenden, doch im gleichen Moment spürte sie einen Stich in den Arm, dann wurde es dunkel.

12

»Ich bin zu spät, entschuldige.« Andrea streifte sich das azurblaue Kaschmirtuch von den Schultern.

»Macht nichts. Ich freue mich, dass du da bist.« Markus führte sie zu dem kleinen Tisch am Fenster, den er reserviert hatte.

»Bettina musste in die Klinik. Blinddarmdurchbruch. Du kannst dir vorstellen, was das für eine Aufregung auf dem Gut gab.« Sie nickte dankend, als er ihr ein Glas Wein einschenkte. »Zu allem Überfluss ist Richard gerade zu einem wichtigen Termin nach Wien unterwegs.« Sie trank einen Schluck. »Sei nicht böse, aber ich möchte gleich wieder zurück. Ottmar ist in die Klinik gefahren und Gertrud mit dem Baby allein. Leider hab ich Rufbereitschaft, muss also immer erreichbar sein. Mein neuer Kompagnon ist mit seinem Freund auf einer Party in München.«

»Aber erst isst du eine Kleinigkeit.« Liebevoll schaute er sie an. »Du siehst ganz blass aus.«

Andrea widersprach nicht. Sie hatte seit dem Morgen nichts mehr zu sich genommen und wirklich Hunger. Zum Glück schwieg ihr Mobiltelefon, es ging in der nächsten Stunde kein Notruf ein.

Das zarte Bodenseefelchen, das sie sich ausgesucht hatte, schmeckte hervorragend, und nachdem sie ein kleines Glas Wein getrunken hatte, ließ ihre Nervosität ein wenig nach.

»Das war sehr gut.« Sie lehnte sich kurz zurück. »Danke, Markus.«

Für einen Moment legte er ihr die Hand auf die kühlen Finger, die mit dem Stiel des Weinglases spielten.

»Ich würde gern mehr tun.« Er zögerte, dann fuhr er fort: »Zum Beispiel mitkommen zum Weingut. Oder dir noch ein Glas Wein einschenken.«

»Nein, auf keinen Fall. Ich muss fahren und einen klaren Kopf behalten, falls ich einen Patienten bekomme. Aber einen Espresso trinke ich gerne noch.«

»Kommt sofort.« Er winkte einer Kellnerin und gab die Bestellung auf.

Andrea trank in kleinen Schlucken. »Das tut gut.« Sie lächelte Markus an. »Aber jetzt muss ich wirklich los.«

»Gut, ich bin fertig.«

»Wir müssen aber meinen Wagen nehmen. Oder du fährst hinter mir her.«

»Ich komme mit dir.« Lächelnd sah er sie an. »Die Minuten mit dir sind zu kostbar.«

Andrea antwortete nicht, doch seine Worte ließen ihr Herz schneller schlagen. Markus war wirklich nett und ihr mehr als sympathisch. Nie hätte sie gedacht, dass sie nach der üblen Erfahrung mit Gerhard schon wieder so großes Interesse an einem Mann haben könnte.

Während der kurzen Fahrt sprachen sie nur wenig, und auch, als sie das Gut erreichten und sich erst mal auf die Bank vor dem Haus setzten, sagten sie nichts. Aber es war ein gutes Schweigen.

»Es ist schön, dass du hergezogen bist.« Markus legte ihr den Arm um die Schultern und zog sie an sich.

Andrea lehnte den Kopf an seine Schulter. Es tat gut, ihn so nah zu spüren. Als sie seine Lippen an ihrem Haar spürte, schlug ihr Herz Kapriolen. Im ersten Impuls war sie versucht, sich fester an ihn zu schmiegen, doch dann fiel ihr ein, dass es ganz offensichtlich eine andere Frau in seinem Leben gab.

Schon wollte sie ihn fragen, wer diese Veronika war, um die er sich kümmern musste, als sich ihr Handy mit einem leisen Piepton meldete.

»Das ist sicher die Klinik.« Sie rückte von ihm ab, sah aufs Display – und zuckte zusammen.

Du wirst für alles büßen, du Miststück

»Was ist denn?« Besorgt schaute Markus sie an.

»Das hier hab ich gestern schon mal gekriegt.« Sie hielt ihm das Handy hin.

»Was soll denn der Scheiß? Wer könnte dir drohen? Dein Ex?«

Andrea schüttelte den Kopf. »Nein, das glaube ich nicht. Das ist nicht sein Stil.«

»Mach dir keinen Kopf, das ist dann sicher ein alberner Jungenstreich.« Er zog sie an sich. »Vergiss den Unsinn.« Sanft küsste er sie, und für eine glückliche kleine Ewigkeit vergaß Andrea tatsächlich alles um sich herum.

13

Das Krankenzimmer war abgedunkelt, nur eine kleine Lampe brannte über dem Bett. Sie spendete jedoch genug Helligkeit, um zum wohl tausendsten Mal in den kleinen Spiegel zu schauen, den Ellen Häuser unter der Bettdecke versteckt hatte.

Vom Flur her waren schleifende Geräusche zu hören, die Visite wurde vorbereitet und ein Verbandwagen über das hellgrüne Linoleum geschoben.

Ellen verzog das Gesicht. Sie kannte dieses immer

gleiche Prozedere schon seit mehr als zwei Wochen. In wenigen Augenblicken würde ein Arzt hereinkommen, sie bemüht sachlich ansehen, ihre Wunden prüfen und dann versichern, dass man alles später noch besser korrigieren könnte. Sie müsse nur ein wenig Geduld haben.

Später! Später! Wie sie dieses Wort hasste!

Wie sie dieses Gesicht hasste, das ihr aus dem kleinen Spiegel entgegenblickte, sooft sie hineinschaute. Entstellt. Grausam entstellt. Eine Fratze, die sie anekelte. Und nicht nur sie.

Ellen hielt den Spiegel so fest umkrallt, dass es schmerzte. Vor fünf Tagen war Gerhard noch einmal da gewesen und hatte ihr kühl erklärt, dass er ihre Beziehung beenden müsse.

»Ich muss erst mein Leben neu sortieren«, hatte er gesagt und es vermieden, sie anzusehen. »Seit Andrea fort ist, ist alles anders. Sie will das Haus vermieten, hat schon neue Pächter gefunden, die gerade einziehen.«

»Du wolltest doch weg von ihr. Warum stellst du dich jetzt so an?«

»Nein. Ich wollte sie heiraten. Ich wollte ihr Geld, dieses herrliche Haus in bester Lage. Außerdem ist sie ein netter Kerl.«

»Ein netter Kerl! Pah! Was machst du mit einem guten Kumpel? Hatte sie sonst nichts zu bieten? Ha?« Ohne auf seine Antwort zu warten, fuhr sie fort: »Wohl nicht, sonst hättest du nicht alles getan, um mich in dein Bett zu kriegen. Und du konntest nicht genug von dem Sex mit mir bekommen, vergessen?«

Gerhard antwortete nicht.

»Was ist? Hat es dir die Sprache verschlagen? Mein Anblick, ja?« Sie richtete sich im Bett auf, riss ihr Nachthemd auseinander und präsentierte ihm ihren nackten Busen. »Sieh hin! Es ist noch alles da. Darauf standest du doch, du Scheißkerl!«

»Bitte, Ellen, mach nicht alles kaputt.« Gerhard fühlte sich hilflos. Er brachte es nicht fertig, der jungen Frau ins Gesicht zu sehen. In dieses einst so schöne Gesicht, das wohl nie wieder so makellos wie früher sein würde.

»Sei still! Oder hab den Mut, die Wahrheit zu sagen. Du wolltest mich doch haben. Mich. Nicht sie, diese langweilige Tierärztin. Mit mir hattest du Spaß. Vergessen?«

Ellen hatte sich nach diesem Ausbruch aufgerichtet, dabei waren ihr die Haare, die sie über die große Narbe gekämmt hatte, zur Seite gefallen. Entsetzt, mit deutlichem Abscheu in den Augen hatte Gerhard sie angeschaut. Nur noch wenig hatte er gesagt, auf ihre Beschimpfungen, auf ihre Tränen kaum noch reagiert und sich überhastet verabschiedet.

»Ich melde mich wieder. Mach's gut bis dahin.«

Er hatte nicht mal eine Antwort abgewartet und das Zimmer fluchtartig verlassen.

In der Erinnerung daran schossen Ellen Tränen der Wut in die Augen. »Scheißkerl!«, murmelte sie und sah zur Tür, an die gerade geklopft wurde.

»Die Visite verspätet sich.« Eine Lernschwester streckte kurz den Kopf ins Zimmer. »Kann ich bis dahin etwas für Sie tun, Frau Häuser?«

»Lasst mich doch einfach in Ruhe!« Ellen wandte das Gesicht ab, sie bekam nicht mehr mit, dass die junge Pflegerin sich schulterzuckend abwandte und die Tür schloss.

Eine Weile starrte Ellen in den blauen Himmel, von

dem sie durchs Fenster nur einen kleinen Ausschnitt sehen konnte. Immer noch beherrschten sie Zorn, Verbitterung und Eifersucht.

Schließlich griff sie zu ihrem Handy. Seit Tagen hatte sie niemand mehr angerufen. Wirkliche Freundinnen besaß sie nicht, und Gerhard reagierte nicht mehr auf ihre SMS. Mit ihrer Zwillingsschwester Marion hatte sie seit Jahren keinen Kontakt mehr. Marion lebte in Nürnberg und war eine richtige Spießerin. Sie arbeitete als Erzieherin in einem Kindergarten und war glücklich in ihrer kleinen Zweizimmerwohnung. Schon als Kinder waren sie ganz unterschiedlich gewesen, obwohl sie sich äußerlich ähnelten wie ein Ei dem anderen.

Ellen zögerte, ob sie ihre Schwester anrufen sollte, entschied sich aber dagegen. Später vielleicht, wenn sie absehen konnte, wie es weiterging, konnte sie sich immer noch bei ihr melden. Marion würde sie nur noch mehr aufregen mit ihrer betulichen Art, die blieb im Augenblick besser fern.

Schließlich wählte sie die Nummer ihrer Nachbarin, einer etwa fünfzigjährigen Boutiquebesitzerin, die ihr nach dem Unfall als Einzige Blumen und Genesungswünsche geschickt hatte. Die Nachbarin versprach, sich auch weiterhin um die Blumen in Ellens Apartment zu kümmern.

Das Luxusapartment in bester Lage war teuer, und Ellen fragte sich jetzt zum ersten Mal, ob sie sich diese Miete noch lange würde leisten können. Ihren Job bei Gerhard konnte sie vergessen, nicht für alles Geld der Welt würde sie weiterhin für diesen Mistkerl arbeiten.

»Ich hasse euch, euch alle!«, flüsterte sie und biss die Lippen zusammen, dass es schmerzte. Wirre Gedanken schossen ihr durch den Kopf. Sie suchte nach einem

Schuldigen, nach jemandem, den sie für ihr Elend verantwortlich machen konnte.

Und immer deutlicher sah sie Andrea vor sich. Ja, die Tierärztin war schuld. Sie hatte alles kaputtgemacht. Alle Pläne, die sie selbst und Gerhard geschmiedet hatten, alle Träume von Reichtum und Glück.

14

»Es ist wunderschön hier!« Mit leuchtenden Augen sah sich Andrea um. Die vielen, zum Teil meterhohen Rhododendronbüsche, an denen sie entlangschlenderten, leuchteten in verschiedenen Rot- und Lilatönen. Bienen und Wespen umschwirrten die Blüten, ihr leises Summen mischte sich mit dem Gesang der Vögel, die in den Sträuchern und Bäumen nisteten.

»Die Mainau ist wirklich ein kleines Paradies.« Markus legte den Arm fester um Andrea. »Wenn wir in einem Monat wiederkommen, blühen alle Rosen, der Duft ist unvergleichlich.«

»Bettina hat mich vor Jahren mal mit hergenommen. Damals, als sie noch als Landschaftsgärtnerin hier gearbeitet hat. Es war im Spätsommer, und ich habe die unendlich vielen Dahlien bewundert.«

»Es gibt zu jeder Jahreszeit etwas Besonderes zu entdecken. Sogar im Winter ist die Mainau einen Ausflug wert.« Er zog sie mit sich. »Wollen wir noch ins Schmetterlingshaus gehen und vorher im Café dort etwas essen?«

»Eine Tasse Kaffee wäre gut. Und dann würde ich

gern noch kurz die beiden Blumenvögel fotografieren, an denen wir eben vorbeigekommen sind.«

»Einverstanden. Das Schmetterlingshaus schauen wir uns ein andermal an. Dafür muss man sich wirklich Zeit nehmen. Es ist das zweitgrößte Schmetterlingshaus Deutschlands und beherbergt tropische Pflanzen und unzählige seltene Schmetterlinge.«

Andrea nickte. »Einverstanden. Nach dem Kaffee fahren wir zurück.« Sie blickte zum Himmel hinauf. Das intensive Blau, das noch am Mittag vorgeherrscht hatte, war einem hellen Grau gewichen, und von Westen her schoben sich dunklere Wolken heran. »Es ist ziemlich schwül, wahrscheinlich zieht bald ein Gewitter auf.« Kurz sah sie zu den nahen Alpen hinüber, die Bergspitzen waren bereits von einem leichten Dunstschleier umgeben.

»Das dauert aber noch«, meinte Markus, doch damit irrte er sich. Immer dichter wurde die Wolkendecke, und sie beeilten sich, den Kaffee zu bezahlen und zu dem breiten Steg zu gehen, der die Blumeninsel mit dem Festland verband. Wind kam auf, trieb die letzten Blüten von den Bäumen. Die Boote auf dem See schickten sich an, rechtzeitig die Häfen zu erreichen.

»Wow, jetzt wird's aber schneller als gedacht ungemütlich«, sagte Markus, nahm Andreas Hand, und so liefen sie zu seinem auf dem weitläufigen Parkplatz abgestellten Wagen. »Aber wir sind ja gleich daheim. Und da machen wir es uns gemütlich.« Er drückte Andreas Hand. »Du bleibst doch bei mir?«

Sie nickte nur. Ihr Herz begann rascher zu schlagen, als sie sich bewusst machte, dass sie bei diesem Unwetter wohl zum ersten Mal bei Markus übernachten würde. Aber sie wollte es. Wollte es sehr!

Noch drei Straßenzüge, dann hatten sie das Hotel erreicht. Die ersten Regentropfen klatschten gegen die Fensterscheiben, als sie den Wagen verließen und zum Haus rannten. Noch ehe Markus die Haustür aufschließen konnte, kam vom Stall eine Frau auf ihn zugelaufen.

»Na endlich! Ich hab schon gedacht, ich müsste mir ein Zimmer nehmen.« Ein kurzer, kühler Blick streifte Andrea. »Wo hast du gesteckt um diese Zeit, Markus? Sonst bist du doch immer im Hotel.«

»Heute mal nicht. Was willst du hier, Veronika?« Unwillig sah Markus die schlanke Frau mit dem schwarzen Haar an. Es war zu einem runden Bob geschnitten. Sogar jetzt, bei Sturm und Regen, wirkte die Frisur perfekt, ebenso wie das etwas zu auffällige Make-up. Sie trug einen hellroten Ledermantel und dazu passende Pumps.

»Wir müssen reden.« Kurz blickte sie zu Andrea hin. »Ich bin seine Frau. Und ich will ihn allein sprechen.«

Nein, es zuckte kein Blitz vom Himmel. Und auch das Donnergrollen war noch weit entfernt. Und doch hatte Andrea das Gefühl, in ein Inferno geraten zu sein.

»Markus …« Sie sah ihn an, sah seine zusammengepressten Lippen, die steile Falte auf seiner Stirn. Seine Nasenflügel bebten, und er streckte die Hand nach ihr aus, ohne sie zu berühren.

»Veronika, halt den Mund. Du spinnst ja!« Er wollte Andreas Hand nehmen, doch sie wich zwei Schritte zurück. »Andrea, bitte, es ist nicht so, wie …«

»Hör auf!« Mit einem Ruck drehte sie sich um und rannte los. Nicht auch noch diesen lapidaren, abgedroschenen Satz: »Es ist nicht so, wie es aussieht«.

Der Regen wurde heftiger, die Tropfen klatschten ihr ins Gesicht, mischten sich mit ihren Tränen.

Andrea rannte weiter und weiter.

15

»Verdammt noch mal, Veronika, was soll das?« Wütend ging Markus durch die geräumige Diele hinüber ins Wohnzimmer, darauf, dass Veronika ihm folgte, wartete er nicht. »Wie kommst du dazu, so zu tun, als wären wir noch verheiratet?«

»Sie hat's geschluckt.« Veronika lachte ironisch, während sie lässig den Gürtel des roten Mantels öffnete. »Ein ziemlich unbedarftes Mäuschen hast du dir da angelacht. Lässt sich mit einem Satz in die Flucht schlagen.« Sie trat dicht vor Markus hin, er roch das schwere Parfüm, das sie seit jeher bevorzugte. »So was wär mir nicht passiert.«

»Nein.« Bitter lachte er auf. »Du hast es vorgezogen, mich zu betrügen und dann bei Nacht und Nebel zu verlassen.«

Sie biss sich auf die Lippe. »Das war ein Fehler.« Sie senkte den Kopf, das schwarze Haar fiel nach vorn und verdeckte den größten Teil ihres Gesichts. »Ich weiß erst jetzt, wie falsch ich gehandelt habe.«

Markus fuhr sich über das feuchte Gesicht und dann kurz über die Haare, aus denen ein paar Wassertropfen fielen. »Was bezweckst du mit dieser Show, Veronika?« Er trat einen Schritt auf sie zu. »Wir sind seit drei Jahren geschieden. Und du bist, soweit ich weiß, seit zweieinhalb Jahren mit diesem Fernsehjournalisten verheiratet, mit dem du mich betrogen hast.«

»Ach, weißt du, Konstantin ... Das war ein Irrtum. Ein ziemlich großer Irrtum.« Sie sah ihn an, und Tränen schwammen in ihren dunklen Augen. »Er ist so oft unterwegs. Immer bin ich allein.«

Markus ging zum Fenster und sah hinaus in den Regen. »Hör mit dem Theater auf, Veronika. Das zieht bei mir nicht mehr.« Langsam drehte er sich um, musterte sie abschätzig. »Und jetzt geh! Wir haben uns nichts mehr zu sagen.«

»Das kannst du nicht machen. So kannst du mich nicht behandeln. Markus, hast du denn vergessen, was uns mal verbunden hat?«

»Ich hab nichts vergessen, Veronika. Gar nichts. Und deshalb hau einfach ab, ehe ich dich vor die Tür setze.«

»Scheißkerl!« Sie lief hinaus, mit einem lauten Knall fiel die Tür hinter ihr zu.

Markus wartete nicht darauf, dass sie mit ihrem roten Cabrio vom Hof fuhr, er warf sich eine Regenjacke über und rannte zu seinem Wagen. Das Aufheulen des Motors mischte sich mit dem ersten heftigen Donnerschlag.

Er sah Andrea schon nach wenigen Hundert Metern. Sie rannte kopflos durch den Regen, achtete kaum darauf, wohin sie lief.

Seine Angst um sie war grenzenlos, und er beschleunigte den Wagen noch mehr.

Dicht neben ihr bremste er scharf ab, das Wasser einer riesigen Pfütze spritzte auf, doch darauf achteten sie beide nicht.

»Liebes!« Ungeachtet der Tatsache, dass auch er bis

auf die Haut nass wurde, sprang Markus aus dem Fahrzeug und hielt Andrea am Arm fest.

»Lass mich!« Sie wollte sich aus seinem Griff befreien, doch er hielt sie fest, zwang sie, ihn anzusehen.

»Hör mir zu!« Er zog sie noch näher an sich, umklammerte ihre Schultern und schaute sie eindringlich an. »Veronika und ich, wir sind seit Jahren geschieden. Ich weiß nicht, was sie wieder mal von mir will. Nur eins ist klar: Sie will Ärger machen. So wie immer.« Liebevoll strich er Andrea eine nasse Haarsträhne aus dem Gesicht. »Unsere Ehe war ein Irrtum. Es waren drei vergeudete Jahre, die ich sehr bereue. Glaub mir, Veronika bedeutet mir gar nichts mehr. Nur du bist mir wichtig. Du allein.«

Langsam, zögernd nur sah sie zu ihm auf. In ihren Augen standen Tränen, die sich mit dem Regen mischten, der immer heftiger wurde.

»Komm her.« Markus zog sie noch fester an sich, und mit einem kleinen Seufzer schmiegte sich Andrea in seine Arme. Zu gern wollte sie ihm glauben. Durch die Regenjacke hindurch spürte sie seinen Herzschlag.

»Wir holen uns eine Riesenerkältung«, murmelte Markus. »Komm, wir fahren zurück.«

»Nein. Lieber nicht.« Andrea biss sich auf die Lippe. »Wenn sie noch da ist …«

»Dann fahren wir zu dir. Auf jeden Fall musst du so schnell wie möglich aus den nassen Klamotten.«

Andrea nickte. »Du hast recht. Ich … ich habe mich blöd benommen. Aber ich glaube, ich ertrage es einfach nicht, schon wieder so verletzt zu werden.«

Kurz sah er sie an. »Das würde ich nie tun. Glaub mir.«

Sie antwortete nicht, und schweigend fuhren sie

durch den Gewitterregen. Der Himmel über dem See war fast schwarz, die Berge kaum zu erkennen. Regelmäßig zuckten Blitze über den Himmel, gefolgt von heftigem Donnergrollen.

Kein Schiff war mehr auf dem Wasser zu sehen, die Segler hatten rechtzeitig die sicheren Häfen aufgesucht, und auch die letzten Ausflugsboote waren vor Anker gegangen. Auf den Straßen war kaum noch Betrieb, wer nicht unbedingt musste, fuhr bei diesem Unwetter nicht hinaus.

Der Parkplatz vor der Tierarztpraxis war leer, Christian Paulsen war nicht daheim. Andrea atmete auf, es war ihr recht, dass ihr Kollege sie nicht in diesem Zustand sah.

»Ich kann doch mit hochkommen?«

»Ja klar.« Ihre Finger zitterten, als sie die Haustür aufschließen wollte.

»Du brauchst dringend eine heiße Dusche.« Markus nahm ihr den Schlüssel ab und schloss auf.

»Du musst auch was Trockenes anziehen.« Andrea ging sofort ins Bad und griff nach dem schwarzroten Kimono, den sie gern daheim trug, wenn sie es sich nach einem langen Tag auf der Couch bequem machen wollte. »Hier, was anderes hab ich nicht.«

Markus griff nach dem dünnen Stoff, doch er legte ihn gleich wieder über einen Sessel. »Ich weiß was Besseres«, sagte er und schob Andrea ins Bad. Sein Blick ließ den ihren nicht los, und sie las in seinen Augen das gleiche Begehren, das sie auch erfasst hatte.

Nur noch kurz zögerte sie, dann schlüpfte sie aus den nassen Kleidern und öffnete die Tür zur Dusche. Heiß prasselte das Wasser auf sie herab, und sie genoss die Wärme mit geschlossenen Augen. Doch sie spürte genau, dass die Tür kurz hinter ihr geöffnet wurde. Und dann war Markus auch schon bei ihr. Er umarmte sie von hinten, küsste ihren Nacken, die Schultern, dabei flüsterte er zärtliche Worte, die im Rauschen der Dusche untergingen.

Langsam drehte sich Andrea um, schob sich die beiden nassen Haarsträhnen aus dem Gesicht, dann schlang sie die Arme um Markus' Nacken.

Seine Hände streichelten ihren Rücken, die nackten Schultern, dann umfasste er ihr Gesicht und sah ihr in die Augen, an deren Wimpern Wassertropfen glitzerten.

»Ich hab mich schon in dem Moment in dich verliebt, in dem du dich um meine Stute gekümmert hast. Du warst so einfühlsam, und doch zielstrebig und energisch. Hast gleich gewusst, was zu tun war und …«

Sie lachte leise und schmiegte sich fester an ihn. »Halt die Klappe und küss mich endlich.«

16

»Du hast mir einen Riesenschreck eingejagt, Liebling.« Vorsichtig beugte sich Richard Meiningen über Bettina und küsste sie. »Wie geht's dir jetzt?« Er strich ihr über die blassen Wangen.

»Ganz gut wieder.« Bettina richtete sich ein wenig auf. »Die Operation kam gerade noch rechtzeitig, aber es war knapp, sagte mir der Arzt.«

»Mir auch. Ich habe eben noch mit dem Professor gesprochen. Er meinte, du müsstest schon länger Schmerzen gehabt haben.«

Bettina schüttelte den Kopf. »Hab ich aber nicht. Nicht wirkliche Schmerzen zumindest. Und dann war auch so viel auf dem Gut zu tun, dass ich auf das leichte Ziehen im Bauch gar nicht geachtet habe. So was hat man doch immer mal.«

Richard zog ihre Hand an die Lippen. »So leichtsinnig bist du nie wieder, versprich es. Ich hab mächtige Angst um dich gehabt.«

»Tut mir leid.« Sie strich ihm über den Arm. »Wieso bist du überhaupt hier? Du musst doch arbeiten.«

»Unsinn! Du bist wichtig, alles andere hat Zeit.«

»Aber dein Drehtermin …«

»Der muss eben verschoben werden. Sie drehen erst mal andere Szenen.« Liebevoll lächelte er sie an. »Du bist wichtiger als jeder Film.«

»Aber …«

»Kein Aber. Es ist alles geregelt. Ich muss erst in vier Tagen zurück nach Wien. In der Zwischenzeit kann ich ein bisschen in den Weinbergen helfen, dich besuchen und …«

»… und dich um Sonja kümmern. Ich mache mir Sorgen, dass das alles für Gertrud zu viel wird. Zumal Ottmar im Augenblick gar nicht gut drauf ist und sie sich auch um ihn kümmern muss.«

»Wird gemacht. Du aber kümmerst dich erst mal nur um dich. Du musst dich noch schonen, hat Professor Berlinger gesagt. Und das wirst du. Versprochen?«

»Ja, mein Herr und Gebieter.« Sie lachte, doch das Lachen tat weh, instinktiv legte sie die Hand auf den Bauch.

»Du merkst, du musst gehorchen.«

Bettina nickte. Sie fühlte sich wirklich noch ziemlich schlapp und war froh, liegen zu können. Am Morgen hatte sie, am Arm einer Pflegerin, die ersten Schritte gemacht, doch die hatten sie mehr erschöpft, als sie sich eingestehen wollte.

Ihr Blick ging von den wunderschönen pinkfarbenen Rosen, die Richard ihr mitgebracht hatte, zu dem Foto von Sonja, das auf dem Nachttisch stand. Es zeigte das kleine Mädchen, das an ein großes Fass gelehnt auf der Wiese vor dem Gutshaus saß. Dicht daneben, den Blick aufmerksam auf Sonja gerichtet, saß der schwarze Hofhund Sammy. Sonja lachte und versuchte den Hund an einem Ohr zu ziehen, was sich Sammy friedlich gefallen ließ.

»Sie vermisst mich bestimmt.« Bettina schaute ihren Mann wieder an. »Geh mit ihr spazieren. Oder nimm sie einfach mit, wenn du in den Weinberg gehst. Hauptsache, sie wird beschäftigt.«

»Das mach ich schon, keine Sorge.« Noch einmal küsste Richard sie zärtlich, dann verabschiedete er sich. »Morgen komme ich wieder. Erhol dich gut. Ich liebe dich.«

»Ich liebe dich auch.« Sie drückte seine Hand. »Komm erst später, am Abend.«

Er lachte zärtlich. »Schon wieder auf dem Weg der Besserung, Frau Chefin?«

Bettina warf ihm einen Luftkuss zu. »Wenn du noch mehr lästerst, lass ich mich auf eigene Verantwortung nach Hause fahren.«

»Untersteh dich! Ich werde die Tür hier eigenhändig verriegeln.«

»Das gibt Ärger mit dem Professor.« Sie lachte vorsichtig. »Bis morgen, Schatz. Gib der Kleinen einen Kuss von mir.«

»Mach ich.«

Es fiel Richard nicht leicht, sie schon wieder allein zu lassen, doch er hatte der Wirtschafterin versprochen, noch einige Dinge einzukaufen, und das wollte er erledigen. An Gertrud blieb im Moment sowieso viel zu viel Arbeit hängen.

Er hatte ihr am Morgen angeboten, eine junge Frau aus Nonnenhorn einzustellen, die wenigstens die groben Arbeiten im Haus erledigen könnte, doch das hatte Gertrud kategorisch abgelehnt.

»Ich gehöre noch lange nicht zum alten Eisen«, hatte sie erklärt. »Und mit Sonja werde ich noch allemal fertig. Die Kleine ist doch ganz brav.«

Damit musste sich Richard erst einmal zufriedengeben. Er kaufte alles ein, was sie ihm aufgeschrieben hatte, dann machte er sich auf den Rückweg nach Nonnenhorn. Unterwegs fiel ihm ein, dass er kurz bis Lindau fahren und einen Besuch in der Tierarztpraxis machen könnte. Andrea wusste ja noch gar nicht, dass er da war. Vielleicht hatte sie sogar Zeit, sich morgen für ein paar Stunden um Sonja zu kümmern. Auch das wäre schon eine Erleichterung.

Vor dem Haus parkten der Kombi des Tierarztes und ein schwarzer Porsche. Die Haustür stand weit offen, und noch ehe Richard sich bemerkbar machen konnte, kam Tom Bender herausgestürmt. Sein schwarzes Hemd stand weit offen, und er wedelte aufgeregt mit einer Papprolle durch die Luft.

»Das war's mit uns!« Seine Stimme kippte vor Zorn, mit langen Schritten lief er auf seinen Porsche zu. »Du bist eifersüchtiger als Shakespeares Othello. Und zickig wie einst Marlene Dietrich.«

»Du kennst sie noch? Bist also doch älter, als du uns allen weismachen willst. Und sicher bist du auch häufiger als einmal geliftet worden. Alberner Schönling! Hau ab und lass mich in Frieden.«

»Das kannst du haben! Ich werde dir keine Träne nachweinen.«

»Ach nein?« Abrupt drehte sich Tom wieder um und stellte sich breitbeinig vor Christian Paulsen hin, der ihn um einen halben Kopf überragte. »Das kannst du deinen Viechern erzählen. Ich bin sicher, dass du morgen schon wieder angekrochen kommst.«

»Scher dich zum Teufel, Tom. Oder besser zu deinem neuen Lover.«

»Ich hab keinen neuen Lover, verdammt noch mal!« Tom drehte sich wieder um und wäre beinahe in Richard hineingelaufen, der im letzten Moment einen Schritt zur Seite machen konnte.

»Hoppla! Ich glaube, ich verzieh mich gleich wieder.« Er sah grinsend von einem zum anderen. »Oder braucht ihr einen Schiedsrichter?«

»Nein, dieser Typ da braucht höchstens einen Irrenarzt.« Tom wollte wieder zum Wagen gehen, doch Richard hielt ihn am Arm fest. »Hört mit dem Zirkus auf. Ihr könnt doch gar nicht voneinander lassen.«

»O doch, ich kann sehr gut ohne diesen Othello da auskommen.«

»Du hast ja jetzt Danny. Klar, dass ich da abgeschrieben bin.«

Tom drehte sich um, und jetzt ging ein Grinsen über sein Gesicht. »Wenn du schon in meinem Handy rumschnüffelst, solltest du alles lesen. Danny ist die Tochter einer Kundin, und sie hat einen kranken Hund. Den sollte ich dir beim nächsten Besuch mitbringen, damit du mal nachschaust, warum er immer fetter wird.«

»Danny ist …« Christian biss sich auf die Lippe.

Richard verkniff sich ein Lachen, als er sah, dass der große Tierarzt wie ein begossener Pudel dastand.

»Ja, Danny ist ein kleines Mädchen von gerade mal zwölf Jahren. Seit sie weiß, dass du Tierarzt bist, drängt sie mich, dir ihren Hund mitzubringen, damit du ihn dir ansiehst. Sie schreibt mir mindestens fünf SMS am Tag.«

»Na dann ...« Richard schlug Tom kurz auf die Schulter. »Komm mit rein, ich wollte kurz zu Andrea. Oder ist sie nicht da?«

»Nein. Sie ist bei einem Bauern hier in der Gegend, seine beste Milchkuh hat Schwierigkeiten beim Kalben. Es sind Zwillinge, die dem arme Vieh so zu schaffen machen.«

»Und das lässt du so eine zarte Person regeln?« Tom schüttelte den Kopf. »Du bist wirklich nicht gescheit, Chris. Hättest doch selber hinfahren sollen.«

»Du warst doch da. Und Andrea hat sich angeboten, zum Altmeier-Bauern zu fahren.«

»Ich denke, dass Andrea damit gut fertig wird. Sie hat immer schon Großtiere behandelt, und sie ist kräftiger, als man denkt.« Richard machte Anstalten, wieder zu fahren. »Grüß sie von mir. Ich rufe sie am Abend an.«

»Sie wollte am Abend mal in die Klinik fahren.« Christian machte ein paar Schritte auf Tom zu. »Und jetzt?« Er sah ziemlich bedripst aus.

»Jetzt solltet ihr euch ein Bier genehmigen.« Richard lachte. »Oder kann ich euch nicht allein lassen?«

Tom grinste. »Kennst ihn doch. Othello kriegt sich schnell wieder ein.« Er umarmte Christian liebevoll, der ihm einen Kuss aufs dunkle Haar drückte.

»Dann grüßt mir Andrea, wenn ihr sie seht.«

»Und du grüß Bettina. Gute Besserung«, wünschte Christian.

Richard hob zum Abschied die Hand, dann fuhr er auf dem schnellsten Weg nach Hause zurück.

Auf dem Gutshof herrschte noch Betrieb, drei Arbeiter kamen zusammen mit Johann Kayser, dem langjährigen Kellermeister, aus dem alten Weinkeller. Hier standen noch Eichenfässer, die sorgfältig gereinigt werden mussten. Im neuen Keller dominierten Stahltanks, in denen der Wein reifen konnte.

»Wo ist mein Vater?«, fragte Richard, als Johann näher gekommen war.

»Keine Ahnung. Er wollte irgendwas am kleinen Traktor reparieren.« Johann verzog leicht das Gesicht. »Das kann zwar der Alex viel besser, aber du weißt ja, wie dein Vater ist. Er lässt sich nichts sagen.«

Richard nickte nur. »Ich schau mal im Schuppen nach ihm.«

»Das mach ich schon. Kümmer du dich um Sonja. Ich bin sicher, sie freut sich auf ihren Papa.« Er sah zum Wagen hin. »Warst du einkaufen? Gertrud wartet sicher auf die Sachen.«

»Stimmt. Ich bringe sie ihr gleich in die Küche, dann kümmere ich mich um die kleine Prinzessin. Es ist so schön, wir können mit Sammy noch einen kleinen Spaziergang machen.«

Er nahm die beiden Einkaufstüten und schlug den Weg zum Haus ein, während Johann Kayser über den Hof zu der Scheune hinüberging, in der die Geräte standen, die den Männern die Arbeit im Weinberg etwas erleichterten.

»Alex, komm mal mit!«, rief er dem jungen blonden Mann zu, der aus Polen stammte und sehr viel Geschick darin besaß, die diversen Maschinen zu warten oder zu reparieren.

Axel sagte etwas zu den beiden Kollegen, dann lief er dem Kellermeister nach, der bereits die grün gestrichene Scheunentür aufschob.

Im nächsten Moment stieß Johann Kayser einen lauten Schreckensschrei aus.

17

Glatt, fast wie ein blinkender Spiegel lag der Bodensee im Licht des frühen Morgens. Die letzten Nebel hoben sich, und im hellen Sonnenlicht erwachten die drei Entenfamilien, die sich im Garten des Doktorhauses unter einer Trauerweide eingerichtet hatten, zum Leben. Aufgeregt schnatternd führten die Enten ihre Jungen zum Wasser, wo das gute Dutzend flaumiger Knäuel die ersten Schwimmversuche machte.

»Sieht das nicht süß aus?« Andrea beugte sich über das Holzgeländer und sah hinüber zum Ufer.

»Sehr süß!« Zärtlich küsste Markus ihre nackte Schulter.

»Ich meinte die Enten.« Andrea drehte sich zu ihm um.

»Ich natürlich auch! Wobei ... du bist noch viel süßer als die Tierchen da unten. Und so nah bei mir ...« Sein Kuss dauerte eine kleine Ewigkeit. »Am liebsten würde ich nicht zum Hotel fahren, sondern den Tag mit dir verbringen.«

»Das geht nicht, du pflichtvergessener Mann.« Sie

lachte ihn zärtlich an. Es war so wundervoll, wieder verliebt zu sein und die Kränkungen, die ihr Gerhard zugefügt hatte, vergessen zu können. »Ich muss zudem noch mal nach den Zwillingskälbchen sehen, und ein paar höchst seltene, wertvolle Hundewelpen müssen geimpft werden. Die Besitzerin ist ebenso wohlhabend wie exaltiert. Aber solche Patienten muss man auch haben.«

»Muss man?«

Sie nickte. »Ja. Diese Leute zahlen gut, und so kann man dann auch mal den Dackel einer alten Dame mit geringer Rente behandeln, ohne eine Riesenrechnung zu schreiben.«

»So was machst du? Ich bin geschockt.«

»Hoffentlich angenehm.« Andrea legte den Kopf in den Nacken und sah zu ihm auf. »Ich finde es richtig, so zu arbeiten. Wie oft hatte ich früher in Gauting Kinder mit ihren Kaninchen, die völlig verzweifelt waren, weil der Vater oder Großvater – meistens Bauern – die Tiere einfach schlachten wollten, wenn sie kränkelten.«

»Und da hast du kostenlos geholfen.«

Andrea nickte.

»Du bist süß.«

»Und du nimmst mich nicht ernst.«

»Doch. Und ich finde es sehr gut, wie du deinen Job machst. Du bist eine wunderbare, wunderschöne, begehrenswerte und tolle Frau.« Er machte Anstalten, sie ins Zimmer zurückzuziehen, doch in diesem Augenblick meldete sich Andreas Handy.

»Entschuldige.« Sie löste sich aus seinen Armen und ging zu ihrer Handtasche, nahm das Handy heraus – und zuckte zusammen.

»Verdammt, was soll das?« Starr blickte sie auf die

fünf Wörter, die ihr in grellem Rot entgegenleuchteten:

Das wirst du büßen, Schlampe.

»Was ist los?« Markus trat hinter sie und nahm ihr das Handy aus den zitternden Fingern.

»Was ist das denn für ein kranker Typ?« Besorgt sah er Andrea an. »Du hast ganz offensichtlich einen Feind. Oder eine Feindin.«

»Nein, ich wüsste niemanden, der mir so einen Müll schickt.«

»Vielleicht doch dein Ex?«

»Nein, das kann ich mir nicht vorstellen. Er ist egoistisch und berechnend, aber so was trau ich ihm nicht zu.« Entschieden schüttelte Andrea den Kopf.

»Wenn du noch mal so eine Nachricht erhältst, schalten wir die Polizei ein.«

»Ach was, die können da gar nichts unternehmen.«

Markus widersprach nicht, doch er war da anderer Meinung. Irgendjemand hasste Andrea. Nur – wer?

18

Die Bank stand im Schatten eines großen Haselnussstrauches. Rechts vom dichten Grün blühte ein wilder Rosenbusch, Bienen summten in den hellroten Blüten, und auf dem Rasen zu Ellen Häusers Füßen zankten sich zwei Amseln um einen Regenwurm.

Die junge Frau starrte auf die Vögel, ohne sie jedoch wirklich wahrzunehmen. Sie schreckte erst auf, als ein paar Meter von ihr entfernt ein Radfahrer aufschrie. Er fiel zu Boden, beschimpfte einen Mann in einem olivfarbenen Anorak, der nicht die geringsten Anstalten machte, ihm aufzuhelfen.

Ellen schob sich die Haare, die sie in den letzten Wochen nicht mehr hatte schneiden lassen, mehr ins Gesicht, so dass die lange Narbe auf ihrer Wange zum größten Teil verdeckt wurde.

Sie sah auf die Uhr. »Typisch«, murmelte sie und presste die Lippen fester aufeinander. Seit einer Viertelstunde saß sie jetzt hier im Klinikpark und wartete auf Marion. Aber ihre Zwillingsschwester war wieder mal unpünktlich. »Es ist immer noch so wie früher.«

»Sprichst du mit mir?« Der Typ im Parka war näher gekommen und schaute sie mit glasigem Blick an.

»Verschwinde!« Ellen drehte den Kopf zur Seite.

»Ja, ja, reg dich ab.« Er kam dennoch näher. »Haste mal 'nen Euro?«

»Geh arbeiten!«

»Tu ich doch.« Beim Lachen zeigte er löchrige Zähne. »Haste vielleicht 'nen Job für mich?«

Ellen betrachtete ihn. Er wirkte verwahrlost, nicht direkt wie ein Penner, eher wie ein Junkie. Er roch nicht nach Alkohol, aber sein stumpfer Blick sprach dafür, dass er auf Drogen war.

»Heute nicht. Aber vielleicht später mal.« Sie griff in ihre Jackentasche und warf ihm zwei Euro zu. »Bist du immer hier?«

»Fast jeden Tag. Du auch?« Er fixierte sie mit schräg gelegtem Kopf. »Bist du da drin?« Eine kurze Kopfbewegung zur Klinik hin war alles.

»Ja. Und du?«

»Nee. Nie wieder kriegt man mich in so 'nen Kasten.« Er tippte sich an eine imaginäre Mütze. »Muss weiter.«

Ellen erwiderte nichts, aber in ihrem Kopf überschlugen sich die Gedanken. Dieser Junkie konnte ihr vielleicht von Nutzen sein. Irgendetwas musste passieren. Irgendetwas, mit dem sie dicse verdammte Tierärztin bis ins Mark treffen konnte. Sie blieb noch eine Viertelstunde sitzen und dachte zum wohl tausendsten Mal darüber nach, wie sie sich an Andrea und Gerhard rächen könnte.

Sie musste wohl eingenickt sein, denn sie wurde wach, weil jemand sie an der Schulter rüttelte.

»Hey, penn hier nicht ein. Gleich regnet's.« Der Junkie von vorhin sah sie stirnrunzelnd an. »Das sieht übel aus«, stellte er fest und zeigte auf ihre Narbe.

»Ich weiß. Aber das geht dich einen Scheiß an. Damit muss ich allein fertig werden.« Sie bemerkte, dass der junge Mann jetzt frischer wirkte. Sein Blick war klarer, und er zitterte auch nicht mehr, das sah sie, als er sich eine Zigarette ansteckte.

»Hast du eine für mich?« Es kostete sie Überwindung, ihn anzubetteln, aber auf einmal gierte sie förmlich nach ein paar Zügen.

»Klar.« Er setzte sich ans andere Ende der Bank und reichte ihr ein zerknittertes Päckchen. »Meine letzten.« Er grinste. »Ich brauche dringend etwas Schotter. Kennst du niemanden, der 'nen Job für mich hat?« Lauernd blickte er sie an. »Ich mach alles. Fast alles.«

»Ich denke drüber nach.« Sie nahm ein paar tiefe Züge, drückte ihm noch einen Euro in die Hand und stand auf. »Ich muss wieder rein.«

»Klaro. Man sieht sich.«

19

Es war gespenstisch still in dem kleinen Warteraum vor dem Operationsraum der neurologischen Station. Nichts drang durch die dicken Milchglastüren. Nur zwei Mal war bisher eine Schwester herausgekommen, doch stets mit einem kurzen Nicken an Richard vorbeigegangen. Keine hatte ihm Gelegenheit gegeben, sich nach Ottmar zu erkundigen.

Richard bekam noch immer eiskalte Hände, wenn er sich an den Moment erinnerte, in dem sie seinen Vater gefunden hatten: Mit verzerrtem Gesicht hatte er neben einem Traktor gelegen, die Augen halb geschlossen, nicht ansprechbar.

Der Notarzt, den sie sofort gerufen hatten, hatte nur einen kurzen Blick auf den Patienten geworfen. »Das ist ein klassischer Schlaganfall. Er muss sofort in die Klinik. Jede Minute zählt. Ich fordere den Rettungshubschrauber an.« Er selbst verabreichte ein gerinnungshemmendes Medikament, mehr konnte er auf dem Gutshof nicht für den Patienten tun.

Richard zuckte zusammen, als sich endlich die Tür öffnete und ein schlanker Arzt mit hellblondem, kurzgeschnittenem Haar auf ihn zukam. »Es tut mir leid.« Er schob seine randlose Brille ein paar Millimeter auf den Nasenrücken zurück und presste kurz die Lippen aufeinander. »Wir konnten nichts mehr für Ihren Vater tun. Die Hirnblutungen waren zu massiv, dazu kam noch das Herz-Kreislauf-Versagen.« Er machte eine kleine Pause und legte Richard die Hand auf den Arm. »Es ist vielleicht besser so. Er hätte kein gutes Leben mehr gehabt, seine Einschränkungen wären sehr groß gewesen.« Teilnahmsvoll sah er Richard an, der ganz blass geworden war, dann fuhr er fort: »Ich bin sicher, dass Ihr Vater ein Schwerstpflegefall gewesen wäre, wenn er überlebt hätte. Er hätte sicher gar nichts mehr aus eigener Kraft bewerkstelligen können.«

Richard räusperte sich zwei Mal, dann presste er ein knappes »Danke« hervor und reichte dem Arzt die Hand. »Kann ich ihn noch mal sehen?«

»Sicher. Kommen Sie in einer halben Stunde wieder. Dann haben wir Ihren Vater in einen separaten Raum gebracht.«

Richard nickte nur, dann verließ er wie betäubt die neurologische Abteilung und ging, ohne nach rechts und links zu sehen, zur Chirurgie.

Bettina sah ihm sofort an, dass er keine gute Nachricht mitbrachte, und streckte die Hand nach ihm aus.

»Er … er hat es nicht geschafft.« Richard umarmte sie und schluckte schwer an den Tränen, die ihm in der Kehle brannten.

»Es tut mir so leid.« Bettina schluchzte auf. Sie trauerte sehr um Ottmar, den sie lieben und achten gelernt hatte. Er war humorvoll gewesen, ein sehr guter Winzer und ein unendlich zärtlicher Großvater.

Sie bestand darauf, Richard zu begleiten, als er ein letztes Mal seinen Vater sehen wollte. Man hatte Ottmar gewaschen und mit Tüchern zugedeckt. Er sah aus, als schliefe er. Neben dem schmalen Bett brannten ein paar Kerzen. Bettina schluchzte leise auf, als sie sich kurz aus dem Rollstuhl, mit dem Richard sie hergefahren hatte, erhob und dann nach der schon kalten Hand des alten Mannes griff, der ihr wie ein Vater gewesen war.

»Schlaf gut«, flüsterte sie und schob die durchscheinend wirkenden Finger wieder unter das grüne Laken.

Tausend Gedanken gingen ihr durch den Kopf, die alle in einem einzigen mündeten: Sie musste jetzt noch mehr auf dem Gut arbeiten, musste versuchen, Ottmars Arbeit in seinem Sinn fortzuführen.

20

Auf der Terrasse des Hotels *Seegrund* herrschte reger Betrieb, das Nachmittagsgeschäft war immer noch in vollem Gang. Auch auf dem hoteleigenen Bootssteg hockten Gäste, ließen die Beine ins Wasser baumeln oder warteten darauf, dass eins der drei Tretboote, die zum Hotel gehörten, frei wurde und sie eine halbe Stunde auf dem See herumfahren konnten.

Markus Eichner hatte alle Hände voll zu tun. Vor einer Viertelstunde waren neue Gäste angekommen, denen er ihre Zimmer gezeigt hatte. Gerade, als er sich in sein Büro zurückziehen wollte, kam der Chefkoch und bat um eine Unterredung. Es gab Probleme mit einem Jungkoch und einem Spüler, der unregelmäßig zur Arbeit erschien.

Erst am späten Abend hatte er eine ruhige private Minute. Er setzte sich in seinem Büro hinter den Schreibtisch, goss sich ein halbes Glas Wein ein und rief Andrea an.

»Hallo, Liebes. Schläfst du schon?«

»Nein, sonst könnten wir ja nicht telefonieren.« Ein kleines Lachen folgte. »Wie war dein Tag?«

»Stressig. Und deiner?«

»Nicht allzu sehr, denn Chris hat mir den größten Teil der Patienten abgenommen, so dass ich zum Weingut hinüberfahren konnte. Da herrscht leichtes Chaos seit Ottmars Tod. Richard musste vorgestern zu Dreharbeiten fliegen, und Bettina ist immer noch nicht hundertprozentig gesund.«

»Sie hat das Krankenhaus zu früh verlassen. Man hätte mit der Beisetzung auch noch eine Woche warten können.«

»Das stimmt schon, aber dann hätte Richard noch größere Probleme mit der Produktionsgesellschaft bekommen. Man hat ja schon Rücksicht auf ihn genommen, doch noch mehr konnte er nicht erwarten.« Sie seufzte leicht auf. »Gerade in der Branche ist Zeit Geld, das wissen wir ja. Außerdem glaube ich, dass die Beerdigung nicht allein der Grund war für ihren Wunsch, so früh wie möglich entlassen zu werden. Ich kann gut verstehen, dass sie in der Klinik keine Ruhe mehr hatte. Jetzt ist sie wenigstens vor Ort und kann die Leute einteilen, wenn sie selbst auch noch nicht mitarbeitet.« Sie machte eine kleine Pause. »Sie muss jemanden finden, der sich zumindest stundenweise mit Klein Sonja beschäftigt, damit sie sich wieder mehr um den Betrieb kümmern kann.«

»Oder für den Gutsbetrieb muss noch eine versierte Kraft gefunden werden.«

»Das wird schwierig werden, denke ich.«

»Ich werde mich mal umhören. Vielleicht weiß einer meiner Lieferanten jemanden.«

»Das wäre gut.«

»Ich hab Sehnsucht nach dir. Wir haben viel zu wenig Zeit füreinander. Aber morgen ist hier Ruhetag, da geht es nicht ganz so hektisch zu, da das Restaurant geschlossen ist. Was hältst du von einem Ausflug? Das Wetter hält sich noch einige Tage.«

Andrea zögerte. »Ich muss in die Praxis«, wandte sie ein.

»Und wenn Chris dich noch mal für einen ganzen Tag vertritt? Du hast doch an den letzten drei Wochenenden Dienst gemacht, damit er nach München zu Tom fahren konnte.«

»Ich werde ihn fragen.« Sie gähnte verhalten. »Sei nicht böse, aber ich bin hundemüde.«

»Dann schlaf gut. Ich küsse dich.«

»Ich dich auch. Bis morgen ... vielleicht. Ich melde mich, sobald ich mit Chris gesprochen habe.«

Am nächsten Morgen war sie schon eine Stunde vor Praxisbeginn zu zwei Hausbesuchen bei Bauern unterwegs. Bei einem gab es Probleme mit einer Haflingerstute, die sich an einem Weidezaun verletzt hatte. Der Riss in der Flanke musste nach lokaler Betäubung genäht werden. Beim nächsten Patienten handelte es sich um einen alten Hofhund, der sich kaum noch auf den Beinen halten konnte. Fast fünfzehn Jahre alt war das Tier, litt an schwerer Arthrose und akutem Nierenversagen.

»So leid es mir tut, aber wir müssen ihn erlösen«, sagte Andrea.

»Ich hab's befürchtet.« Der Bauer, ein alter Mann mit wettergegerbtem Gesicht, kniete sich neben den schwarzen Mischling und nahm ihn in den Arm. In seinen Augen standen Tränen, als er Andrea ansah. »Geben Sie ihm die Spritze, Frau Doktor. Jetzt.«

Es war auch für die Tierärztin nicht einfach, ein Tier

einzuschläfern, doch in diesem Fall war es die Erlösung von Leid, und so tat sie, was getan werden musste.

»Sie sollten sich einen neuen Hund holen«, riet sie dem Trettmer-Bauern und legte ihm die Hand auf die Schulter.

»Nix da. Ich bin zu alt dafür.« Der hagere Mann streichelte das Fell seines Hundes.

»Das stimmt. Aber im Tierheim gibt es auch etliche ältere Hunde, die sich nach Zuneigung sehnen. Wie wäre es, wenn Sie sich dort mal umschauten? Wenn Sie wollen, komme ich mit.«

Er nickte. »Später vielleicht. Später.« Er beugte sich über den Hund. »Ich brauche einfach ein bisschen Zeit.«

»Das versteh ich.« Sie packte ihre Tasche. »Dann fahre ich jetzt wieder. In Ordnung?«

»Freilich. Danke, dass Sie hergekommen sind, Frau Doktor.« Er zögerte, dann fügte er leiser hinzu: »Ich hatte ja am Anfang so meine Bedenken. So eine junge Frau und dann Tierärztin ... Aber Sie machen Ihre Sache gut. Ich werd's auch am Stammtisch erzählen. Die meisten hier denken ja, dass eine Frau nur für Kaninchen und Meerschweinchen zuständig sein sollte. Doch Sie können auch mit Kühen, gell?«

»Ich denke schon. Danke für Ihr Vertrauen. Und ... alles Gute für Sie. Überlegen Sie es sich mit einem neuen Gefährten aus dem Tierheim.« Andrea nickte ihm noch einmal zu, dann fuhr sie zurück zur Praxis. Unterwegs dachte sie daran, dass es immer noch ein paar Bauern gab, die sich schwer damit taten, dass eine junge Frau sich um ihr Vieh kümmerte. Vielleicht half es ja wirklich, wenn der Trettmer-Bauer ein gutes Wort für sie einlegte.

Vor zwei Wochen erst hatte ein Bauer, der einen

großen Betrieb mit neunzig Milchkühen und zehn Galloways besaß, es abgelehnt, dass sie seine Tiere behandelte.

»Nix für ungut, aber eine so dünne Frau wie Sie kann unmöglich meiner Daisy helfen.« Kopfschüttelnd hatte er sie angesehen, dabei ihre zierliche Figur beinahe geringschätzig betrachtet.

»Wenn Ihrer Daisy nicht gleich geholfen wird, verendet sie. Und mein Kollege ist unabkömmlich. Überlegen Sie es sich.« Sie hatte sich über das neugeborene Kalb gebeugt und es kurz gestreichelt, sich dann wieder der Kuh zugewandt, die apathisch im Stroh lag. Nach der Geburt war ein Teil der Gebärmutter ausgetreten, das Tier litt starke Schmerzen.

»Stell dich nicht so an, Vater.« Der Jungbauer, höchstens fünfundzwanzig, war zu ihr getreten. »Helfen Sie dem Tier, bittschön.«

Nur noch kurz hatte Andrea gezögert, der Kuh dann erst einmal eine schmerzlindernde Injektion gesetzt und dann behutsam, doch entschlossen alles getan, was getan werden musste. Schon nach einer Viertelstunde stand das Tier wieder und konnte sich um sein Kalb kümmern.

Der Bauer hatte nicht mehr viel gesagt, doch ihr dankbar die Hand geschüttelt. »Darauf trinken wir einen Obstler. Selbstgebrannt.«

Andrea ahnte, dass das ein weiterer Test war, und lehnte nicht ab. Sie konnte nur hoffen, dass sie nicht in eine Polizeikontrolle geriet, denn ihr Atem roch stark nach dem guten, aber hochprozentigen Kirschwasser.

Doch alles ging gut, und sie ahnte, dass sich ihr Ruf noch weiter verbessern würde.

Chris verabschiedete gerade eine ältere Dame, die

ihre Perserkatze hatte impfen lassen. Als er Andrea sah, kam er über den Parkplatz zu ihrem Wagen.

»Du hast für den Rest des Tages frei, Kollegin. Ich habe schon mit Markus telefoniert. Er wartet auf dich.«

»Danke! Das ist super. Heute ist herrliches Wetter, da können wir einiges unternehmen.« Sie gingen gemeinsam aufs Haus zu. »Und du kommst allein zurecht? Es ist aber auch zu dumm, dass die Sprechstundenhilfe, die du eingestellt hast, nun doch nicht gekommen ist.«

»Blöd, aber kein Beinbruch. Wenn jemand so unzuverlässig ist und nicht weiß, was er will, können wir eigentlich froh sein, dass sie einen Tag vor Dienstantritt abgesagt hat. Und ich bin ja vorher auch eine ganze Weile allein zurechtgekommen. Außerdem ist bei Sonnenschein meistens nicht allzu viel los. Du musst dir keine Gedanken machen.«

»Ja ... ich zieh mich schnell um, dann bin ich weg.«

»Viel Spaß!«

Eine halbe Stunde später war Andrea auf dem Weg zum Hotel *Seegrund.* Sie freute sich auf das Zusammensein mit Markus. In den letzten Wochen hatten sie viel zu wenig Zeit füreinander gehabt. Seine Gäste hatten ihn völlig beansprucht, sie war in ihrem Job stark gefordert, dazu hatte sie sich in fast jeder freien Minute um Bettina gekümmert.

Je näher sie dem Hotel kam, desto aufgeregter wurde sie. Ihr Herz begann schneller zu schlagen, als sie Markus entdeckte, der gerade mit seiner Stute aus dem Stall kam.

»Liebling, du bist schon da. Wie schön!« Für ein paar Minuten band er das Pferd am Griff der Scheune fest und nahm Andrea in den Arm. »Ich hab mich so nach dir gesehnt.« Sein Kuss wollte kein Ende nehmen.

Andrea atmete seinen Duft ein, der ihr inzwischen schon vertraut war. Im Gegensatz zu Gerhard, der stets einen teuren, aber sehr intensiven Herrenduft benutzte, roch Markus dezent nach einem leicht herben Aftershave.

Lulu scharrte mit den Hufen, sie langweilte sich, wollte auf die Weide.

»Da ist aber jemand eifersüchtig.« Andrea lachte.

»Eher verfressen, sie will aufs frische Grün. Ich bringe sie rasch rüber zur Apfelwiese, dann können wir los.«

Als er wieder zurückkam, wollte Andrea wissen: »Wohin fahren wir denn?«

»Du kannst wählen. Entweder gehen wir wandern oder machen eine Bootsfahrt. Wir können aber auch mit dem Wagen rüber zum Rheinfall nach Schaffhausen oder hochfahren zum Pfänder oder zum Säntis. Heute ist ganz klares Wetter, da haben wir sicher eine sehr gute Aussicht von den Bergen herab.«

Andrea zögerte. »Viel laufen will ich eigentlich nicht«, gestand sie. »Und auf eine Wanderung bin ich nicht eingerichtet.« Sie wies auf die leichten Sandalen, die sie zu einer hellblauen Leinenhose und einem dunkelblauen Seidenpulli mit weißen dünnen Streifen am unteren Rand trug. »Aber nach Schaffhausen würde ich gerne. Den Wasserfall hab ich noch nicht gesehen. Mit Bettina war ich vor Jahren schon mal auf dem Pfänder, aber das ist eine Weile her.«

»Dann fahren wir rüber in die Schweiz. Komm mit.« Er legte ihr den Arm um die Schultern und führte sie zu einer Garage. Sie war durch eine Hecke verdeckt und von der Straße aus kaum zu sehen.

»Du magst hoffentlich Oldtimer.« Mit der Fernbedienung öffnete er die Garagentür, und Andrea stieß einen kleinen bewundernden Schrei aus, als sie das alte dunkelblaue Mercedes Cabrio sah.

»Wow! Das ist ja ein Traum.«

»Ja. Als ich den Wagen vor Jahren entdeckte, war ich auch gleich hin und weg.« Bevor er Andrea die Tür aufhielt, musste er sie jedoch noch einmal ausgiebig küssen. »Ich hätte auch nichts dagegen, hierzubleiben«, murmelte er und zog sie fest an sich. »Du hast mir gefehlt.«

»Ich bleibe über Nacht, wenn du willst.« Sanft schob sie ihn von sich. »Aber erst mal würde ich gerne dieses tolle Gefährt ausprobieren.«

»Dann steig ein.«

Leise, fast unhörbar glitt der Wagen dahin. Markus wählte nicht die Hauptverkehrsstraßen, sondern fuhr über Landstraßen, vorbei an grünen Wiesen, auf denen unzählige Obstbäume standen, die erste kleine Früchte trugen. An den Südhängen befanden sich die meisten Weinberge der Region, die Rebstöcke zeigten sich auch in ihrem jungen Grün.

Als sie an einem Schild, das auf die Pfahlbauten in Unteruhldingen hinwies, vorüberfuhren, sagte Andrea: »Dahin möchte ich auch noch gern. Die Pfahlbauten hab ich als Teenager mal gesehen.« Sie lehnte den Kopf an die hellbraune Rückenlehne. »Damals waren wir auf Klassenfahrt am Bodensee und fanden es ziemlich langweilig. Wir kamen schließlich aus München und wollten alles andere als Natur oder alte Holzhäuser bestaunen.« Sie lachte. »Leider gab es weit und breit keine Disco, also haben wir am See Party gemacht. Ich hätte nicht gedacht, dass ich mal hier leben und arbeiten würde.«

»Und dass du dich hier verlieben würdest«, fügte Markus hinzu und griff nach ihrer Hand.

»Eingebildet bist du nicht.«

»Absolut nicht. Ich sag doch nur die Wahrheit. Oder hast du dich etwa nicht in mich verliebt?« Ehe sie antworten konnte, lenkte er den Wagen an den Straßenrand und hielt an. Weit und breit war kein anderes Fahrzeug zu sehen, so dass er Andrea ungeniert küssen konnte.

Sie erwiderte den Kuss voller Zärtlichkeit. »Ist dir das Antwort genug?«, fragte sie, als sie endlich wieder zu Atem kam.

»Vorerst ja.«

»Dann fahr weiter. Da hinten kommt eine ganze Kolonne.« Sie wies auf die Gegenfahrbahn, wo ihnen etliche mit weißen Schleifen geschmückte Fahrzeuge entgegenkamen.

»Eine Hochzeitsgesellschaft.« Markus hupte kurz, und aus einem offenen weißen VW Cabrio winkte ihnen ein Brautpaar zu.

»Die haben sicher in Birnau geheiratet. Die Basilika ist nur ein paar hundert Meter von hier entfernt. Sollen wir mal hochfahren?«

»Nicht heute. Lass uns nach Schaffhausen weiterfahren.«

Gut eine Stunde dauerte die Fahrt in Richtung Schweiz. Zum Glück hatten sie an der Grenze keinen Aufenthalt, so dass sie gegen Mittag ihr Ziel erreichten.

Markus parkte den Wagen auf einem der großen Parkplätze bei Schloss Laufen.

»Von hier aus ist es nicht weit«, sagte er. »Wir gehen zum sogenannten Känzeli, so nennt man hier die Aussichtsplattform, von der man den besten Blick hat.«

Hand in Hand schlenderten sie zu dem Aussichtspunkt.

»Wahnsinn!«, sagte Andrea, als sie die Wassermassen

sah. Weiß schäumte die Gischt auf, und Andrea schaute, wie alle anderen Besucher, fasziniert in die Tiefe.

»Der Rheinfall ist dreiundzwanzig Meter hoch und hundertfünfzig Meter breit«, erklärte ein älterer Herr seiner Frau. Das Paar stand in Hörweite, und Andrea lauschte interessiert, was der Mann aus einem Reiseführer vorlas. »Im Durchschnitt stürzen dreihundertdreiundsiebzig Kubikmeter Wasser pro Sekunde in die Tiefe«, hörte sie ihn noch sagen, dann zog Markus sie ein wenig zur Seite.

»Wenn du willst, bleiben wir bis zum Abend«, schlug er vor. »Dann wird der Wasserfall illuminiert. Ich hab das Schauspiel selber noch nicht gesehen, aber es soll toll sein.«

Andrea zögerte. »Das wäre nicht schlecht«, meinte sie und lehnte sich kurz an Markus.

»Andererseits ...« Er lachte und küsste sie auf die Wange, »gäbe es abends noch ein paar andere reizvolle Dinge zu tun.«

Andreas Herzschlag beschleunigte sich. »Da hast du nicht unrecht.« Lächelnd schaute sie zu ihm auf. »Also kommen wir noch mal her.«

»Einverstanden. Dann sehen wir uns den Wasserfall von der anderen Seite an. Am Rheinfallbecken liegt das Schlösschen Wörth. Von da aus kann man mit Ausflugsbooten dicht an den Wasserfall heranfahren.«

»Und wird sicher nass.«

»Gegen ein paar Spritzer sind wir doch gewappnet.« Markus lachte und zog sie weiter. Plötzlich blieb er stehen und wies hinunter in die Tiefe. »Sieh dir diesen Verrückten an! Da versucht wieder einer, mit dem Kajak den Wasserfall runterzufahren. Dabei ist es streng verboten.«

»Und jetzt?«

»Wenn er sein Abenteuer übersteht und wieder an Land kommt, kriegt er eine Anzeige.« Markus schüttelte den Kopf. »Die Leute sind unbelehrbar. Es sind schon etliche Unfälle passiert. Wenn, dann ist der Wasserfall höchstens im Winter zu bezwingen, dann führt der Rhein nicht ganz so viel Wasser wie im Frühjahr.«

»Die Abenteuerlust der Menschen ist groß, und manchmal sind sie einfach zu leichtsinnig.«

»Verrückt ist das!« So wie viele andere schauten sie hinunter in die wirbelnden Fluten, wo das Kajak wie eine Streichholzschachtel hin und her gewirbelt wurde. »Wahrscheinlich wieder jemand, der eine Helmkamera aufhat und so den ganz besonderen Kick dokumentieren will.«

Sie warteten noch ein paar Minuten, bis sie bemerkten, dass sich Polizei und Feuerwehr einfanden.

»Die Rettungsaktion muss ich nicht unbedingt mit ansehen«, erklärte Andrea und wandte sich ab. »Heute ist mir nicht nach Aufregungen.«

»Gut, dann gehen wir Kaffee trinken. Drüben im Schloss gibt es ein gemütliches Restaurant.«

Sie blieben noch eine Stunde auf Schweizer Gebiet, dann fuhren sie langsam zurück. Die Sonne stand immer noch hoch, und Andrea genoss den leichten Fahrtwind. Ihre Haut hatte in den letzten Wochen einen leichten Bronzeton angenommen, das Haar war blonder geworden.

Auf der Uferstraße, die am See entlangführte, herrschte bereits Feierabendverkehr, und als sie durch Friedrichshafen fuhren, wurde er noch stärker.

Gerade, als Markus an einer roten Ampel halten musste, klingelte sein Mobiltelefon, das mit dem Autotelefon verbunden war. Nur kurz sah er aufs Display und drückte den Anruf sofort weg.

»Wer war das?«, fragte Andrea.

»Veronika. Schon wieder. Sie nervt.« Sekundenlang wurden seine Gesichtszüge hart. »Sie soll mich endlich in Ruhe lassen.«

»Was will sie denn von dir? Geld?«

»Nein.« Er schüttelte den Kopf, gab viel zu heftig Gas, als die Ampel auf Grün sprang. »Geld hat sie genug. Ihr Neuer ist ein ziemlich bekannter Fernsehjournalist. Weiß der Kuckuck, warum sie anruft.«

Eine Weile sagte keiner etwas. Andrea sah Markus von der Seite an. Sein Gesicht wirkte immer noch düster, die Kiefer mahlten, fest umkrampften seine Hände das Lenkrad.

»Willst du mir was über sie erzählen?« Kaum hatte sie es ausgesprochen, biss sich Andrea auf die Lippe. Sie hatte sich so fest vorgenommen, nicht nach Veronika zu fragen, sich kein noch so geringes Anzeichen von Eifersucht anmerken zu lassen.

Aber das war leichter gedacht als getan!

»Tut mir leid. Vergiss, was ich gesagt habe.« Sie legte ihm die Hand auf den Arm.

»Schon gut.« Markus sah sie kurz mit gezwungenem Lächeln an. »Es ist im Grunde ja auch alles Schnee von gestern. Wir haben uns sogar ganz friedlich getrennt, denn sie hatte sich in einen anderen verliebt.« Er zögerte, dann fuhr er fort: »Offen gestanden, war ich erleichtert, als sie von sich aus die Scheidung verlangte. Ich war nicht glücklich in dieser Ehe.« Und als er Andrea jetzt anschaute, war ein warmes Leuchten in seinen Augen. »Nicht annähernd so glücklich wie mit dir.«

Die letzten Kilometer bis zum Hotel legten sie

schweigend zurück. Als der Wagen auf den Hof fuhr, war von der nahen Weide lautes Wiehern zu hören.

»Das ist Lulu. Sie kennt die Motorengeräusche meiner Autos genau.«

»Sollen wir zu ihr gehen?«

»Nein. Lulu muss noch warten.« In seinen Augen blitzte es leidenschaftlich auf. »Ich hab jetzt keine Zeit für sie.«

Eng umschlungen gingen sie ins Haus.

»Möchtest du was trinken? Champagner steht schon kalt.«

»Nein.« Andrea trat dicht vor ihn. »Später vielleicht. Jetzt will ich nur ...«

Sie konnte nicht weitersprechen, Markus küsste ihr die letzten Worte von den Lippen, hob sie hoch und trug sie in sein Schlafzimmer.

Andrea schloss die Augen und gab sich ganz seinen Zärtlichkeiten hin. Sie spürte seine Hand auf dem Rücken, langsam wanderte sie hinauf zu ihrem Nacken, fuhr dort unter ihr Haar, streichelte ihren Hals und glitt dann wieder tiefer. Dabei raunte er all die verrückten, unsinnigen und doch so wunderbaren Koseworte in ihr Ohr, die alle Verliebten sich zuflüstern.

Fester zog Andrea ihn an sich. Sie wollte ihn ganz spüren, und ihm ging es genauso. Sein Kuss wurde leidenschaftlicher, das Spiel seiner Zunge versetzte sie in Ekstase. Sie konnte sich nicht erinnern, jemals solch ein Begehren verspürt zu haben. Um das Stöhnen zu unterdrücken, das in ihr aufsteigen wollte, als er endlich ganz zu ihr kam, presste sie ihr Gesicht in sein Haar.

»Ich liebe dich«, sagte Markus leise und hielt sie fest umarmt. »Ich liebe dich, Andrea.«

21

»Hey! Bist ja auch wieder da!« Der junge Kerl im speckigen Parka grinste Ellen Häuser an. Sein Gesicht war voller roter Flecken.

»Ja.« Ellen lehnte sich auf der Bank zurück und wandte das Gesicht zur Seite, so dass er sie nicht genau ansehen konnte. So weit kommt es noch, dass ich mich regelmäßig mit einem Junkie unterhalte, dachte sie. Sie presste die Lippen zu einem schmalen Strich zusammen.

An diesem Morgen war die letzte Untersuchung gewesen, am nächsten Tag sollte sie entlassen werden. Sie sei wieder gesund, hatte ihr der Arzt kühl erklärt. Gesund! Welch ein Hohn! Sie war ein Monster! Ihr Gesicht war so entstellt, dass sie in einer Geisterbahn auftreten könnte.

Und da faselte der Arzt was von weiteren Korrekturen, die aber in einer Spezialklinik vorgenommen werden müssten. Klar, so unfähig, wie der Typ war, traute er es sich nicht zu, sie halbwegs wieder herzustellen.

Ellen hatte kein Wort mehr mit ihm gewechselt, sich stattdessen einen Termin bei einem renommierten Schönheitschirurgen am Bodensee geben lassen. Doch obwohl sie versuchte, sich als Notfall zu schildern, musste sie auf einen Termin warten.

Vierzehn Tage mindestens sollte sie warten. Das war unmöglich! Sie hatte keine Ahnung, wo und wie sie die Zeit bis dahin totschlagen sollte. Auf die Straße traute sie sich nicht. Sie hatte das Gefühl, dass alle sie anstarrten und hämisch grinsten, wenn sie ihre Narben sahen.

»Hey, was ist denn?« Der Junkie machte Anstalten,

sich neben sie zu setzen. »Hast du heute keinen Euro für mich?«

Sie warf ihm eine halbvolle Schachtel Zigaretten zu. »Verpiss dich!«

»Schönheit, nicht so arrogant!« Er lachte hämisch. »Wüsste wirklich nicht, worauf du dir was einbildest.«

Ehe sie antworten konnte, schlenderte er weiter. Doch schon nach ein paar Metern ließ er sich auf dem Rasen nieder, steckte sich eine Zigarette an und sah unverwandt zu Ellen herüber.

Die junge Frau presste die Lippen so fest zusammen, dass es schmerzte. Dieser süchtige Typ hatte ja so recht. Sie war Abschaum, so wie er.

Wieder einmal versuchte sie, Gerhard zu erreichen, doch er meldete sich nicht mehr unter der alten Nummer. Der feige Mistkerl hatte wohl ein neues Handy und damit eine neue Nummer.

In ihrer Verzweiflung rief sie in der Praxis von Andrea Karlsberg an. Die Sprechstundenhilfe meldete sich.

»Frau Doktor Karlsberg praktiziert hier nicht mehr. Möchten Sie einen Termin bei ihrem Nachfolger? Um welches Tier geht es denn?«

»Es ist privat. Und sehr dringend. Wo kann ich Frau Karlsberg erreichen?« Ellen Häuser musste sich zu einem ruhigen, sachlichen Ton zwingen.

Normalerweise hätte Daniela Meyerbeer diese Frage nicht beantwortet, doch vor ihrem Platz an der Rezeption stand eine junge Frau mit einer stark blutenden Katze, die sie überfahren hatte. Hier war sofortige Hilfe erforderlich, und so erwiderte Daniela, die durch das verletzte Tier abgelenkt war: »Frau Karlsberg praktiziert jetzt am Bodensee.« In der nächsten Sekunde legte sie auf.

Ellen Häuser grinste. Das klappte ja besser als gedacht. Die Adresse herauszufinden würde nicht allzu schwierig sein. Alles in ihr schrie nach Rache. Rache an Gerhard. Rache an dieser Tierärztin, die mitschuldig war an ihrem elenden Zustand.

In Ellens Hirn vermischten sich Phantasie und Wirklichkeit. Sie konnte nicht klar denken, hatte nur eins im Sinn: Alle diejenigen, die sie für ihr Aussehen verantwortlich machte, sollten ebenso leiden wie sie selbst.

»Hallo, du! Komm zurück!« Sie winkte dem Junkie, der sich langsam erhob.

»Willst du auch was?« Wieder grinste er sie hämisch an. »Das hier ist besser als Tabak. Und lässt dich vergessen, wie beschissen das Leben ist.« Er zog ein Tütchen mit hellem Kristallpulver aus der Tasche. »Ein Fuffi, dann ist es dir.«

»Was ist das?«

»Na, was wohl?« Wieder zeigte er beim Grinsen sein schadhaftes Gebiss, und Ellen begriff, dass er süchtig nach Crystal Meth war, diesem Rauschgift, das den Körper in kurzer Zeit zerstörte.

In ihrem Kopf rauschte es, sie konnte kaum einen klaren Gedanken fassen. Nur eins wusste sie: Der Junkie war der perfekte Handlanger für ihre Rachepläne. Schnell erläuterte sie ihm, was sie von ihm wollte: Gegen Bezahlung sollte er Gerhards Wagen zerkratzen und die Reifen zerstechen.

»Die Luxuskarre erkennst du sofort, ich schreib dir auch das Kennzeichen auf. Meinetwegen kannst du ihm sogar die Scheiben einschlagen.«

»Wow, du bist aber krass drauf.«

»Nicht so sehr wie du.«

»Und was springt für mich raus?« Lauernd sah er sie an.

»Erst mal zwanzig Euro. Du kriegst mehr, wenn ich weiß, dass du getan hast, was ich will.« Sie kramte in ihrer Handtasche nach einem Schein. »Du hast doch hoffentlich ein Handy?«

»Seh ich minderbemittelt aus?«

»Gut. Schick mir Fotos von der Karre. Dann kriegst du das Geld.«

»Und wo?«

»Wieder hier.« Sie hatte nicht vor, ihm ihre Adresse zu nennen. Allerdings hoffte sie sehr, dass er sich mit dem Zwanziger nicht einfach davonmachte, sondern sich noch mehr verdienen wollte.

Sie tauschten ihre Telefonnummern aus, dann schlurfte der junge Kerl grinsend davon. Für ihn war der Tag schon bestens gelaufen.

Ellen sah ihm nach, bis er um eine Wegbiegung verschwunden war. Von der anderen Seite näherte sich ein älteres Paar. Er ging an Krücken, und die beiden steuerten ihre Bank an. Rasch stand Ellen auf und eilte zurück zur Klinik.

In ihrem Zimmer versuchte sie dann, die neue Adresse von Andrea Karlsberg herauszufinden.

Wie sie sich an der Tierärztin rächen würde, die ihre und Gerhards gemeinsame, unbeschwerte Zukunft zerstört hatte, wusste sie noch nicht. Aber eins stand fest: Ungeschoren würde dieses blonde Miststück nicht davonkommen.

22

Eins der ersten Sommergewitter tobte sich über dem Bodensee aus. Heftig zuckten Blitze über den Himmel, tauchten das dunkle Wasser, aber auch die Uferregionen in blauweißes Licht. Sekunden darauf erfüllten dröhnende Donnerschläge die Luft.

Die kleine Sonja, die schon beim ersten Donnergrollen aus ihrem Mittagsschlaf gerissen worden war und jetzt auf Bettinas Schoß saß, begann wieder zu weinen.

»Nicht doch, Schätzchen, es ist nicht schlimm. Du musst keine Angst haben.«

»Hier, schau mal, was ich dir mitgebracht habe.« Andrea, die die Cousine an diesem Samstag besuchte, zog einen hellrosa Teddy aus ihrer großen Tasche. »Ist der nicht toll?«

Sofort war Sonja abgelenkt und nahm das Plüschtier in beide Händchen.

»Woher hast du denn das Ding?«, fragte Bettina schmunzelnd.

»Der gehörte Chris. Tom hat ihn mal für seinen Liebsten auf der Kirmes geschossen. Aber Chris meinte, er passe doch besser in Sonjas Kinderbett als auf seine große Liege.«

Bettina lachte. »Die beiden sind ein verrücktes Pärchen. Lieben sich, streiten sich – und können doch nicht voneinander lassen.«

»Sie lieben sich wirklich, das spürt man. Aber es ist schon witzig, wie sie sich mit ihren Eifersüchteleien aufreiben. Dabei bin ich mir nicht sicher, ob es immer ernst gemeinte Konflikte sind oder …«

»Oder sie lieben die Versöhnungen.« Bettina zupfte die rote Schleife, die der Teddy um den Hals trug, zurecht. »Kann ich sogar verstehen.«

»Ach ja?«

»Du bist frisch verliebt, du wirst auch noch merken, dass es in jeder Beziehung mal ein paar Tiefs gibt.«

Andrea wurde ernst. »Das musst du mir nicht sagen.«

Schnell legte ihr Bettina die Hand auf den Arm. »Tut mir leid, ich bin ein dummes Schaf. Natürlich weißt du, wie das ist.«

Die beiden jungen Frauen saßen in der geräumigen Wohnküche des Gutshauses. Am Fenster brannte eine schwarze Wetterkerze, die Gertrud aufgestellt hatte. Die Haushälterin war, nachdem sie den Freundinnen eine Brotzeit gerichtet hatte, hinüber in das schöne alte Haus gegangen, das sie mit ihrem Mann, dem Gutsverwalter und Kellermeister Johann Kayser, bewohnte. Es lag am unteren Ende des ältesten Weinbergs, und Johann hatte es in viel Eigenarbeit wunderschön hergerichtet.

Wieder krachte ein Donnerschlag und ließ alle zusammenzucken. Die ersten Regentropfen klatschen gegen die Fensterscheibe.

Bettina stand auf. »Halt Sonja mal bitte.« Sie sah besorgt aus dem Fenster. »Hoffentlich regnet es nicht zu stark. Wenn es jetzt in die jungen Reben hagelt, wird der Schaden riesig.« Sie seufzte auf. »Bei dem Unwetter wird sich der neue Mitarbeiter, der sich heute vorstellen sollte, sicher auch nicht blicken lassen. Johann hat schon zwei Mal mit ihm telefoniert, seine Papiere eingesehen und ist sich sicher, dass das ein guter Mitarbeiter wäre.«

»Dann wird es auch stimmen.«

»Ja, auf Johann kann ich mich blind verlassen. Dennoch will ich mir den Mann anschauen. Vor allem möchte ich wissen, warum er sich mitten im Jahr nach einem neuen Tätigkeitsfeld umsieht.«

Mit ihrer Befürchtung, dass sich Jochen Tillmann bei dem Wetter nicht auf dem Weingut einfinden würde, irrte sie, denn schon eine halbe Stunde später kamen Johann Kayser und ein junger rotblonder Mann ins Haus.

Der Kellermeister begrüßte Andrea, dann nahm er Klein Sonja für einen Moment auf den Arm. »Na, Prinzessin, was hast du denn da Hübsches?«

»Da.« Strahlend hielt ihm Sonja den rosafarbenen Teddy entgegen.

»Wunderschön. Aber jetzt geh zu deiner Tante Andrea zurück. Ich möchte euch Jochen Tillmann vorstellen.« Er drehte sich zu dem jungen Mann um, der im Türrahmen stehen geblieben war.

»Sie sind bei dem Wetter tatsächlich hergekommen.« Bettina streckte dem etwa Fünfundzwanzigjährigen, der fast zwei Meter groß war und sich den Kopf beinahe am Türrahmen angestoßen hätte, die Hand entgegen.

»Ich bin nicht aus Zucker.« Er lächelte. »Sonst wäre der Job ja auch nicht gerade ideal für mich.«

»Richtig. Empfindlich dürfen wir nicht sein. Darf ich fragen, warum Sie Ihre jetzige Stellung aufgegeben haben?«

Der große Mann zuckte mit den Schultern. »Mein Chef war gleichzeitig mein älterer Bruder. Und wir hatten, was die Bewirtschaftung unseres Weingutes an der Nahe anging, ziemlich unterschiedliche Ansichten. Aber da mein Bruder das Sagen nach dem Tod unseres Vaters hat, bin ich eben gegangen. Ich möchte aber unbedingt noch meinen Meister machen, zwei Gesellenjahre hab ich schon hinter mir.«

»Dann sag ich nur: Herzlich willkommen.« Sie

wandte sich an Johann Kayser. »Du bist einverstanden, nicht wahr?«

»Sicher doch. Sonst hätte ich ihn nicht eingeladen zu kommen. Seine Papiere sind gut, die Ausbildung an der Staatlichen Lehranstalt für Wein- und Obstbau in Weinsberg war hervorragend.«

»Dann freue ich mich, wenn Sie für uns arbeiten wollen.« Bettina reichte dem Hünen die Hand. »Alles andere können Sie mit Johann besprechen. Er hat hier das Sagen.«

Der Kellermeister lachte. »Nun tu nicht so, Bettina. Du bist die Chefin auf dem Weingut.«

Sie nickte. »Einverstanden. Und du bist der Boss.«

Die heitere Stimmung wurde urplötzlich gestört, als heftige Hagelkörner gegen das Fenster prasselten. Gleichzeitig zuckten besonders helle Blitze auf, und der darauffolgende Donner ließ alle zusammenzucken.

Sonja begann wieder zu weinen, und diesmal gelang es nicht so leicht, sie zu beruhigen.

»Hoffentlich zerstört der Hagel nicht zu viel in den Weinbergen. Die jungen Triebe sind noch nicht sehr stabil«, sagte Bettina noch einmal und schaute besorgt nach draußen, wo das Unwetter tobte.

»Wir werden uns morgen ansehen, welche Schäden der Hagel angerichtet hat.« Johann hob Sonja noch einmal kurz hoch und schwenkte sie durch die Luft. »Ich zeig Jochen seine Unterkunft. Er will vorerst auf dem Gut wohnen. Ich denke, das ist ganz in unserem Sinn.«

»Zumindest würde ich gern so lange hierbleiben, bis ich im Ort eine kleine eigene Wohnung gefunden habe«, fügte der junge Mann hinzu.

Die beiden Männer warteten noch ein paar Minuten, bis das Toben des Unwetters nachließ, dann führte Johann den neuen Mitarbeiter hinüber zu den Unterkünften, die während der Weinlese von zwei oder drei Arbeitern bewohnt wurden. Jetzt lebte nur ein Mann um die fünfzig hier, der sicher froh war, ein wenig Gesellschaft zu bekommen.

»Hoffentlich ist der Neue so gut, wie es seine Zeugnisse aussagen.« Bettina sah den beiden nach, die im Eilschritt über den Gutshof gingen. »Wir hatten vor Jahren einen Kellermeister, der uns belogen und betrogen hat. Damals war Johann krank, und wir dachten, der Neue könnte ihn entlasten. Aber er war die reinste Katastrophe. So etwas will ich nie wieder erleben.«

Noch ehe Andrea antworten konnte, klingelte ihr Handy.

»Daniela! Das ist ja eine Überraschung! Was gibt's denn?« Sie hörte eine Weile zu. »Klar kannst du mal herkommen. Ich freue mich. Und mach dir keinen Kopf wegen der Anruferin. Man hat mich hier noch nicht angerufen, und es ist auch noch niemand mit seinem Tier von Gauting hergekommen. Ansonsten wüsste ich niemanden, der nach mir gefragt hat.«

»Ich ärgere mich trotzdem, dass ich die Auskunft gegeben habe. Aber ich war so auf die überfahrene Katze konzentriert ...«

»Schon gut. Hat's das Tier denn überstanden?«

»Zum Glück. Alles wieder in Ordnung. Dein Nachfolger ist wirklich okay, und auch seine Familie ist nett.« Sie zögerte ein paar Sekunden. »Du fehlst mir trotzdem. Und ich komme, sobald ich zwei Tage hintereinander freinehmen kann.«

»Ich freue mich schon jetzt.«

»Du, Andrea, noch was ... Gerhard war schon zweimal hier. Immer mit seinem neuen Protzschlitten. Er wollte, dass ich mit dir rede und ein gutes Wort für ihn einlege. Er behauptet, ohne dich nie wieder glücklich werden zu können. Ich wollte es nur gesagt haben.«

»Das glaubst du doch nicht wirklich!« Andrea atmete heftiger. Schon die Erinnerung an Gerhard machte sie wütend.

»Nein, das hab ich ihm keine Sekunde lang abgenommen. Er wollte wohl auch nur auskundschaften, ob sich die neuen Pächter gut eingelebt haben oder ob er doch noch Chancen hat, sich den Besitz günstig unter den Nagel reißen zu können. So ein verdammter Mistkerl!«

»Er soll mich in Ruhe lassen. Endgültig!«

»Ganz deiner Meinung. Du kannst froh sein, ihn los zu sein.«

Es dauerte eine Weile, ehe sich Andrea beruhigte. Und erst nachdem sie mit Bettina zwei Gläser Wein getrunken hatte und das Unwetter abgezogen war, besserte sich ihre Stimmung wieder.

23

»Bitte, Veronika, lass mir heute Abend meine Ruhe.« Konstantin Regner nahm einen großen Schluck Whisky. »Ich hab einen anstrengenden Flug hinter mir und bin total geschafft.« Er streckte die Beine weit von sich und schloss die Augen. »In Aleppo war wieder die Hölle los.«

»Wer will denn immer zu den sogenannten Brennpunkten fliegen? Du doch! Musst ja immerzu den großen Abenteurer rauskehren. Erst Tel Aviv, dann Kairo, dann Aleppo. Wer weiß, wohin es dich nächste Woche wieder zieht.«

Veronika stellte sich ans Fenster und sah hinaus auf die Terrasse, an deren Rändern kleine runde Lampen brannten. In einigen Kübeln blühten weiße Rosen. Bunte Blumen verabscheute sie, so, wie sie auch kaum Farbe in ihren Räumen mochte. Der Wohnbereich war ganz in Schwarzweiß gehalten, nur zwei orangerote moderne Bilder sorgten für einen Farbkontrast. Dazu passten drei Seidenkissen in der gleichen Farbe. Weiße Orchideen waren die einzigen Blumen im Raum. Konstantin hatte sie im letzten Augenblick auf dem Flughafen erstanden.

»In den nächsten Wochen bin ich daheim.« Langsam trank Konstantin Regner sein Glas aus. »In der Redaktion liegt einiges an, und dann könnten wir zwei ja auch mal wieder was zusammen unternehmen.«

»Ach ja?« Abrupt drehte sie sich um. Ihre Augen blitzten zornig. »Wie gnädig von dir! Gönnst mir ein paar Tage deiner kostbaren Zeit.«

»Sei nicht albern, Veronika. Du wusstest doch, wie mein Leben aussieht. Der Job ist nun mal mit vielen Reisen verbunden. Und hinterm Schreibtisch kann ich auch noch mit sechzig sitzen.«

»Ja, aber dann warte ich hier nicht mehr auf dich.« Sekundenlang presste sie die Lippen aufeinander. »Augsburg ist die reinste Provinz, hier ist man lebendig begraben.«

»Du hast es doch wunderbar hier.« Verständnislos sah er sie an. »Du hast Zeit, Geld, kannst tun und lassen, was dir beliebt … Viele Frauen würden dich um dieses Leben beneiden.«

»Um meine Einsamkeit, meinst du wohl.« Sie warf

den Kopf in den Nacken. »Was glaubst du eigentlich, wie mein Tag aussieht, hm?«

Konstantin stand auf und nahm sich noch einen Drink. »Das liegt allein an dir.« Seine Stimme klang kühl. »Du hattest einen guten Job im Immobilienbüro, niemand hat dich gezwungen, dort zu kündigen. Außerdem gibt es unzählige Möglichkeiten, sich die Langeweile zu vertreiben, auch wenn man nicht arbeiten will. Geh Golf oder Tennis spielen. Oder mach was Karitatives. Das soll ungemein befriedigend sein«, fügte er ironisch hinzu.

»Du bist ein widerlicher Ignorant.« Veronika ging zur Tür. »Ich bereue den Tag, an dem ich dich geheiratet habe.«

Konstantin erwiderte nichts darauf. Langsam, in genussvollen kleinen Schlucken trank er den alten Whisky. Auch er hatte sich die Ehe mit der schönen Veronika anders vorgestellt. Damals, als sie sich leidenschaftlich ineinander verliebt hatten, hatte er geglaubt, in ihr eine Partnerin gefunden zu haben, die seine Interessen teilte. Jedenfalls hatte sie ihn eine Weile in dem Glauben gelassen.

Ein Irrtum. So, wie ihre Ehe ein Irrtum war.

Mit kühlen Blicken sah er Veronika nach, die Türen schlagend aus dem Zimmer lief. Minuten später heulte der Motor ihres roten Sportcabrios auf, und sie fuhr mit quietschenden Reifen vom Grundstück.

Aufseufzend goss sich Konstantin noch ein Glas Whisky ein, lehnte sich zurück und schaute hinaus in die Dämmerung. Schon jetzt sehnte er sich nach einem neuen Einsatz.

24

Zu schade, dass du nicht mitkommen kannst. Das Wochenendwetter soll herrlich werden, und Markus und ich wollen hinüber zum Säntis fahren. Er muss erst abends wieder im Restaurant sein.« Andrea lächelte. »Ich hab ein bisschen Angst, dass er seine Pflichten vernachlässigt, aber er meinte, er könne die Arbeit delegieren. Sein Küchenchef ist ausgezeichnet.«

»Das stimmt. Und ich freue mich für euch. Gönnt euch einen Tag zu zweit. Ich kann nicht mitkommen, es liegt zu viel Arbeit an. Außerdem stört bei Frischverliebten ein Dritter nun wirklich.«

Andrea und Bettina saßen vor dem Gutshaus auf der alten Bank und sahen Sonja und Sammy zu, die nur ein paar Meter entfernt im Gras lagen. Während die Kleine mit zwei Plüschtieren und einer Puppe spielte, kaute der schwarze Mischling hingebungsvoll an einem Kalbsknochen, den ihm Andrea mitgebracht hatte.

»Unsinn, du störst doch nicht! Ich finde, du müsstest mal hier raus.« Andrea schaute hinüber zu den Weinbergen, die sich in endlosen Reihen die Hänge entlangzogen. »Du hast kaum noch Freizeit, seit Ottmars Tod noch weniger als früher.«

»Ach was, ich komme ganz gut klar. Und seit wir den neuen Mitarbeiter haben, kann ich mich wieder mehr um Sonja kümmern und Gertrud im Haus entlasten.«

»Na gut. Dann sehen wir uns aber in vier Tagen bei Markus im Hotel. Wir müssen doch Richards Rückkehr feiern.«

»Ich freue mich so für ihn. Er ist für den Bayerischen Filmpreis nominiert.«

»Gratuliere!« Andrea stand auf und ging zu Sonja hinüber, die allerdings kaum aufschaute, sondern sich weiterhin mit ihren Spielsachen beschäftigte. »Ich muss jetzt los.« Sie strich der Kleinen übers Haar, umarmte Bettina noch einmal und fuhr dann von Nonnenhorn aus gleich hinüber nach Lindau zum Hotel *Seegrund.*

Markus war noch in seinem Büro, fuhr jedoch den Computer, an dem er gearbeitet hatte, sofort herunter, als Andrea hereinkam.

»Hallo, mein Liebes!« Er umarmte sie zärtlich.

»Bin ich zu früh?«

»Du doch nie!« Er legte den Arm um sie. »Es ist alles erledigt, der Chef kann unbesorgt ein paar Stunden freimachen.«

»Ich muss also kein schlechtes Gewissen haben, weil ich dich an einem Samstag von der Arbeit abhalte?«

»Nein, ganz bestimmt nicht. Wir müssten nur, bevor wir wieder zurückkommen, kurz bei einem Lieferanten vorbeifahren und Käse abholen. Den stellt der alte Alois Breuer nach einem geheimen Familienrezept her, und dieser Käse ist ein Gedicht. Es ist nur ein kleiner Umweg«, fügte er entschuldigend hinzu.

»Kein Problem.« Andrea schmiegte sich kurz an ihn. »Ich freue mich riesig auf den Ausflug.«

»Ich mich auch.« Bevor sie das Büro verließen, stahl sich Markus noch einen langen Kuss.

Auf dem großen Hof war es ruhig, und auch auf der Hotelterrasse war niemand zu sehen. Die meisten Gäste hielten sich direkt am See auf oder sie unternahmen einen Ausflug. »Wir können meinen Wagen nehmen«, schlug Andrea vor und holte schon den Schlüssel aus ihrer hellbraunen Handtasche.

»Hallo! Herr Eichner! Hilfe, Herr Eichner!« Ums Hauseck kamen zwei Jungs gelaufen, einer blutete an der Hand, dem anderen, der etwas kleiner war, liefen Tränen über die Wangen.

»Was ist denn passiert?« Markus ging auf die Kinder zu, die mit ihren Eltern im Hotel wohnten.

»Da ...« Der Größere streckte ihm den Arm entgegen. »Hab mich am Zaun geritzt.« Er presste kurz die Lippen zusammen. »Die Mama soll aber nicht wissen, dass wir allein bei den Ponys waren. Das gibt dann nur Ärger.« Er sah zu seinem kleineren Bruder hin. »Hör endlich auf zu heulen. Du blutest doch gar nicht.«

Andrea war hinzugekommen und hob den verletzten Arm an. »Das ist nur ein Kratzer«, meinte sie. »Komm mit zu meinem Auto, da hab ich alles drin, was wir brauchen, um dich zu verarzten.«

»Können Sie das denn?«

Markus lachte. »Das kann sie ganz bestimmt. Sie ist Tierärztin, aber so einen Kratzer kann sie auch bei Menschen behandeln.«

Schnell war die Wunde desinfiziert und verbunden. »Und es war ganz bestimmt der Holzzaun und kein Stacheldraht?«, versicherte sich Andrea noch einmal und schloss die Notfallbox, die sie aus dem Wagen geholt hatte. »Wenn doch, müsste ich dir noch eine andere Medizin geben, dann ist es mit einem Pflaster nicht getan.«

»Nein, am Zaun von den Ponys hab ich mir weh getan. Da hat ein Stück Holz rausgestanden, und als ich rüberklettern wollte ...« Er biss sich auf die Lippe, als ihm bewusst wurde, dass er sich verplappert hatte. Es war nämlich verboten, allein zu den Ponys zu gehen.

»Schon gut.« Markus strich dem kleineren Buben

übers Haar. »Wir vergessen das Ganze. Geht rüber zum Restaurant und lasst euch ein Eis geben.«

Die Tränen versiegten, die Jungen trollten sich, und Markus rief im Restaurant an und sagte, dass die Kinder sich auf seine Kosten ein Eis bestellen durften. Dann endlich ging die Fahrt in Richtung Schweizer Berge los.

»Wie lange brauchen wir eigentlich?«, wollte Andrea wissen und schob die Sonnenbrille für einen Moment ins Haar. Sie fuhren wieder am See entlang, und sie schaute hinüber auf das tiefblau wirkende Bodenseewasser. Bei dem herrlichen Wetter herrschte allenthalben viel Betrieb, und außer den weißen Ausflugsschiffen waren unzählige Segler unterwegs.

»Eine gute Stunde, dann sind wir da.«

»Es ist wunderschön hier.« Andrea sah hinüber zu den Bergen, die immer näher zu rücken schienen. Auf einigen lag auch jetzt noch etwas Schnee.

»Ja, die Bodenseeregion hat ihren Besuchern viel zu bieten. Ich sage meinen Gästen immer, dass jeder auf seine Kosten kommt, der hier Ferien macht. Man kann schwimmen, viel Kulturelles erleben oder auf die Berge steigen, die ja gar nicht so weit entfernt sind, wie du siehst.« Er wies nach rechts. »Schau, da kannst du den Säntis schon sehen. Heute ist ideales Wetter, wir werden bestimmt eine herrliche Aussicht genießen können.«

Da sie nicht unbegrenzt Zeit hatten, schlug Markus vor, nur eine kurze Strecke zu Fuß zurückzulegen.

»Mir soll's recht sein.« Andrea lachte leise. »Ich bin keine geübte Kletterin.«

»Das musst du auch nicht sein. Ich denke, wir gehen von der Talstation der Säntisbahn aus bis zum Gasthaus Tierwis. Das ist nicht anstrengend, aber du kannst die

Landschaft genießen. Von dort aus fahren wir dann mit der Seilbahn ganz nach oben.«

»In Ordnung. Ich bin mit allem einverstanden.«

Hand in Hand wanderten sie die erste Strecke hoch, und der gut ausgebaute Weg war wirklich nicht anstrengend. Andrea blieb hin und wieder stehen und schaute sich um. »Wunderschön ist es hier.« Sie bückte sich und pflückte ein paar der noch immer blühenden Wiesenblumen. »Die sind schöner als Orchideen oder Rosen«, meinte sie und strich beinahe zärtlich über die gelben Himmelsschlüsselchen.

»Romantikerin.« Markus zog sie an sich und küsste sie. »Am liebsten würde ich für ein paar Tage mit dir hier oben bleiben. Im Gasthaus haben sie ganz passable Zimmer.«

»Unmöglich«, wehrte Andrea ab. »Morgen hab ich Dienst.«

»Ich leider auch.« Er nahm wieder ihre Hand und zog sie weiter. »Komm, wir sollten zusehen, dass wir vor Mittag am Berggasthaus sind.«

Allzu beschwerlich war der Rest des Aufstiegs nicht, doch Andrea war froh, als sie den Berggasthof erreicht hatten und von dort mit der Seilbahn ganz nach oben fahren konnten.

Und dann lag die Welt unter ihnen! Zumindest kam es Andrea so vor. Mit leuchtenden Augen sah sie sich um.

»Wie weit man hier ins Land schauen kann!«

»Du hast den Ausblick auf sechs Länder.« Markus wies in die Runde. »Da hinten ist Deutschland, da die Schweiz und Österreich, dort Liechtenstein, da drüben liegen Frankreich und Italien.«

Etwas mehr als eine Stunde blieben sie auf dem Säntis, erfrischten sich mit einer guten Apfelsaftschorle und aßen eine deftige Brotzeit.

»Tut mir leid, aber wir müssen uns auf den Heimweg machen«, sagte Markus bedauernd. »Wir wollen ja noch den Käse abholen, und ich muss zum Abendgeschäft wieder im Hotel sein.«

»Klar, wir können gleich aufbrechen.«

»Wenn du magst, fahren wir im Herbst noch mal hoch. Dann ist der Blick auf die nebelverhangenen Täler auch interessant.«

»Und auf den Gipfeln liegt dann vielleicht schon der erste Schnee.«

»Das kann gut sein.«

Eine Weile schwiegen sie, Andrea lehnte sich leicht an Markus, der ihre Hand drückte und ihr einmal kurz über die Wange streichelte, bevor er die Autobahn erreichte und sich dann ganz auf den Verkehr konzentrierte.

Ehe sie nach Lindau kamen, verließen sie die Hauptstraße und fuhren hoch zu einem kleinen Ort oberhalb des Sees. Nur ein Dutzend Häuser stand hier, und die kurvenreiche Straße war nicht allzu gut ausgebaut.

»Hier ist fast alles noch genauso wie vor fünfzig Jahren«, sagte Markus. »Leider verlassen immer mehr von den Jüngeren den Ort, einfach weil die Bewirtschaftung der Höfe nicht genug abwirft. Und in der Stadt oder in der Gastronomie lässt sich leichter Geld verdienen.«

»Man kann die Leute verstehen«, erwiderte Andrea. »Obwohl es schade ist, wenn so ein alter Hof verfällt – und mit ihm sicher auch viele Traditionen.«

»Der Alois hat auch keine Verwandten mehr, glaub ich. Sein Anwesen wird auch unter den Hammer kommen, wenn er mal nicht mehr ist.«

Die Straße verengte sich noch mehr, rechts bemerkte Andrea ein altes, verwittertes Haus.

»Das sieht ganz trist aus«, stellte sie fest, denn die Blumen im einstigen Garten waren vertrocknet, und auch die Blumenkästen an den Fenstern waren vom Unkraut überwuchert.

Bei seinem Käselieferanten erkundigte sich Markus nach dem alten Gebäude. »Da hat doch bis vor kurzem deine Cousine gewohnt, oder?«

»Stimmt schon. Aber die ist gestorben. Nur ihr Sohn, dieser Nichtsnutz, kommt hin und wieder mit irgendwelchen Typen her. Was sie da treiben ... keine Ahnung.« Der alte Mann zuckte mit den knochigen Schultern. »Was Gescheites kann's allerdings nicht sein.«

Gemeinsam mit Markus lud er den Käse in den Wagen, steckte das Geld ein und ging, ohne sich weiter unterhalten zu wollen, zu der morschen Bank vor dem Haus.

»Bis übernächsten Monat, Alois.« Markus machte drei Schritte auf ihn zu. »Soll ich dir irgendwas mitbringen?«

»Nein, nein, nicht nötig. Ich hab alles, was ich brauch.« Er tippte sich an die speckige Mütze.

Gerade als Markus den Wagen starten wollte, stand der alte Mann wieder auf. »Kannst doch was für mich tun«, bat er. »Schau mal im Haus drunten nach, ob die Tür verschlossen ist. Beim letzten Mal hat der Mistkerl einfach die Tür weit offen stehen lassen. Meine Schafe und Ziegen sind durchs ganze Haus gelaufen. Ich hatte Mühe, alles halbwegs wieder in Ordnung zu bringen.«

»Mach ich.« Markus nickte ihm noch einmal zu, dann fuhr er langsam vom Hof.

»Ein komischer Kauz«, meinte Andrea.

»So war er schon immer. Aber sein Käse ist Spitzenklasse.«

Langsam fuhren sie den schmalen Weg zurück. Als sie an dem halbverfallenen Gehöft vorbeikamen, stoppte Markus im letzten Augenblick.

»Lass uns kurz nachschauen, ob alles in Ordnung ist.«

Er stieg aus, und Andrea folgte ihm zögernd. Sie sah sich um. Alles wirkte tatsächlich verlassen und bedrückend.

Markus rüttelte an der Vordertür, die verschlossen war, dann ging er ums Haus herum. »Ich schau auch mal kurz in den Stall«, meinte er. »Nicht, dass sich da eins von Alois' Schafen hineinverirrt hat.« Er war noch keine zwei Minuten fort, als er laut nach Andrea rief. »Komm schnell!«

Sie hastete ums Haus und sah sich suchend um. »Wo steckst du?«

»Hier, hinter der grünen Tür.«

Sie schob die halb offen stehende Tür auf – und zuckte im nächsten Moment zusammen. Markus kniete neben einem völlig abgemagerten, apathisch auf altem Stroh liegenden Hund, der an einer rostigen Kette angekettet war. Vor ihm stand ein leerer Blechnapf.

»Eine Hündin. Sie hat Junge gehabt. Schau, ihre Zitzen sind ganz entzündet.« Andrea strich dem Tier über den Kopf, doch der Hund reagierte nicht. »Man hat ihr wohl etwas Wasser dagelassen, aber das hat sie schon lange ausgesoffen. So ein Schwein! Wer tut denn so was?« Andrea kniete sich neben das völlig teilnahmslos wirkende Tier, das sich auch nicht regte, als Markus es von seinem morschen Lederhalsband befreite, an dem die Kette hing.

»Sie ist viel zu schwach, um laufen zu können.« Andrea half ihm, die Hündin zum Wagen zu tragen. »Sicher hat man ihr die Welpen zu früh weggenommen. Und wer weiß, wie lange sie ohne Wasser und Futter hier schon liegt.«

»Davon hat der Alois nichts gewusst, da bin ich sicher. Er liebt alle Tiere und hätte so was nicht geduldet.«

»Sein Neffe scheint keine Skrupel zu haben.« Andrea schaute sich um, doch niemand war zu sehen, und es deutete auch nichts darauf hin, dass es weitere Tiere hier gab. »Wenn ich dieses Schwein in die Finger kriege ...«

»Den erwischt die Polizei irgendwann, ganz sicher. Aber erst mal musst du dich jetzt um das arme Vieh kümmern.«

So rasch als möglich fuhren sie zur Tierarztpraxis. Andrea klingelte bei Chris Sturm, und er öffnete sofort.

»Himmel noch mal, geht die Welt unter?« Grinsend sah er Andrea an. Doch dann entdeckte er Markus, der die Hündin vorsichtig aus dem Auto hob.

Dann gab es keine Fragen, keine Scherze mehr. Gemeinsam kümmerten sich Andrea und Chris um das Tier, das erst mal eine Infusion bekam.

»Sie braucht Flüssigkeit, Vitamine und Spurenelemente. Und die entzündeten Zitzen müssen behandelt werden.« Christian Paulsen schnaubte, mitleidig betrachtete er das elende Fellbündel.

»Wenn sie danach etwas kräftiger ist, kann sie vielleicht was fressen«, fügte Andrea hinzu. Sie sah zur Tür, wo Tom Bender erschien.

»Ich hab draußen im Garten Markus Eichner gesehen. Was ist denn passiert?«

»Wir haben die Hündin hier gefunden. Angekettet und halb verdurstet hat sie in einem Stall gelegen.« Andrea trat einen halben Schritt zur Seite. »Ein Glück, dass Werkzeug in dem Stall war und Markus mit dem Bolzenschneider umgehen konnte. Ich wäre ziemlich hilflos gewesen und hätte dem armen Tier nicht gleich helfen können.«

»So eine arme Kreatur. Welches Schwein kann man dafür zur Rechenschaft ziehen?«

»Niemanden. Leider. Du weißt doch selbst am besten, dass Tiere im Sinne des Gesetzes Sachen sind.«

»Aber Tierquälerei wird schon geahndet. Und ich würde diesen Kerl, der so was zu verantworten hat, gern bestraft wissen.« Er kam einen Schritt näher, und zum ersten Mal hob die Hündin den Kopf. Es schien, als sähen sich Tom und das abgemagerte Tier in die Augen. Die Hündin wedelte sogar ganz kurz mit dem Schwanz.

»So was ...« Tränen stiegen Andrea in die Augen.

»Ich glaube, das ist der Beginn einer wunderbaren Freundschaft«, meinte Chris, während er die Hündin vorsichtig vom Untersuchungstisch hob.

»Was passiert jetzt?«, wollte Markus wissen, als Andrea zu ihm in den Garten kam. Er saß auf einer Bank und schaute aufs Wasser. Kaum ein Lufthauch rührte sich, somit lag die Wasserfläche wie ein silberner Spiegel im Licht der Abendsonne.

Andrea setzte sich kurz neben ihn. »Erst mal bleibt das Tier hier in der Praxis. Die Hündin muss noch eine Weile von uns versorgt werden. Danach ...« Sie zuckte mit den Schultern. »Tom hat sie ins Herz geschlossen, scheint mir. Vielleicht kann sie bei ihm bleiben. Oder bei Chris. Wenn nicht, kommt sie ins Tierheim. Da geht es ihr immer noch besser als in ihrem vorherigen Leben.«

»Es gibt wirklich grausame Menschen.« Markus legte ihr den Arm um die Schultern. »Was machen wir jetzt?

Willst du hierbleiben oder kommst du noch mit zu mir? Wir sollten diesen wunderschönen Tag eigentlich nicht so trist enden lassen.« Er küsste sie liebevoll.

»Ich komme mit zu dir.«

25

»Hey, du! Willst du dich einfach so aus dem Staub machen?« Wie aus dem Boden geschossen stand der Junkie vor Ellen. Sie stellte ihre Reisetasche ins wartende Taxi und zog ihn ein paar Schritte zur Seite.

»Was willst du noch? Du hast dein Restgeld gekriegt.«

»Stimmt. Aber ich brauch Nachschub.« Von unten herauf sah er sie an. »Wenn du noch jemanden kennst, der einen so schönen Wagen hat … Ronny ist da nicht zimperlich.«

Ellen zögerte. »Sorry, aber ich fahre in eine andere Klinik. Also gibt's keinen Job mehr für dich.« Sie zuckte mit den Schultern. »War eh eine blöde Idee von mir. Ich hab ja nicht mal mitgekriegt, ob der Mistkerl sich geärgert hat.«

»Hat er aber, da bin ich sicher. Die Wellenlinien auf seiner Karosse müssen ihn wahnsinnig aufgeregt haben.« Wieder zeigte er beim Grinsen sein marodes Gebiss.

»Hoffentlich hast du recht.«

»Bestimmt.« Der Junkie wollte nach ihrem Arm greifen, doch sie entzog sich ihm mit einer brüsken Bewegung. »Lässt dich in der anderen Klinik verschönern, was? Na, meinetwegen muss das nicht sein. Mir ist egal, wie du aussiehst. Deshalb sollten wir uns unbedingt wiedersehen. Vielleicht mach ich auch mal 'nen Trip dahin. Am Bodensee war ich noch nie.«

»Untersteh dich, mir zu folgen!«

»Was willst du denn?« Grinsend maß er sie von Kopf bis Fuß. »Wir leben in einem freien Land, und ich kann gehen, wohin ich will.«

»Hau ab und lass mich in Ruhe!« Ellen machte Anstalten, ins Taxi zu steigen, doch der Junkie folgte ihr. »Wir sehen uns, Schönheit. Ich hab deine Nummer.« Damit schlug er die Tür des Wagens zu.

Während der Fahrt zu ihrer Wohnung redete Ellen mit dem älteren Fahrer, der sich gern unterhalten hätte, kein Wort. Und nach drei vergeblichen Versuchen gab es der Mann auf. Er half ihr allerdings, den Koffer hoch zu ihrer Wohnung zu tragen, nahm sein Geld in Empfang und verabschiedete sich mit einem knappen Gruß.

In ihrer eleganten Wohnung schaute sich Ellen frustriert um. Wie lange würde sie hier noch bleiben können? Sie brauchte eigentlich einen neuen Job, die kargen Ersparnisse waren aufgebraucht. Doch erst mal musste sie zusehen, dass sie operiert wurde. Die Klinik am Bodensee war die beste weit und breit. Ellen setzte all ihre Hoffnungen auf die dort arbeitenden Ärzte.

Nachdem sie ausgepackt hatte, nahm sie zum wohl hundertsten Mal den Klinikprospekt zur Hand und vertiefte sich darin. Sie legte die Mappe erst zur Seite, als ihr Magen vernehmlich knurrte.

Verflixt, daran, Vorräte zu besorgen, hatte sie nicht gedacht! Blieb für heute nur ein Pizzabote.

Während sie auf die Lieferung wartete, versuchte sie

wieder einmal Gerhard zu erreichen, doch erneut ohne Erfolg. Auch die Büronummer war verändert worden. Dieser Mistkerl! Aber sie würde es ihm heimzahlen. Ihm und all den anderen, die sie in diese verfluchte Lage gebracht hatten.

In hellem Blau leuchtete vom Prospekt der Bodensee. Im Hintergrund sah man Berge und grüne sanfte Hügel. Idyllisch! Kitschig! Ellen presste die Lippen so fest aufeinander, dass es schmerzte.

Dann aber, in dem Moment, als der Pizzabote an der Tür läutete, hatte sie eine geradezu geniale Idee.

26

»Es war superlecker.« Andrea lehnte sich entspannt zurück. »Bei euch schmecken die Bodenseefelchen am besten.«

»Ich werde dein Kompliment an die Küche weitergeben.«

Sie waren mit die Letzten im Restaurant, die meisten Gäste hatten sich entweder auf ihre Zimmer zurückgezogen oder machten noch einen Spaziergang durch die immer noch milde Sommernacht.

Markus hatte, bevor er sich zu Andrea gesetzt und mit ihr gegessen hatte, einen kurzen Rundgang durchs Restaurant gemacht und den Gästen einen guten Appetit gewünscht. Diese persönliche Ansprache gehörte, fand er, zu einem guten Hotelier.

»Den Kaffee trinken wir drüben bei mir. Möchtest du noch ein Dessert?«

»Nein, danke. Aber Kaffee wäre gut.«

Sie verließen den Hotelkomplex durch einen Nebeneingang und schlenderten hinüber zu Markus' Wohnung. Vom Seeufer her klang Musik, drei Enten, aufgeschreckt wohl durch den ungewohnten Lärm, watschelten schnatternd über die Wiese, auf der noch ein paar Liegen standen. Auf dem dunklen Wasser blinkten die Positionslampen einiger Boote. Die ersten Fischer fuhren hinaus.

»Es ist schön hier«, sagte Andrea und schmiegte sich an Markus, der die Haustür aufschloss. »Ich fühle mich schon richtig zu Hause.«

»Das ist gut.« Er zog sie näher an sich. Sie spürte seinen Herzschlag, fühlte seine Lippen auf ihrem Mund und schloss sekundenlang die Augen. »Kaffee oder ...« Er wartete ihre Antwort nicht ab, sondern stieß die Tür zum Schlafzimmer auf.

In der nächsten Sekunde zuckte er zurück. Ein unterdrücktes Stöhnen kam über seine Lippen.

Andrea taumelte, als er den Griff um ihre Taille lockerte. Sie sah zum Bett hin, wo sich Veronika lasziv in den zartgelben Laken räkelte. Der schwarze Spitzenbody verhüllte ihre gute Figur nur mäßig, das dunkle Haar fiel ihr halb ins Gesicht und verbarg den triumphierenden Blick ihrer Augen.

»Endlich!« Sie tat, als gäbe es Andrea gar nicht. Gekonnt warf sie das Laken, mit dem sie nur die Beine bedeckt hatte, zur Seite und streckte einen Arm nach Markus aus. »Du hast mich warten lassen.«

»Verdammt noch mal, Veronika, was soll das?« Markus war mit drei Schritten neben dem Bett und riss ihr das Laken vollständig fort. »Steh auf und verschwinde!«

»Aber Liebling! Du hast mich doch herbestellt.« Ein kalter Blick streifte Andrea, die sich halb abgewandt hatte. »Falls du zweigleisig fahren willst ... Das finde ich nun nicht gerade fair. Weder mir noch ihr gegenüber.« Sie schwang die langen Beine aus dem Bett und machte Anstalten, Markus zu umarmen.

»Veronika ...« Markus wirkte für einen Moment hilflos. Er sah von seiner Exfrau zu Andrea, von ihr wieder zu Veronika, die diese prekäre Situation zu genießen schien. Jedenfalls ließ sie sich nicht zurückstoßen, auch wenn Markus versuchte, sie an den Schultern zur Seite zu schieben.

»Ach, Schatzi, nun steh doch zu dem, was du wirklich willst.« Sie streifte einen der schwarzen Spitzenträger von den Schultern. »Ich bin bereit für unsere Versöhnung, das weißt du.«

Mit klopfendem Herzen wartete Andrea darauf, dass Markus etwas Konkretes unternahm, dass er Veronika hinauswarf – oder sich dazu bekannte, seine Ex immer noch zu lieben.

»Ich gehe.« Fluchtartig rannte sie aus dem Haus, Markus' verzweifelte Rufe ignorierte sie.

27

»Das war das zweite Mal, dass diese Veronika bei Markus aufgetaucht ist und er sich nicht hundertprozentig gegen sie gestellt hat.« Andrea wischte sich die Tränen von den Wangen. »Das ist ein feiges Verhalten. Oder ... oder er hat nur mit mir gespielt und will im Grunde seine geschiedene Frau zurückhaben.« Sie schluchzte auf. »Vielleicht hat er sie nur eifersüchtig machen wollen, und ich war nichts anderes als Mittel zum Zweck.«

»Unsinn«, widersprach Bettina. »So ein gemeiner Kerl ist er nicht. Da bin ich mir sicher.«

»Ich mir nicht.« Andrea straffte die Schultern. »Ich will ihn nicht mehr sehen. Noch ist es nicht zu spät, noch kann ich mich von ihm trennen, ohne dass es allzu weh tut.«

Bettina schüttelte den Kopf. »Das ist total falsch. Gib ihm wenigstens die Möglichkeit, dir alles zu erklären. Wahrscheinlich hat seine Ex ihm aufgelauert und alles ganz bewusst in Szene gesetzt.« Sie ging zu Sonja, die in ihrem Laufstall hockte und immer wieder versuchte, sich an den Holzstäben hochzuziehen. Wenn sie wieder zurückfiel, quietschte sie vor Begeisterung.

»So, Prinzessin, jetzt ist es Zeit für deinen Mittagsschlaf.« Gertrud kam herein, nahm die zappelnde Sonja auf den Arm und warf, ehe sie die große Wohnküche wieder verließ, Andrea einen mitleidigen Blick zu. Die junge Tierärztin war blass, die Augen vom Weinen gerötet.

»Ich habe einfach Pech mit den Männern. Am besten bleibe ich allein und kümmere mich nur um die Tiere. Die sind ehrlich und ohne jeden Falsch.«

»Das ist eine Überreaktion, die gar nicht zu dir passt.« Bettina sah ihrer kleinen Tochter nach, die sich bereitwillig von Gertrud hinaustragen ließ. »Sprich mit Markus, bestimmt wird sich alles aufklären.«

Doch noch war Andrea nicht bereit, diesem Ratschlag zu folgen. Sie blieb noch eine halbe Stunde auf dem Weingut, dann machte sie sich auf den Heimweg. Auf halber Strecke erreichte sie der Notruf einer jungen

Frau, die zwei Pferde besaß, denen sie auf ihrem kleinen Hof das Gnadenbrot gab.

»Die Felicitas, mein Pony, liegt seit einer Stunde auf der Seite und rührt sich nicht mehr. Ich hab schon alles versucht, aber sie bewegt sich kaum.« Die Stimme der Anruferin klang atemlos vor Aufregung. »Sie waren ja schon vorgestern hier.«

»Ich weiß.« Andrea zögerte, dann versprach sie: »Ich bin in einer Viertelstunde bei Ihnen.« Sie schlug die Richtung zu dem alten Hof ein, der auf einer Anhöhe kurz vor Wasserburg lag. Sie war schon einige Male dort gewesen, denn auch der hochbeinige Schimmel, der bei Susan Bollig im Stall stand, hatte hin und wieder altersbedingte Beschwerden. Jetzt aber war das Pony am Herpes-Virus erkrankt. Dieser Virus grassierte seit Wochen in der Gegend, und schon in einigen Ställen hatten Pferde eingeschläfert werden müssen.

Susan empfing die Tierärztin schon an der Hofeinfahrt. »Da hinten liegt das Pony.« Sie zeigte auf eine Weide, die hinter einer Buchenhecke lag.

Die Tierärztin brauchte nicht lange für ihre Diagnose. »Tut mir leid, aber ich fürchte, die Kleine erholt sich nicht mehr.«

»Nein! Bitte, das nicht!« Susan, die ihr Geld als freie Kinderbuchautorin verdiente, sah Andrea entsetzt an. »Sie müssen sie retten.«

Andrea antwortete nicht. Sie verabreichte dem Tier noch eine Injektion, maß Fieber und meinte: »Das Fieber ist immer noch viel zu hoch. Ich schlage vor, wir warten noch eine halbe Stunde, dann …«

»Meine arme Felicitas!« Susan strich dem Pony über den Hals und über die bebenden Nüstern. »Kann ich denn gar nichts für sie tun?«

Andrea schüttelte den Kopf. »Nein, man kann die Pferde impfen, aber nicht immer gewährt das wirklichen Schutz. In fast allen Tieren schlummert dieser Virus, aber nicht oft wird er freigesetzt. Es ist wie eine kleine Epidemie, die manchmal nur wenige Tiere befällt. Auf jeden Fall darf der Schimmel in der nächsten Zeit nicht mit anderen Pferden in Berührung kommen, und Sie sollten auch darauf achten, dass kein fremdes Pferd hier entlangreitet.«

Ihr Telefon klingelte, doch nach einem kurzen Blick aufs Display drückte sie den Anrufer weg. Nein, sie wollte nicht mit Markus reden. Nie wieder!

Eine weitere Viertelstunde verging, doch dem Pony ging es nicht besser.

»Ich werde es jetzt erlösen.« Andrea griff nach einer weiteren Spritze. Kurz sah sie die junge Besitzerin an. »Es gehört zur Tierliebe dazu, ein krankes Geschöpf von seinem Leiden zu befreien«, sagte sie leise. »Meinen Sie nicht auch?«

Susan presste die Lippen aufeinander, dann nickte sie. Langsam kniete sie sich neben das Tier, nahm den Kopf in ihren Schoß und streichelte das Pony so lange, bis es nicht mehr atmete.

Auch in Andreas Augen schimmerten Tränen, als sie ihre Tasche zusammenpackte. Es gehörte zu ihrem Beruf, kranke Tiere zu erlösen, doch heute litt sie mehr als sonst mit der sympathischen Besitzerin.

»Es tut mir wirklich leid, aber es gibt keine Hoffnung mehr, wenn ein Pferd so lange liegen bleibt, das am Herpes-Virus erkrankt ist.«

»Ich weiß. Aber ich hatte so gehofft, dass das Pony es schafft.« Susan riss sich zusammen. »Danke, dass Sie gekommen sind … und gewartet haben.«

»Hab ich gern getan.« Andrea reichte der sympathischen Susan die Hand. »Passen Sie auf den Schimmel auf«, riet sie, dann fuhr sie endgültig heim.

Schon von weitem sah sie Markus' Wagen vor dem Doktorhaus stehen. Sie drosselte das Tempo und wendete in der Garageneinfahrt eines Nachbarn. Er sollte sie in Ruhe lassen. Endgültig! Sie hatte einfach keinen Bock mehr drauf, sich Erklärungen, Entschuldigungen oder Lügen anzuhören. Das hatte sie alles schon einmal erlebt. Eine Wiederholung würde sie sich nicht antun.

Kurz überlegte sie, wohin sie fahren könnte. Zurück zum Weingut? Da würde er sie sicher sofort suchen.

Kurz überlegte sie, dann rief sie bei Chris in der Praxis an.

»Ich muss drei Tage freihaben«, sagte sie ohne Einleitung. »Frag nicht warum, aber ich muss weg. Kannst du dich um die Katze kümmern, bitte?«

»Na klar. Aber was ist denn passiert? Markus tigert wie ein liebeskranker Kater seit anderthalb Stunden vor dem Haus auf und ab und will nicht reden. Habt ihr Krach?«

»Wir haben gar nichts. Keinen Krach, keine Beziehung. Sag ihm, er soll verschwinden. Damit täte er mir den größten Gefallen.«

»Oha, das klingt nach Megastress. Aber ich bin ganz auf deiner Seite, was immer auch passiert ist.«

»Danke.« Andrea beendete das Gespräch, ehe Chris weitere Fragen stellen konnte, dann lenkte sie ihren Wagen in Richtung Autobahn. Sie wusste endlich, wo sie für ein paar Tage Ruhe finden konnte – und wo Markus sie nicht finden würde.

28

Auf Gut Meiningen herrschte außergewöhnliche Hektik. Seit dem frühen Morgen waren Bettina und Gertrud dabei, alles für die Besucher vorzubereiten, die gegen Mittag eintreffen sollten.

»Es tut mir leid, aber ich konnte diese Homestory nicht verhindern. Meine Agentur hatte schon zugesagt, ohne mich zu fragen.« Richard Meiningen, die kleine Sonja auf dem Arm, sah zu, wie die Frauen eine üppige Brotzeit vorbereiteten. »Ich habe mich zwar beschwert, aber es war einfach zu spät, um den Termin zu canceln.«

»Ist doch nicht schlimm.« Bettina lächelte ihm liebevoll zu. »Das packen wir auch noch. Außerdem weiß ich inzwischen, wie wichtig es für einen Schauspieler ist, dass sein neuer Film ausgiebig promotet wird.« Sie stellte sich kurz auf die Zehenspitzen und hauchte ihm einen Kuss auf die Lippen. »Ich bin mir bewusst, dass ich mit einem großen Star verheiratet bin.«

»Spötterin!« Lachend umarmte er sie.

»Nein, das meine ich im Ernst.« Liebevoll strich sie ihm über die Wange, was eine dünne Mehlspur zur Folge hatte. »Du bist von so vielen schönen und interessanten Frauen umgeben, da ist es schon ein kleines Wunder, dass du immer wieder gern nach Hause kommst.«

»Ich liebe dich eben. Und nur dich.« Noch ein Kuss. »Na ja, unsere Prinzessin will ich nicht vergessen. Aber als Frau bist du mein größter Schatz.«

»Danke!« Sie lachte ihm zu, dann widmete sie sich wieder dem Zwiebelkuchen, den sie unter anderem zum Wein servieren wollte.

»Wenn ihr nicht aufgehört hättet zu turteln, hätte ich

euch rausgeschickt und allein weitergearbeitet.« Gertrud wischte sich ein paar Tränen, die vom Zwiebelschneiden herrührten, aus den Augen. »Man kann ja richtig neidisch werden.«

»Dazu hast du doch nun wirklich keinen Grund. Dein Johann ist ein Traummann. So wie Richard.«

Vor einigen Jahren erst hatte sich der Kellermeister von Gut Meiningen dazu durchgerungen, Gertrud seine Liebe zu gestehen. Jahrelang hatte er seine Gefühle zu der patenten Wirtschafterin verborgen, doch inzwischen waren die beiden glücklich verheiratet und gehörten zum Gut wie die Reben an den Hängen.

Die Sonne meinte es auch an diesem Tag wieder gut mit der Bodenseeregion. Kleine Schönwetterwolken segelten am blauen Himmel entlang, die Reben trugen inzwischen ihr erstes Laub, und die Rosen in Bettinas Garten blühten in üppigem Rot und Gelb. Die Bäume auf der Apfelplantage, auf die Ottmar Meiningen stets so stolz gewesen war, weil sie seltene Apfelsorten trugen, hatten ihre Blütenpracht zum größten Teil schon verloren, nur noch ein schwacher hellrosa Schimmer lag über diesem Teil des Hanges.

Sammy, der schwarze Hofhund, hörte die Autokolonne als Erster und begann furchterregend zu bellen, als die fünf Wagen des Fernsehteams auf den Hof fuhren.

»Sei still, Sammy. Es ist alles in Ordnung.« Richard ging ein paar Schritte auf den ersten Wagen zu.

»Rick, Darling! Wie siehst du denn aus?« Lachend schwang eine superschlanke junge Frau die Beine aus der dunklen Limousine. »Machst dich aber gut als Babysitter.«

»Ich weiß.« Richard streckte ihr die Hand entgegen.

»Das ist Sonja, meine Tochter.« Vaterstolz schwang in seiner Stimme mit.

»Waas? Du hast ein Kind?« Stirnrunzelnd sah seine Kollegin ihn an. Madeleine Maron hatte sich von diesem Trip an den Bodensee einiges versprochen. Und viel an Überredungskunst investiert, damit das Team des bekannten Fernsehsenders sie mitnahm. Schon während der Dreharbeiten hatte sich die blonde Nachwuchsschauspielerin in den attraktiven Rick Meinhard, wie Richards Künstlername lautete, verliebt. Doch er war zu ihr genauso höflich und liebenswürdig gewesen wie zu allen anderen Kollegen.

Als sie hörte, dass eine Homestory über Rick gedreht werden sollte, setzte sie alles daran, an den Bodensee mitzufahren. Den Kameramann kannte sie flüchtig, und nach einigen Drinks und einem heftigen abendlichen Flirt stimmte er zu, sie in seinem Wagen mitzunehmen.

Rick Meinhard … Er war ein Traumtyp. Außerdem befand er sich auf der Karriereleiter schon ganz weit oben, sicher konnte er ihr zu noch besseren Rollen verhelfen, wenn sie erst mal mit ihm geschlafen hatte und er begriff, was sie an Reizen zu bieten hatte. Dass er verheiratet war, störte Madeleine nicht wirklich. Seine Frau schien ein graues nichtssagendes Arbeitstier zu sein, das in einem Weinberg versauerte, statt an Ricks Seite zu glänzen.

Madeleine sah in Rick am liebsten den Mann, den er in den Filmen verkörperte: smart, gutaussehend, souverän und sexy. Aber jetzt stand er vor ihr – in Jeans und kariertem Hemd, ein Kind auf dem Arm.

Eine ernüchternde Wirklichkeit!

Madeleine schaute sich irritiert um, aber es war niemand in der Nähe, zu dem sie sich jetzt flüchten konnte. Das kleine Mädchen auf Ricks Arm lachte und streckte ihr einen Arm entgegen, doch Madeleine hatte nicht die geringste Lust, sich ihr teures Seidenkleid bekleckern zu lassen.

Rick wandte sich inzwischen dem Regisseur zu, der ihm vorschlug, erst einmal kurz über das Gut zu gehen.

»Einverstanden. Ich bringe nur die kleine Maus hier zurück zu ihrer Mama.« Er gab Sonja einen Kuss. »Meine Frau könnt ihr dann gleich kennenlernen.« Flüchtig sah er zu Madeleine hinüber. »Wieso ist sie mitgekommen?«

»Keinen Schimmer. Sie war plötzlich da, als wir abfahren wollten. Ich glaube, sie hat unseren Kameramann becirct, damit er sie mit hernimmt.« Er grinste. »Weiß der Kuckuck, was sie sich erhofft hat. Mit mir jedenfalls kann sie nicht rechnen. Das ist allein deine Story, Rick.«

»Dann komm. Wir gehen mal kurz rüber zu meinem Lieblingsplatz im Weinberg. Von dort hat man einen wunderbaren Blick über den See. Es ist total entspannend, dort zu sitzen und einfach mal an nichts zu denken.« Er lachte. »Allerdings sind es rare Momente, muss ich zugeben.«

Eine Viertelstunde spazierten sie durch die schnurgeraden Reihen, dann gingen sie zurück zum Gutshof, wo Bettina den Gästen gerade im Freien eine Erfrischung servierte.

»Wir waren egoistisch, entschuldigen Sie, Frau Meiningen. Aber ich war gleich fasziniert von der Umgebung. Sie haben es herrlich hier.«

Bettina lächelte. »Ja, wenn man die Arbeit, die hier täglich anfällt, außer Acht lässt, ist es ein kleines Paradies.«

»In das ich nach einem Dreh immer wieder gern zurückkomme.« Liebevoll legte Richard ihr den Arm um die Schultern. »Hier kann man neue Kraft tanken.«

»Mir ist es schleierhaft, wie man sich hier wohlfühlen kann«, warf Madeleine ein.

»Musst du ja auch nicht«, erwiderte Richard. Er sah die junge Kollegin unwillig an. »Niemand wird gezwungen, hierherzukommen.«

»Das war deutlich«, murmelte der Toningenieur. Er stieß den Kameramann an. »Zieh sie aus dem Verkehr, ehe sie sich um Kopf und Kragen redet.«

Bettina lächelte die junge Schauspielerin an. »Wissen Sie, jeder sollte so leben, wie er es mag. Richard und ich sind sehr bodenständig, wie Sie sicher schon gemerkt haben. Wir machen uns nichts aus Partys und feudalen Events ... Es sei denn, es ist für meinen Mann wichtig. Und wenn er es möchte, begleite ich ihn dann gern.«

Vor der Hochzeit mit Richard war Bettina oft eifersüchtig auf seine schönen, stets gestylt wirkenden Kolleginnen gewesen. Und auch mancher weibliche Fan, der Rick Meinhard auflauerte, hatte sie an seiner Liebe zweifeln lassen. Doch inzwischen wusste sie, dass sie die einzige Frau in seinem Leben war. Noch immer waren sie sehr verliebt, und wenn sie in seinen Armen lag, war sie so glücklich wie beim ersten Mal.

»Möchten Sie noch ein Stückchen Zwiebelkuchen?«, fragte sie und lächelte die gertenschlanke Madeleine an.

»Danke, nein!« Das Starlet biss sich kurz auf die Lippe. Zwiebelkuchen! Ein Unding! So etwas aß man nicht, wenn man auf die Linie achtete. Schon der Geruch verursachte ihr Übelkeit. Ohne auf die anderen zu achten, die sich das Essen und den Wein schmecken ließen, stakste auf ihren High Heels zurück zu einem der

Wagen. Dort blieb sie sitzen, bis das Team seine Arbeit getan hatte.

»Jetzt ist sie enttäuscht.« Der Kameramann, ein schlaksiger Typ von fünfzig Jahren, der dem Zwiebelkuchen begeistert zusprach, grinste. »Nicht einmal mit im Bild, von Rick nicht beachtet ... So was muss man verkraften können.«

»Sei nicht so boshaft.« Richard lachte leise. »Sie ist noch jung und hofft, mit etwas Protektion schneller vorankommen zu können.«

»Talent wäre da förderlicher.«

Bettina goss allen noch einmal Wein und Wasser nach, dann ging sie, ein Glas Schorle in der Hand, hinüber zu Madeleine. »Hier, trinken Sie wenigstens ein bisschen. Ich kann Ihnen aber auch gerne einen Salat anrichten.«

Kurz zögerte Madeleine, dann griff sie nach dem Glas. »Danke, aber das hier reicht vollkommen. Ich hab keinen Hunger.«

»Wie Sie wollen.«

Das Fernsehteam blieb noch eine halbe Stunde, dann packten die Männer alles zusammen und bedankten sich bei Bettina für die großzügige Bewirtung.

»Wenn Sie Gästezimmer hätten, würde ich mich glatt bei Ihnen einmieten«, meinte der Redakteur.

»Freut mich, wenn es Ihnen hier am Bodensee gefällt. Aber noch mehr Arbeit brauche ich wirklich nicht.« Bettina lächelte. »Aber unten am See gibt es ein paar wirklich gute Hotels, und der Wein ist in der ganzen Region exzellent.«

»Aber hier bei uns wohnt die attraktivste Winzerin«, raunte ihr Richard ins Ohr. Sie winkten den Wagen kurz nach.

»Geschafft.« Bettina lächelte. »Bist du zufrieden?«

»Aber ja. Und das Team sicher auch. Ich denke, das wird für die Promotion des neuen Films ganz wesentlich sein. Obwohl … beim nächsten Mal sollen sie vorher fragen und nicht irgendwelche Termine vereinbaren, nach denen wir uns richten müssen.«

»Es war doch nicht so schlimm. Wir haben alles gut gepackt. Und ich muss sagen, dass die Männer alle sehr sympathisch waren.«

»Ja, das stimmt. Und Madeleine, das dumme Ding, hat gelernt, dass man mit Dreistigkeit nicht weit kommt. Da helfen weder große Brüste noch lange Beine.«

»Du bist ja richtig biestig.« Bettina musste lachen.

»Nein, nur ironisch. Ich kann's einfach nicht leiden, wenn diese Sternchen denken, sie wären der Nabel der Welt. Sollen sie doch erst mal richtig sprechen lernen. Ein paar Tage am Set einer Daily Soap berechtigen sie noch lange nicht dazu, sich Schauspieler zu nennen.«

Er redete sich kurz in Rage, doch dann lachte er. »Vergessen wir Madeleine einfach. Der Tag ist noch viel zu schön, um sich mit so was zu belasten.« Er wies zu dem alten Weinberg hinüber, an dessen Ende das Haus von Gertrud und Johann stand. »Wollen wir noch mal zu unserer Bank hinübergehen? Ich nehme uns eine Flasche von dem Rosé mit, den du so magst.«

»Einverstanden.«

Sonja war vor einer halben Stunde von Gertrud versorgt und zu Bett gebracht worden. Die Kleine war nach dem aufregenden Tag früh müde geworden, so hatten Bettina und Richard den Abend für sich.

Noch immer war es warm, die Sonne versank im Westen in einem rotgoldenen Wolkenmeer. Die letzten Strahlen zauberten auf den Gipfel des Pfänder, der auf der anderen Seite des Sees hochragte, den man vom Gut aus aber noch gut erkennen konnte, einen hellen Schimmer.

»Als ich Kind war, hat mir meine Mutter erzählt, der Berggeist vom Pfänder setze sich abends, vor dem Schlafengehen, die rote Kappe auf.« Richard lachte leise. »Ich fand die Vorstellung, dass da oben auf dem Berg ein alter Mann lebt, der sich zum Schlafengehen eine Mütze aufsetzt, lustig und wollte irgendwann auch so ein Ding haben.«

»Und? Hast du es gekriegt?«

»Nein. Die Kappe dürfen nur Berggeister tragen.«

»Verstehe!« Bettina lehnte sich zurück und schloss kurz die Augen. »Die Story kannst du Sonja später ja auch erzählen.«

»Hab ich mir schon vorgenommen. Es gibt viele Sagen und Märchen, die rund um den Bodensee spielen. Es gibt auch Wassergeister und Hexen, die all diejenigen verzaubern, die Böses tun.«

»Das erzähl ihr lieber nicht, sonst kriegt sie noch Angst.« Sie schwieg ein paar Minuten, genoss die Wärme, die noch über dem Land lag, und die Nähe des geliebten Mannes.

»Hast du was von Andrea gehört?«, unterbrach Richard die Stille.

»Nein. Immer noch nicht. Sie ist spurlos verschwunden. Und ihr Telefon ist ausgestellt. Auch Chris weiß nicht, wo sie ist. Er tut schon den vierten Tag allein Dienst in der Praxis.«

»Ich mach mir langsam Sorgen.«

»Nicht nur du. Markus ist schon ganz verzweifelt, weil er sie nicht sprechen kann. Es hat wohl wieder mal Ärger gegeben, seine Ex ist aufgetaucht. Weiß der Teufel, was dieses Biest vorhat.«

»Zumindest hat sie es geschafft, einen Keil zwischen die Verliebten zu treiben.«

»Sie will zu ihm zurück, vermutet er. Gestern war er hier und hat nach Andrea gefragt, da hat er das erzählt.«

»Das wird ihr aber nicht gelingen, da kann sie anstellen, was sie will. Markus ist von ihr kuriert, ein für allemal. Du weißt ja nicht, was sie ihm alles angetan hat. Nicht nur, dass sie ihn betrogen hat, sie hat auch dem Hotel geschadet, weil sie einige Gäste durch ihre arrogante Art verprellt hat.« Richard trank einen Schluck Wein. »Es wäre gut, wenn Andrea das auch wüsste. Aber Markus hat ihr wohl nicht viel von seiner Ehe erzählt – was man verstehen kann. Doch in dem Fall wäre es gut gewesen, wenn er Andrea gesagt hätte, welch intrigantes Biest seine Ex ist.«

Bettina seufzte. »Das hätte er vielleicht besser getan, dann könnte sie jetzt alles verstehen. Aber sie hat einfach das Vertrauen verloren. Gerhard hat sie so tief enttäuscht, dass sie diesen Verrat noch nicht verarbeitet hat. Und jetzt befürchtet sie bestimmt, dass auch Markus es nicht aufrichtig mit ihr gemeint hat.«

»Das ist aber falsch.«

»Ich weiß. Und es wäre gut, wenn Andrea auch an seine aufrichtige Zuneigung glauben könnte.«

»Erst mal muss er die Gelegenheit kriegen, mit ihr zu reden.« Richard goss noch einmal die Gläser voll. »Aber jetzt reden wir nicht mehr von den Problemen anderer. Ich weiß etwas viel Angenehmeres.«

Er zog Bettina an sich und küsste sie lange und leidenschaftlich.

29

»Vermisst du dein altes Zuhause nicht doch?«, fragte Daniela Meyerbeer, als sie das große Bauernhaus in Gauting verließen. Andrea hatte ihre ehemalige Sprechstundenhilfe nach der Praxis abgeholt. Am Vortag hatte sie bereits mit den Pächtern gesprochen, die nach wie vor glücklich und zufrieden in ihrem neuen Leben waren.

»Die Praxis läuft gut, wir haben fast all Ihre Patienten behalten«, hatte ihr der Pächter versichert. »Und Daniela ist uns natürlich eine große Hilfe gewesen am Anfang.«

»Das war sie mir immer. Und ich bin froh, dass Sie so gut miteinander auskommen. Aber ich freue mich auch, dass sie für ein paar Tage mit mir zum Bodensee kommen will.«

»Die Auszeit hat sie sich verdient.«

Und heute, an einem regnerischen Tag, war es so weit: Andrea und Daniela fuhren gemeinsam zurück an den Bodensee.

»Es war schon die richtige Entscheidung, einen Neuanfang zu machen.« Andrea biss sich kurz auf die Lippe. »Gerhard hat mich so verletzt ... Ich wollte ihn nicht wiedersehen. Vor allem wollte ich nicht noch mehr von seinen Lügen hören.«

»Und was ist jetzt mit diesem Markus?«

»Der ist auch nicht der Richtige. Ich hab's zum Glück noch rechtzeitig erkannt. Wir waren nicht lange zusammen, also ist es auch nicht schwierig, sich zu trennen.«

Daniela runzelte die Stirn. »Als Lügnerin taugst du nichts, Andrea«, meinte sie dann. »Du warst total down, als du bei mir vor vier Tagen angekommen bist, und es geht dir, wenn du ehrlich bist, immer noch nicht besser.«

»Doch. Sehr viel besser sogar.« Unbewusst straffte Andrea die Schultern. »Ich freue mich auf die Praxisarbeit, auf Bettina und das Weingut, auf Klein Sonja und meine Katze.«

»Die wird aber von deinem Kollegen gut versorgt, oder?«

»Viel zu gut. Sie hält sich viel öfter bei ihm auf als bei mir.«

»Wieso das?«

Ein kleines Lächeln huschte über Andreas Gesicht. »Bei ihm darf sie im Bett schlafen.«

»Ach nein, dann hat dein Kollege also doch ein Faible fürs Weibliche.«

»Das sich allerdings nur auf meine Katze beschränkt.« Andrea fuhr von der Autobahn herunter. »Aber er ist ein toller Typ, ein guter Freund und ein sehr, sehr guter Tierarzt. Du wirst ihn ja bald kennenlernen.« Vorsichtig überholte sie zwei Traktoren mit Anhänger. »Zu schade, dass du nicht bei mir wohnen willst. Schließlich hab ich eine sehr bequeme Couch. Du kannst aber auch gern mein Bett haben.«

»So weit kommt es noch!« Daniela strich sich eine widerspenstige Haarlocke aus der Stirn. »Ich freue mich aber drauf, abends mit dir zusammenzuhocken und zu quatschen.«

Eine halbe Stunde später waren sie am Ziel. Andrea parkte vor der Garage. »So, hier siehst du mein neues Zuhause.« Sie wies zum zweistöckigen Haus, an dessen Balkonen jetzt rote Geranien und blaue Lobelien in verschwenderischer Pracht blühten.

»Wow! Das ist ja ein tolles Haus! Und es liegt direkt

am See.« Daniela stieg aus und machte ein paar Schritte Richtung Garten. »Kann man von hier aus gleich ins Wasser?«

»Ja. Es gibt einen kleinen Bootssteg, und die Obstwiese grenzt direkt ans Ufer.« Andrea kam der Freundin nach. »Es ist wirklich ein kleines Paradies.«

Von der Vorderseite her klang lautes Bellen, dann eine dunkle befehlende Stimme.

»Ich wette, das ist Graf Hinterecker mit einem seiner Jagdhunde. Ich schau sofort mal nach.«

»Ich komme mit.«

Gleich darauf standen sie vor dem alten Herrn, über dessen wettergegerbtes Gesicht ein Leuchten ging, als er Andrea sah.

»Wie gut, dass Sie zurück sind. Dieser Kerl da drinnen hat einfach nicht das richtige Geschick für meinen Jacko.« Ein forschender Blick streifte Daniela. »Und Sie? Sind Sie auch vom Fach?«

»So kann man es ausdrücken.« Daniela beugte sich zu dem Jagdhund, der aufgeregt an ihrer Hand schnupperte. »Ich war lange Frau Doktor Karlsbergs Sprechstundenhilfe.«

»Und warum sind Sie's jetzt nicht mehr? Sie können offensichtlich was.« Er wies auf den Hund, der willig seine Pfote in Danielas Hand legte. »Das ist unglaublich! Mein Jacko ist sehr wählerisch.«

»Na ja, er hat einen tiefen Dorn in der Pfote und hofft, dass wir ihn davon befreien. Nicht wahr, mein Guter?«

»Sie diagnostiziert ja auch.« Der alte Herr schmunzelte. »Na los, meine Damen, ich hab's eilig. Heute Abend ist Jägerstammtisch, da darf ich nicht zu spät kommen.«

Der Hund war schnell verarztet, und erst als der Graf

und Jacko gegangen waren, kam Daniela dazu, ihre Sachen in Andreas Wohnung zu schaffen.

»Noch eine Frau, die mit dem alten Griesgram umgehen kann. Kompliment!« Christian Paulsen kam aus seiner Ordination, gerade als Daniela ihre schwere Reisetasche die Treppe hochtragen wollte. »Geben Sie das Ding mal her.« Er griff nach der Tasche, stellte sie aber gleich wieder ab. »Ich bin Christian Paulsen, Andreas Kollege.«

»Daniela Meyerbeer. Ihre Ex-Sprechstundenhelferin.«

»Willkommen am Bodensee. Wie lange bleibst du?« Er zuckte leicht mit den breiten Schultern. »Ich kann doch du sagen?«

»Na klar!«

»Ich bin dann Chris für dich.« Er wies zu einer breiten Milchglastür mit Jugendstilornamenten. »Dahinter liegt meine Wohnung. Ich muss nur noch einen Kater kastrieren, dann hab ich frei. Der Begrüßungssekt liegt schon kalt.« Er wandte sich an Andrea, die mit ihrem kleinen Koffer gerade hereinkam. »Tom ist da, er hat zu eurer Begrüßung gekocht.«

»Wer ist Tom?«, fragte Daniela.

»Mein Freund. Er ist ein genialer Koch. Ich hoffe, du bist keine Vegetarierin. Es gibt Kalbsbäckchen in Rotweinsoße.«

»Dafür könnte ich sterben.«

»Ja dann …« Er trug die beiden Gepäckstücke nach oben. »Ich brauche eine knappe halbe Stunde, dann bin ich fertig.«

Daniela zögerte, dann sagte sie: »Weißt du was, ich assistiere dir. Auspacken kann ich später.« Sie sah Andrea an. »Du hast nichts dagegen, oder?«

»Aber nein, zeig ihm nur, was du kannst.«

Von Danielas beruflicher Qualifikation konnte sich Christian Paulsen gleich darauf überzeugen. Geschickt und ruhig assistierte sie ihm, dann übergab sie den noch im Dämmerschlaf liegenden Kater seinem Frauchen und beruhigte die alte Dame, die sich Sorgen machte, dass ihr Liebling eventuell Schmerzen haben könnte.

»Den kleinen Eingriff hat er bald vergessen, glauben Sie mir. Ich wette, übermorgen jagt er schon wieder die erste Maus.« Sie brachte die alte Dame noch bis zu dem Taxi, das sie bestellt hatte, und half, den Transportkorb sicher zu verstauen.

»Du könntest bei uns anfangen«, sagte Chris, als sie zurückkam und sich den weißen Kittel, den sie sich von Andrea ausgeliehen hatte, auszog.

»Danke. Wenn dein Freund häufiger hier kocht und es so gut schmeckt, wie es schon riecht, überleg ich es mir.« Daniela lachte.

»Er hat recht. Es wäre doch klasse, wenn wir drei zusammen hier arbeiten könnten. Und eine versierte Assistentin können wir wirklich brauchen.«

Chris nickte. »Ja, denn die Frau, die sich kürzlich beworben hat, wird wohl nicht kommen. Sie hat schon zweimal den Einstellungstermin verschoben. Persönliche Gründe.« Er zuckte mit den Schultern. »So eine Einstellung gefällt mir nicht. Entweder will ich den Job oder nicht.«

Daniela zögerte. »Ich denk drüber nach«, sagte sie dann.

30

Der heftige Regen, der seit Stunden gegen die Fensterscheiben trommelte, verschlechterte Ellen Häusers Laune noch mehr. Seit zwei Tagen war sie in der Klinik für plastische Chirurgie, die oberhalb des Bodensees lag. Das langgestreckte hellgelbe Gebäude lag am Rand eines kleinen Ortes, der von Reben und Obstbäumen umgeben war. Drei Kliniken standen hier, und außer Ärzten, Krankenschwestern und Patienten sah man im Grunde niemanden.

Hier war man von der Welt abgeschnitten, stellte Ellen fest, doch das war ihr nur recht. So wie ihr erging es wohl etlichen Patienten. Einige waren nach Unfällen ebenso gezeichnet wie sie, andere, mehr oder weniger prominent, wollten nicht erkannt werden. Vor allem die in einem Park versteckt liegende Klinik für Suchtkranke wurde, wie man hörte, oft von Prominenten aufgesucht.

Ellen mied bewusst jeden Kontakt. Sie aß meistens auf ihrem Zimmer und ging erst in der Dämmerung hinaus. Die ersten Untersuchungen waren bereits vorgenommen worden, man hatte sie durchgecheckt und eine ausführliche Anamnese erstellt. Mehr war noch nicht passiert. Ein Umstand, der ihre Ungeduld noch vergrößerte. Sie konnte es kaum erwarten, operiert zu werden.

Gestern hatte sie sich kurz im Dorf umgesehen, aber außer drei Bauernhöfen, einer Kapelle, einer Kneipe und einem Kramladen gab es hier gar nichts.

»Du bist am Arsch der Welt gelandet«, sagte sie zu sich selbst und starrte in den Regen hinaus. »Aber da gehören Krüppel und Monster ja auch hin.«

Sie merkte nicht, wie ungerecht sie war, denn in der renommierten Klinik gab es etliche Patienten, die viel schlimmer dran waren als sie. Nach schweren Unfällen waren sie stärker gezeichnet als Ellen.

Eine Weile stand sie noch am Fenster, dann ging sie zum Tisch und schaute zum wohl hundertsten Mal auf die Landkarte, die sie dort ausgebreitet hatte. Mit rotem Stift hatte sie die Straße in Lindau markiert, in der sich die Tierarztpraxis befand, in der Andrea Karlsberg jetzt arbeitete. Es war nicht allzu schwierig gewesen, das herauszufinden. Komplizierter war es schon, zu überlegen, wie sie der Frau, die sie so sehr hasste, nachhaltig schaden konnte.

Ellen dachte immer wieder darüber nach, doch ihr fiel nichts wirklich Gemeines ein. In ihrem Wahn, ihrer sinnlosen Wut machte sie sich nicht bewusst, dass im Grunde Andrea diejenige war, die belogen und betrogen worden war. Schuldig war in erster Linie Gerhard Gschwendner, der mit beiden Frauen sein Spiel getrieben hatte. Für ihn war die rassige Ellen die ideale Geliebte gewesen, Andrea hingegen die Frau, die vermögend genug war, ihm ein sorgenfreies Leben zu ermöglichen.

Doch Ellen hatte sich so in ihre Hassgedanken hineingesteigert, war so voller Wut und Verzweiflung, dass sie all ihren Zorn auf die junge Tierärztin richtete, die nun am Bodensee ein neues Leben begonnen hatte. Den Gedanken, dass Gerhard sie fallen gelassen hatte, nachdem ihre Schönheit zerstört war, schob sie zur Seite.

Sie hatte Andrea aufgespürt, die sich in dem schönen Haus am See niedergelassen hatte und zufrieden wirkte. Zwei Mal schon war Ellen mit einem Taxi zum Haus der Tierärzte gefahren. Eine Weile hatte sie das Gebäude beobachtet, hatte gesehen, wie Andrea Patienten verabschiedete oder mit ihrem Kollegen im Garten Kaffee trank.

»Die Tour vermassle ich dir«, murmelte Ellen und biss sich auf die Lippe, bis sich zwei Blutstropfen zeigten. »Du wirst hier nicht glücklich werden, dafür sorge ich.«

Am nächsten Morgen, noch waren die Wiesen und Felder feucht vom Regen der letzten Nacht, fuhr sie hinüber nach Lindau. Erst am Nachmittag hatte sie einen weiteren Untersuchungstermin beim Chefarzt der Klinik, und niemand konnte ihr verbieten, das Krankenhaus für ein paar Stunden zu verlassen.

Sie hatte sich den Weg gemerkt und musste jetzt, da sie im eigenen Wagen unterwegs war, nicht lange suchen. Schnell hatte sie die Praxis gefunden, die am Ende einer kurzen Seitenstraße lag. Vor dem Haus parkten etliche Autos, zwei Hundebesitzer kamen heraus, der eine mit einem Dackel an der Leine, der zweite führte einen hochbeinigen Afghanen an einer rot glänzenden Leine.

Eine halbe Stunde blieb Ellen in ihrem Wagen sitzen, beobachtete das Kommen und Gehen im Haus der Tierärzte, ohne dass sie die verhasste Andrea zu Gesicht bekam.

Erst gegen Mittag wurde der Parkplatz leer. Als offensichtlich letzte Patientin kam eine junge Frau mit einem Katzenkorb in der Hand heraus, sie fuhr gleich darauf in einem alten grünen Citroën davon.

Ellen biss sich auf die Lippe. In drei Stunden musste sie wieder in der Klinik sein – und hatte noch nichts erreicht!

Mit zitternden Fingern startete sie den Motor – und

zuckte zusammen, als sie Andrea bemerkte, die in diesem Moment aus einem Seiteneingang kam und auf ihren Wagen zuging. Die Tierärztin trug Jeans und eine leichte Sommerbluse, das blonde Haar war hochgesteckt.

Es versetzte Ellen einen Stich ins Herz, als sie das makellose, leicht gebräunte Gesicht der verhassten Frau sah. Wie selbstbewusst sie sich gab. Wie zufrieden sie wirkte. Kein Wunder, sie war ja nicht so brutal gezeichnet wie sie selbst.

Jetzt fuhr der alte graue Kastenwagen der Tierärztin aus der Einfahrt. Ellen duckte sich, um nicht gesehen zu werden. Dann fuhr sie Andrea hinterher, die ihren Wagen in Richtung Nonnenhorn lenkte.

Hundert Meter vom Weingut Meiningen entfernt stoppte Ellen Häuser im Schutz einiger Büsche. Sie wusste zwar, dass die Tierärztin Verwandtschaft hier am See hatte, doch wo diese wohnte und wie die Familie hieß, wusste sie nicht. Allzu viel hatte ihr Gerhard nie von der Frau erzählt, die er hatte heiraten wollen.

Schon beim Gedanken an ihren Geliebten, der sie so gemein im Stich gelassen hatte, beschleunigte sich Ellens Herzschlag. So sehr sie auch versuchte, ihn zu vergessen oder ihn gar zu hassen, sie konnte es nicht. Er war und blieb der Mann ihres Lebens.

Wenn er sie geliebt hatte, war sie vollkommen glücklich gewesen. Sie waren sich jedoch nicht nur auf diesem Gebiet ähnlich gewesen. Beide liebten sie den Luxus, genossen exklusive Hotels und gutes Essen. Wieder dachte sie daran, wie begeistert sie oft Pläne geschmiedet hatten. Ohne Skrupel hatte Gerhard ihr erzählt, dass er Andrea nur heiratete, um an ihren großen Besitz zu kommen.

»Irgendwann hab ich die Kontovollmacht und kann

mich an ihrem Vermögen bedienen. Oder ich lasse mich nach einer Weile wieder scheiden, dann hab ich wenigstens Anspruch auf die Hälfte, wenn ich es geschickt anfange.«

»Räum lieber alle Konten leer, sobald sie den Hof verkauft und mit dir in die Stadt gezogen ist. Dabei springt am meisten raus.« Ellen hatte, genau wie ihr Liebhaber, keinerlei Skrupel.

Doch jetzt hatte sie am eigenen Leib erfahren müssen, was für ein mieser Egoist Gerhard war. Auch sie hatte er fallen lassen wie eine heiße Kartoffel, nachdem er sie im Krankenhaus gesehen hatte, hässlich und entstellt, krank und elend.

»Aber sie kriegt ihn auch nicht. Das ist Gerechtigkeit«, sagte Ellen zu sich selbst. Sie hatte, wie so oft nach dem Unfall, rasende Kopfschmerzen, konnte kaum noch klar denken. Doch sie riss sich zusammen und folgte der Tierärztin.

Vorsichtig schlich sie sich näher und bekam gerade noch mit, dass Andrea eine junge Frau zur Begrüßung umarmte, dann verschwanden die beiden in dem hellen großen Gutshaus.

»Verdammt!«, murmelte Ellen und wandte sich ab. Wieder einmal sah sie auf die Uhr – noch knapp zwei Stunden bis zu ihrem Untersuchungstermin. Und den durfte sie auf keinen Fall versäumen.

Sie setzte sich im Schatten eines blühenden Holunderbusches ins Gras und starrte zum Haus hinüber. Hypnotisierte förmlich die Haustür, die sich jedoch nicht öffnete.

Gerade als sie aufstehen und zu ihrem Wagen zurückgehen wollte, kamen die Frauen ums Hauseck. Die Fremde trug ein Kind auf den Armen. Das kleine

Mädchen strampelte und wollte allein laufen. Es krähte, und die beiden Frauen lachten.

Mit brennenden Augen schaute Ellen zu der kleinen Gruppe hinüber. Das Kind hockte im Gras und spielte mit etwas, das Ellen nicht erkennen konnte. Die Frauen unterhielten sich, sie sah, dass die Frau, die wohl die Mutter des Kindes war, ihren Arm wieder um Andrea legte.

»Hast du auch Kummer? Schadet dir nichts. Heulst du vielleicht immer noch um Gerhard, diesen Mistkerl?« Ellen richtete sich auf, um mehr erkennen zu können. In dem Moment kam ein schwarzer Hund über einen schmalen Weg, der vom Weinberg zum Gutshof führte, gelaufen und rannte schwanzwedelnd auf die Frauen zu. Aber noch ehe er die kleine Gruppe erreichte, schien er Ellen zu wittern. Er bellte, machte Anstalten, in ihre Richtung zu laufen.

Erst als die Frau, die zum Gut zu gehören schien, ihm einen knappen Befehl zurief, kehrte er zu ihr zurück und legte sich in einem Meter Abstand neben das Kind, das er fortan nicht mehr aus den Augen ließ.

»Na dann …« Ellen schlich sich zurück, doch bevor sie zur Klinik zurückfuhr, sah sie sich um. Irgendwo musste ja ein Hinweisschild mit dem Namen des Weinguts stehen. Den brauchte sie.

Endlich entdeckte sie das ovale Holzschild. Es zeigte zwei Fässer, ein großes und ein kleines, die von Weinreben und Trauben umgeben waren. Darin verschlungen erkannte sie auf jedem Fass ein stilisiertes M. Darunter, auf einem breiten Holzbrett, stand der volle Name.

»Gut Meiningen«, las Ellen mit bebender Stimme. Sie schrieb sich noch den Straßennamen auf, dann fuhr sie zurück zur Klinik.

31

»Das war erstklassige Arbeit.« Aufatmend trat Chris Paulsen vom OP-Tisch zurück. Er hatte, assistiert von Daniela, einem Schäferhund einen Nierentumor entfernt.

»Du warst hervorragend. Besser hätte der Hund in einer Tierklinik auch nicht versorgt werden können.«

Daniela half ihm, das Tier in eine der großen Boxen zu schaffen, die hinter dem Haus in einem kleinen Anbau standen. Durch einen hellen Flur gelangte man in diesen Bereich, der ganz auf die Betreuung der Tiere eingerichtet war. Hier wurden die Patienten, die stationär aufgenommen werden mussten, versorgt. Der frisch operierte Hund konnte dort seinen Betäubungsschlaf halten und würde sicher noch zwei, drei Tage hier verbringen müssen, ebenso wie eine sterilisierte Katze, eine angefahrene Hündin, die den Hinterlauf kompliziert gebrochen hatte, und ein krankes Kaninchen.

»Wir sind einfach ein gutes Team.« Chris sah Daniela von der Seite her an. Sie war gestern beim Frisör gewesen und hatte sich das halblange dunkle Haar ganz kurz schneiden lassen. Es war ein pfiffiger Look, der ihr sehr gut stand.

Daniela runzelte die Stirn. »Meinst du das im Ernst?«

»Wenn's um den Job geht, mache ich keine Scherze.« Chris zog sich den Kittel aus. »Das weiß auch Andrea. Und sie wäre froh, wenn du hierherkämst.«

»Hast du etwa schon mit ihr gesprochen?«

Er nickte. »Ja, und das ganz im Ernst. Wir brauchen dringend Hilfe. Vorgestern hat es wieder Schwierigkeiten gegeben, weil wir beide mit Notfällen beschäftigt waren. Zudem muss sich jemand um die Abrechnungen kümmern. Wir sind so oft in der Umgebung zu Hausbesuchen unterwegs, das Telefon in der Praxis sollte besetzt sein. Wir haben eben, bevor sie rübergefahren ist nach Nonnenhorn, noch mal darüber gesprochen.«

»Stimmt, das hatte ich vergessen.«

»Andrea will Gertrud unbedingt bei den Vorbereitungen fürs Fest helfen.« Er lachte leise. »Obwohl ich mir sicher bin, dass die erfahrene Wirtschafterin schon alles für die private Premierenfeier vorbereitet hat. In der Küche ist Gertrud einfach nicht zu toppen. Von ihr kann auch Tom noch was lernen.«

Daniela seufzte. »Ich wünschte, ich hätte nur den Bruchteil von ihren Kochkünsten vorzuweisen.«

Er legte ihr den Arm um die Schultern. »Dafür bist du in deinem Job perfekt. Überleg dir unser Angebot.«

»Mach ich.« Daniela ging die ersten Stufen zu Andreas Wohnung hinauf. »Aber jetzt nehme ich erst mal ein Sonnenbad auf dem Balkon. Das Wetter ist herrlich.«

»Und ich gebe mich mit aller Leidenschaft dem Papierkram hin.« Chris grinste. »Schließlich muss der Rubel auch in einer Tierarztpraxis rollen.« Er ging zu seinem Schreibtisch. »Gegen fünf fahren wir los, einverstanden?«

»Ist gut.«

Es war Mittwoch, die Praxis seit dem späten Vormittag geschlossen, da der Tierarzt für den Nachmittag zwei Operationen eingeplant hatte.

»Sind Bettina und Richard schon von der Premierenfeier zurück?« Chris hielt Daniela noch einmal zurück. »Die beiden hatten hoffentlich in Berlin eine schöne Zeit.«

»Die Auszeit von all der Arbeit auf dem Gut war eigentlich viel zu kurz. Ich denke, dass sie erst am Vormittag in Berlin abgefahren sind. Bettina wollte sich noch ein wenig in der Hauptstadt umsehen, sie war noch nie dort.«

»Besser drei Tage als gar keine Freizeit.« Chris lachte. »So erkläre ich meine Stippvisiten bei Tom in München auch immer.«

»Wann kommt er denn mal wieder her?«

»Am Wochenende auf jeden Fall. Ich hoffe allerdings, dass er auch heute kommt. Hast du Sehnsucht nach ihm?«

Daniela lachte. »Na klar! Fast so große wie du.«

»Freches Ding!«

»Und du willst trotzdem mit mir arbeiten?«

»Geh endlich in die Sonne.« Chris lachte. »Und denk über einen Umzug nach.«

Das tat Daniela ausgiebig, während sie ein Sonnenbad nahm. Dabei blinzelte sie immer wieder zum strahlend blauen Himmel hoch, an dem nicht eine Wolke zu sehen war. Es war ideales Urlaubswetter, und die Orte am Bodensee füllten sich täglich mehr mit Touristen. Auch in Lindau herrschte Hochbetrieb, viele Besucher hielten sich auf der Halbinsel Lindau in der historischen Altstadt auf, die vollständig unter Denkmalschutz stand. Von hier aus hatte man einen wunderschönen Blick hinüber zu den Alpen.

Im Doktorhaus, das am Ortsrand lag, spürte man von der Hektik nicht allzu viel. Nur hin und wieder drang Motorengeräusch zu dem großen Seegrundstück herüber.

Übergangslos schlief Daniela ein. Durch lautes Rufen, das aus dem Garten heraufdrang, wurde sie geweckt.

»Daniela, mach voran! Es ist fast fünf, dein Begleitkommando ist schon fertig.«

»Tom! Du bist ja doch noch gekommen.« Schnell sprang sie auf und beugte sich über die Balkonbrüstung. »Ich beeile mich.« Sie winkte dem gutaussehenden Mann zu, der neben dem Rosenrondell stand und gerade eine der Blüten abschnitt. Neben ihm lag ein hellbrauner Golden Retriever, der Tom nicht aus den Augen ließ.

»Keine Hektik. Chris sieht noch mal nach den Tieren, das dauert sicher.« Tom hob die Rose in die Luft. »Hey, neue Frisur? Super!«

»Danke.« Daniela beeilte sich mit dem Umziehen, und schon eine halbe Stunde später waren sie abfahrtbereit.

»Seit wann hast du denn einen Hund? Wusste ich gar nicht.« Daniela wollte das Tier kraulen, doch es zuckte ängstlich zurück.

»Das ist die Hündin, die Andrea und Markus angekettet in einer Hütte gefunden haben. Sie hat sich zwar erholt, ist aber immer noch verstört.« Tom streichelte den Kopf des Tieres. »Irgendwie hat sie mich sofort gemocht.«

»Und da hast du sie zu dir genommen.«

»Was blieb mir anderes übrig?« Lächelnd zuckte er mit den Schultern. »So viel bedingungslose Liebe muss man doch belohnen. Und sie hat es verdient, auch mal glücklich zu sein.«

»Caro wird auch ihre Scheu nach und nach verlieren, da bin ich sicher«, warf Chris ein. »Ich darf sie jedenfalls schon anfassen. Schließlich hab ich sie verarztet und ihr einen Namen gegeben.«

»Er kann mich auch anfassen, ohne dass sie die Zähne fletscht«, warf Tom grinsend ein.

»Das will ich ihr auch geraten haben.«

Auch auf den Straßen in Nonnenhorn herrschte viel Betrieb, der Weinort war sehr beliebt. Sie kamen nur langsam voran und waren froh, als sie endlich die Auffahrt zu Gut Meiningen erreicht hatten.

Hier war schon alles für das improvisierte Fest, mit dem Bettina und Richard empfangen werden sollten, vorbereitet. Lampions hingen in den Bäumen, und im großen Gutshof waren drei lange Tischreihen aufgestellt. Töpfe mit kleinen roten Rosen waren, ebenso wie die hellen Rebenranken, eine ansprechende Dekoration.

Chris parkte den Wagen etwas abseits auf dem weitläufigen Gelände. »Wer kommt eigentlich noch?«, fragte er.

»Woher soll ich das wissen?« Daniela sah sich um. »Wunderschön ist es hier. Ich bin immer wieder begeistert.«

»Wer ist denn das?« Chris sah einem großen blonden Mann entgegen, der zwei Weinkisten heranschleppte. »Das nenn ich mal einen interessanten Neuzugang.«

»Bin ganz deiner Meinung.« Daniela schaute fasziniert zu dem Mann in Jeans und hellblauem Hemd hinüber, der die Kisten so trug, als wären sie Leichtgewichte.

»Ihr zwei seid unmöglich!« Tom schüttelte den Kopf. »Daniela, der ist was für dich.« Er stieß Chris in die Seite. »Hör auf, immer diese blonden Siegfriede anzuhimmeln. Deinetwegen kann ich mir nicht noch die Haare färben lassen.«

»Ist auch nicht notwendig.« Chris legte rasch den Arm um die Schultern des Freundes. »Mir gefällst du so am besten.«

»Hört auf mit eurer Othello-Masche.« Daniela grinste. »Ich werde mich opfern und austesten, ob der Neue hetero ist oder nicht.«

»Ist er. Sieh nur mal, wie er dich anschaut! Wenn er nicht aufpasst, fällt er noch über irgendwas.«

Während der Kabbelei waren sie zum Hof gegangen, wo Gertrud und Johann sie herzlich begrüßten.

»Ich hoffe, ich störe nicht«, meinte Tom und reichte Gertrud einen bunten Rosenstrauß.

»Sie doch nie, Tom. Das wissen Sie.« Gertrud roch an den Rosen. »Die sind wunderschön, danke.«

»Frisch geklaut bei Chris.« Tom grinste.

»Für Sie durfte er räubern.« Chris sah sich um. »Wo steckt Andrea?«

»Im Haus. Sie spielt mit Sonja.«

»Dann schauen wir mal nach ihr.« Die beiden Männer gingen ins Haus, die Hündin im Schlepptau, die Tom tatsächlich auf Schritt und Tritt folgte. Daniela blieb draußen und setzte sich auf die alte Bank unter der Linde.

»Hallo, ich bin Jochen.« Der blonde Hüne stand vor ihr und streckte ihr die Hand entgegen. »Ich hab dich noch nie hier gesehen.« Ungeniert duzte er sie.

»Ich bin nur zu Besuch.« Danielas Herz klopfte rascher. Der Typ war faszinierend. Jetzt, wo er so dicht vor ihr stand, sah sie seine muskulösen Oberarme, das Grübchen am Kinn und die langen Wimpern. Seine Augen waren blaugrün, kleine goldene Punkte tanzten darin.

»Und? Bestanden?«

»Was?«

Er lachte. »Na, die Musterung. So kritisch bin ich ja nicht mal bei der Bundeswehr betrachtet worden.«

»Das hoffe ich doch.«

»Bissig bist du gar nicht.«

»Nö. Und auch nicht ironisch. Das ist mir wesensfremd.«

»Aber verflixt smart und hübsch bist du.« Er setzte sich neben sie. »Verrat mir deinen Namen. Und woher du kommst. Ich bin jetzt schon zwei Wochen hier, hab dich aber noch nie gesehen.«

»Ich bin Daniela. Wag es ja nicht, Dani zu mir zu sagen!«

»Im Leben nicht!« Er grinste. »Woher kommst du?«

»Aus Gauting. Bin nur zu Besuch in Lindau.«

»Schade.«

Das klang aufrichtig, und Danielas Herzschlag beschleunigte sich noch mehr. Dieser Jochen, von dem sie nichts wusste, außer dass er auf dem Gut arbeitete, war ein toller Typ. Sein Humor gefiel ihr ebenso wie der Wahnsinnsbody.

»Und was hat dich nach Nonnenhorn verschlagen? Was machst du hier auf dem Gut?«

»Arbeiten.«

»Und was machst du genau?« Sie musterte ihn diskret.

»Ich will mal Winzer werden. Genügt dir das?« Er griff nach ihrer Hand. »Ich muss jetzt noch was tun. Später können wir reden, ja? Dann erzähl ich dir von mir, und du sagst mir, wo ich dich finden kann.«

Daniela wollte antworten, da spürte sie aber schon seine Lippen auf den ihren.

Und schon ging Jochen mit langen Schritten davon.

Eine Weile blieb sie noch sitzen, kämpfte mit diesem neuen Gefühl, das sie in dieser Intensität nie zuvor empfunden hatte.

Als sie mitbekam, dass Andrea inzwischen aus dem Haus gekommen war, stand sie auf und ging auf die Freundin zu. Die goss Tom und Chris gerade ein Glas Wein ein.

»Magst du auch ein Glas?«

»Gern.« Daniela setzte sich neben Tom.

»Und? Getestet und für gut befunden?«, fragte er leise.

»Wen hast du getestet?« Andrea hatte es dennoch gehört und schaute die Freundin fragend an.

»Diesen neuen Helfer auf dem Gut.« Chris antwortete an Danielas Stelle. »Wir sind alle sehr von ihm angetan.«

»Er ist aber nichts für euch Jungs.« Andrea stellte die Weißweinflasche in einen Tonkühler. »Jochen will hier seine Ausbildung vollenden. Er stammt aus einer Winzerfamilie, ist aber der Zweitgeborene. So viel weiß ich von ihm. Für weitere Infos …«, sie lächelte Daniela an, »solltest du dich persönlich an ihn wenden.«

»Mach ich vielleicht auch noch.« Daniela nahm einen tiefen Schluck. »Aber jetzt ist Themenwechsel angesagt. Wer kommt heute denn noch zu dem Fest?«

»Drei, vier Nachbarn, ein alter Freund von Richard aus Meersburg mit Familie und natürlich die Gutsarbeiter. Johann hat alles zusammen mit Gertrud organisiert.«

Eine Stunde lang warteten sie noch, dann trafen Bettina und Richard ein. Sie wurden mit großem Hallo begrüßt, ebenso die Gäste, die nach und nach auf dem Gut vorfuhren, als es zu dämmern begann.

Es wurde ein gelungenes Fest. Für Stunden vergaß Andrea ihren Kummer, sie lachte und scherzte mit den anderen.

Bettina und Richard mussten von Berlin erzählen, und das taten sie mit Witz und Phantasie.

»Ich wusste gar nicht, wie bildschön die Frauen sind, die mit Richard arbeiten. Und wie groß seine Chancen bei den weiblichen Fans sind.« Bettina zwinkerte Andrea und Chris, die nebeneinandersaßen, zu. »Ich werde gleich nächste Woche einen Schminkkurs belegen und die teuersten Boutiquen von Lindau und Meersburg unsicher machen.«

»Um Himmels willen, nur das nicht!« In gespieltem Entsetzen hob Richard die Hände. »Ein Zierpüppchen als Partnerin hab ich nie gewollt.«

»Weiß ich doch.« Liebevoll schmiegte sich Bettina an ihn.

Als die ersten Gäste aufbrachen, ging es bereits auf Mitternacht zu. Auch Chris und Tom verabschiedeten sich. Andrea und Daniela wollten noch bleiben und beim Aufräumen helfen.

»Ich glaube, das packen wir allein.« Andrea wies nach links, wo Jochen mit zwei Arbeitern saß und immer wieder zu ihnen herüberschaute. »Du hast eine Eroberung gemacht.«

Es schien, als hätte Jochen gehört, dass sie von ihm sprach. Er stand auf und stellte sich hinter Daniela. »Was hältst du davon, wenn ich dir den Weinberg zeige?«

»Jetzt? In der Nacht?« Sie sah lachend zu ihm auf.

»Gerade dann.« Er zog sie hoch, dann gingen sie eng umschlungen hinüber zu den unzähligen Reben, die sich an den Hängen entlang erstreckten.

Wehmütig schaute Andrea ihnen nach.

32

Es war ein Sommertag wie aus einem Reiseprospekt der Bodenseeregion. Am bayerisch blauen Himmel standen kleine Schönwetterwolken, auf dem See kreuzten Segelboote und die großen Ausflugsschiffe, die die schönsten Orte anfuhren. Egal ob am österreichischen, am schweizerischen oder deutschen Ufer, alle Ortschaften waren auf Touristen eingestellt und hatten ihren Gästen viel Interessantes zu bieten. Auf der Insel Mainau herrschte Hochbetrieb, zu Hunderten kamen die Menschen auf die Insel, die sich im Sommer in ein richtiges Blütenmeer verwandelte. Noch blühten die letzten Azaleen und Rhododendren, Rosen in verschwenderischer Fülle verströmten ihren Duft. Bald würden die unzähligen Dahlien die Knospen öffnen und den Besuchern ein neues Highlight versprechen.

Andrea lag im Garten und genoss die Ruhe. Chris und Tom waren bei Freunden in Bregenz, Daniela, die am Abend zuvor gekommen war, traf sich wieder einmal mit Jochen.

»Hier steckst du!« Unbemerkt war Markus in den Garten gekommen und stand neben Andreas Liege, die sie im Schatten eines halbhohen Kirschbaums aufgestellt hatte. »Lauf nicht wieder weg!« Er griff nach ihrem Arm. »Bitte! Hör mir doch endlich mal zu.«

Mit einem Ruck setzte sie sich auf. »Ich will nichts mehr hören. Das hab ich doch wohl deutlich genug gesagt.« Wütend sah sie zu ihm auf, dabei klopfte ihr Herz wie wild. Wie gut er aussah! Und wie er sie anschaute …

Sie senkte den Blick. »Lass mich endlich in Frieden,

Markus. Ich hab dir gesagt, dass ich nichts mehr von dir hören will. Warum kannst du das nicht akzeptieren?«

»Weil ich dich liebe. Und weil ich mich nicht so einfach wegschicken lasse. Du musst mir Gelegenheit zu einer Erklärung geben.«

»Aber ich will nichts mehr hören!« Tränen standen ihr in den Augen. »Ich will nicht mehr belogen und nicht mehr betrogen werden.«

»Das tue ich auch nicht.« Markus kniete sich vor sie und zwang sie, ihn anzusehen. »Ich liebe dich, Andrea. Dich allein. Dass Veronika wieder aufgetaucht ist, war eine Gemeinheit von ihr. Sie will zu mir zurück, und um dieses Ziel zu erreichen, ist ihr jedes Mittel recht. Sogar zu einem so billigen Trick hat sie gegriffen und sich in mein Bett gelegt.« Er nahm Andreas Hände und drückte sie zärtlich. »Glaub mir doch endlich, Liebes. Du bist die einzige Frau, die mich interessiert, die ich will.« Sanft zog er sie näher, und diesmal wehrte sich Andrea nicht. Es tat so gut, ihn zu spüren, seine Hände, seine Lippen …

Der Kuss dauerte eine Ewigkeit, und erst als sie beide atemlos waren, lösten sie sich voneinander.

»Ich hab dich so vermisst«, flüsterte Andrea.

»Ich dich auch.«

»Und deine Ex interessiert dich wirklich nicht mehr?«

»Nein, tut sie nicht. Allerdings wüsste ich gern, warum sie von dem angeblichen Traummann, den sie unbedingt heiraten wollte, wieder fortwill.« Er zog Andrea hoch. »Aber das ist im Grunde auch unwichtig. Sie soll es nur nicht noch einmal wagen, mich zu kompromittieren – und dich so sehr zu kränken.«

Während er sprach, führte er Andrea ins Haus. Sie

wusste, wohin er wollte. Ihr Herz klopfte so rasend schnell, dass sie fürchtete, er könnte hören, wie aufgeregt sie war, wie sehr alles in ihr sich danach sehnte, endlich in seinen Armen zu liegen.

»Du ahnst nicht, wie sehr ich dich liebe.« Markus sah sie mit einem zärtlichen Lächeln an, ehe er sie hochhob und aufs Bett legte. Seine Lippen eroberten ihren Mund, glitten tiefer, lösten heißes Begehren in ihr aus.

Als er ganz zu ihr kam, war der Kummer der letzten Wochen endgültig Vergangenheit. Sie lagen eng umschlungen da, und auch als die Leidenschaft abgeklungen war, als sie schwer atmend, doch unendlich glücklich nebeneinanderlagen, hielten sie sich an den Händen.

»Mein Traummädchen«, flüsterte Markus mit geschlossenen Augen.

»Mädchen? Danke für die Blumen. Aber die Zeiten sind lange vorbei.« Andrea lachte leise, dann richtete sie sich auf, beugte sich über ihn und begann ihn zu küssen. Seinen Mund, das kleine Grübchen in seiner linken Wange, das energische Kinn, die Halsbeuge, die breite Brust.

»Stimmt, du bist kein Mädchen mehr«, murmelte er, und neue Erregung stieg in ihm auf.

Andrea genoss es, ihn zu verwöhnen, doch noch schöner war es, seine Zärtlichkeiten zu erleben. Durch das geöffnete Fenster drangen die Geräusche der Welt da draußen, die so weit entfernt schien wie der Mond und die Sterne. Sie waren auf einer kleinen Insel, auf der es nur sie beide gab. Ihre Welt bestand aus dem abgedunkelten Zimmer, aus Markus' Küssen, seinen Haaren, seiner Haut, seiner unendlichen Liebe.

33

»Ich bin sehr zufrieden mit dem Ergebnis, Frau Häuser.« Der Chefarzt der renommierten Klinik trat zwei Schritte vom Bett zurück und betrachtete Ellen prüfend. »Noch zwei, drei Wochen, dann wird man nur noch eine dünne Narbe sehen, die sich leicht überschminken lassen wird.«

»Und das soll ich glauben?« Mit einer unwilligen Bewegung legte Ellen den Handspiegel, mit dem sie heute zum ersten Mal nach der Operation ihr Gesicht ohne Verband gesehen hatte, zurück auf die Bettdecke. »Das ist doch Pfuscherei! Sie haben gar nichts bewirkt, gar nichts.«

»Aber ich bitte Sie, Frau Häuser, der Eingriff ist gut verlaufen.« Der Arzt versuchte Ellen zu besänftigen. »Sie müssen nur ein wenig mehr Vertrauen und Geduld haben. Der Heilungsprozess ...«

»Dauert, ich weiß«, fiel sie ihm ins Wort. »Und wie lange wollen Sie mir dieses Märchen noch erzählen, ha?« Sie richtete sich auf. »Darauf fall ich aber nicht mehr rein, Sie Pfuscher!«

»Frau Häuser, bitte!« Der Stationsarzt, ein noch junger Mann mit randloser Brille und einem schmalen, asketischen Gesicht, sah sie eindringlich an. »Der Eingriff ist gelungen, so glauben Sie uns doch.«

»Keinen Cent kriegt ihr von mir. Nicht einen einzigen. Im Gegenteil, ich werde diese Klinik verklagen.« Ellen steigerte sich immer mehr in ihre Wut hinein, war keinem vernünftigen Argument mehr zugänglich.

Drei, vier Minuten lang versuchten die beiden Mediziner sie davon zu überzeugen, dass die schmale rote Narbe, die noch zu sehen war, verblassen würde.

»Lassen Sie sich versichern, dass alles gut werden wird. Die Rötung wird verschwinden, die Schwellung bald zurückgehen. Sie können uns glauben, dass Sie bald sehr zufrieden mit Ihrem Aussehen sein werden.«

»Quatsch! Große gequirlte Scheiße. Das könnte euch so passen, mir einzureden, dass alles gut wird. Aber damit kommt ihr bei mir nicht durch.«

Der Chefarzt hörte sich geduldig diese Tiraden an, dann jedoch erklärte er: »Wir können uns noch einmal unterhalten, wenn Sie sich beruhigt haben, Frau Häuser. Jetzt und hier hat es wohl keinen Sinn. Und ich habe, offen gestanden, noch anderes zu tun.« Damit verließ er das Krankenzimmer, gefolgt von den beiden Schwestern und dem Stationsarzt, die ihn bei den Visiten zu begleiten pflegten.

Draußen vor der Tür des Krankenzimmers wandte sich der Klinikleiter an die ältere der Schwestern: »Falls sie sich innerhalb der nächsten Viertelstunde nicht beruhigt, geben Sie ihr ein leichtes Sedativum.« Kopfschüttelnd sah er noch einmal zurück. »So eine Patientin hatte ich wirklich noch nie. Exaltierte Frauen ja, damit kann man umgehen. Aber mit so viel Hysterie nicht. Was glaubt diese Frau eigentlich? Dass wir hier Wunder vollbringen können?«

Er wartete keine Antwort ab, sondern setzte die Visite fort. Es gab zum Glück ein paar Zimmer weiter eine junge Frau, die ihm unendlich dankbar war, weil er ihr geholfen hatte. Nach einem Unglück in einer Fabrik hatte sie schwere Brandwunden davongetragen. Drei Hauttransplantationen lagen jetzt hinter ihr, und sie würde, wenn auch der vierte Eingriff gelang, bald wieder genesen sein und mit nur geringen Einschränkungen ihr altes Leben fortführen können.

»Wegen solcher Patienten liebe ich meinen Beruf auch nach dreißig Jahren noch«, sagte er zu seiner Oberschwester, nachdem sie auch dieses Zimmer verließen. »Sie lassen einen hysterische Personen wie Frau Häuser besser ertragen.«

Ellen Häuser tobte und lamentierte so lange weiter, bis man ihr ein Beruhigungsmittel spritzte, das sie für eine Stunde in einen leichten Dämmerschlaf versetzte. Als sie wieder aufwachte, stand sie auf und zog sich an.

»Ich muss hier raus«, murmelte sie. »Diese Scharlatane, diese Halsabschneider und Nichtskönner fassen mich nicht noch einmal an.« Ehe sie sich die leichte Bluse überstreifen konnte, wurde ihr schwindelig und sie musste sich wieder aufs Bett setzen. »Verdammter Mist!« Sie fluchte, heulte und konnte doch nichts anderes tun, als sich wieder hinzulegen.

In ihrem Kopf drehte sich alles. Krampfhaft überlegte sie, was sie tun könnte. Sie musste sich an Gerhard und dieser Tierärztin rächen. Erst dann, davon war sie überzeugt, würde sie wieder Ruhe finden.

Sie schaute hinaus in den Klinikpark. Alles war grün, in vereinzelt angelegten Beeten blühten Rosen, Jasmin und andere Blumen, die zum Teil zu kunstvollen Ornamenten arrangiert worden waren. Es waren schöne Plätze, an denen etliche der Patienten verweilten und sich an der Blumenpracht erfreuten.

Ellen Häuser hatte für derlei Schönheit keinen Blick. Auch der Ausblick auf den Bodensee, der in der Ferne in hellem Blau schimmerte, konnte sie nicht berühren.

Wieder und wieder tastete sie zu ihrem Gesicht, zu der Wange, über der ein neuer Verband lag. Und darunter brannte eine Narbe. Eine Narbe, die fast so schmerzte wie der Hass, der sie voll und ganz erfüllte.

Langsam wanderte die Sonne weiter, veränderte das filigrane Muster, das sie und die Bäume auf die Wand im Krankenzimmer gezaubert hatten.

Eine junge Lernschwester kam und fragte, ob Ellen einen Wunsch hätte.

»Nein. Lasst mich einfach in Ruhe.«

Die Schwester wollte das Zimmer schon wieder verlassen, da hielt Ellen sie zurück.

»Ach doch ... Sie könnten mir einen Gefallen tun und mir kurz Ihr Handy leihen. Mein Simkarte ist leer.«

Kurz zögerte die junge Pflegerin. »In einer Stunde ist Dienstschluss, dann bring ich es Ihnen.«

»Und morgen besorgen Sie mir eine neue Karte, ja?« Sie griff nach ihrer Handtasche, nahm die Geldbörse heraus und hielt dem Mädchen einen Schein entgegen.

Sekundenlang zögerte die Lernschwester, dann nickte sie. »In Ordnung. Ich bin in einer Stunde wieder da.«

Quälend langsam verging die Zeit, und erst als Ellen das Smartphone der jungen Schwester in Händen hielt, atmete sie auf. Sie hatte endlich eine vage Idee, wie sie vorgehen könnte, um Gerhard und Andrea zu schaden. Aber dazu brauchte sie Hilfe.

Die Nummer des Junkies hatte sie sich notiert, kannte die Zahlen inzwischen auswendig und tippte sie mit zitternden Fingern ein. Es meldete sich aber nur die Mailbox.

Ellen unterdrückte einen Fluch. Dann sagte sie: »Ich bin in der Klinik am Bodensee, wie du weißt. Werde aber bald entlassen. Komm her. Ich hab einen Job für dich. Es ist dringend.«

34

Warum ziehst du nicht auch an den Bodensee? So wie deine Freundin Andrea? Es ist wunderschön hier, die Menschen sind freundlich, das Wetter angenehm, und einen Job hast du doch schon in Aussicht.« Spielerisch ließ Jochen seine Finger über Danielas nackte Schultern gleiten. Die leise Berührung genügte, um ihr einen wohligen Schauer über den Rücken zu jagen. Dieser Mann war Erotik pur!

»Ich hab einen Job in Gauting.«

»Na und? Jobs kann man kündigen. Ich hab schließlich daheim auch alle Zelte abgebrochen und bin hierhergekommen.«

»Das ist was anderes.«

»Unsinn! Ein Umzug ist ein Umzug. Und wenn es etwas gibt, das für so eine Veränderung spricht, sollte man nicht lange zögern.«

»Du bildest dir also ein, dass es Gründe für mich gibt, herzuziehen?«

»Klar doch!« Ein freches, jungenhaftes Grinsen glitt über sein gebräuntes Gesicht. »Oder bin ich nicht der beste Grund der Welt?«

»Du bist ganz schön eingebildet.«

»Nein. Verliebt.« Er zog sie noch enger an sich.

Sie saßen auf einer Bank am Seeufer, leichter Wind ließ die Blätter in der alten Kastanie über ihnen rascheln. Das Geräusch mischte sich mit dem regelmäßigen Gurgeln, mit dem die Wellen des Bodensees ans Ufer rollten.

»Krieg ich keine Antwort?« Jochen legte den Zeigefinger unter Danielas Kinn. »Sag schon, willst du nicht bald herziehen? Bist doch jetzt fast jedes Wochenende hier.« Er gab ihr einen raschen Kuss. »Ich weiß zwar nicht, ob ich allein der Grund bin, aber das ist ja auch egal. Hauptsache, wir können uns sehen.«

»Richtig. Und dabei sollten wir es erst mal belassen. Mit unseren Wochenendtreffen, meine ich.« Daniela lehnte sich zurück und schloss die Augen. »Wir kennen uns noch gar nicht richtig, und ich müsste bei einem Umzug noch mal ganz von vorn anfangen. Neuer Job, neue Wohnung, neue Freunde …«

»Stimmt doch gar nicht. Freunde hast du hier schon eine Menge, auch einen Job in Aussicht … Wer kann das schon von sich behaupten?« Er nahm ihr Gesicht in die Hände und schaute sie eindringlich an. »Komm her zu mir. Ich könnte mir nichts Schöneres vorstellen.«

Unter halbgeschlossenen Lidern sah sie ihn an. Seine Augen, graugrün, mit diesen unverschämt langen Wimpern, waren dicht vor ihr. Sein Mund ebenso. Dieser Mund, den sie jetzt unbedingt küssen musste.

»Lenk nicht ab!« Jochen schob sie kurz von sich, nachdem er sie ausgiebig geküsst hatte.

»Tu ich nicht.«

»Tust du doch. Geschickt zwar, aber ich vergesse nicht, worüber wir reden wollten.«

»Du wolltest reden, ich nicht.«

»Was willst du dann?« Seine Stimme bekam einen dunklen verführerischen Klang. »Vielleicht gibt es wirklich was, womit du mich stärker ablenken könntest.«

»Was du nicht sagst!« Ein amüsiertes Zucken spielte um Danielas Mundwinkel. Sie wusste genau, was er meinte. Bisher waren sie noch nicht miteinander im Bett gewesen, und sie wusste, wie scharf er darauf war, endlich mit ihr schlafen zu können. Bisher hatte sie ihn auf Distanz gehalten. Schließlich wusste sie kaum etwas von ihm. Und während der wenigen Wochenenden, in denen sie sich getroffen hatten, konnte sie auch nicht viel mehr über ihn erfahren als das, was alle wussten: nämlich, dass er aus einer Winzerfamilie stammte, ledig war und sein Zuhause verlassen hatte, weil der ältere Bruder das Weingut der Familie einmal erben würde.

Leises Schnattern unterbrach ihre Gedanken. Vor ihren Füßen hatte sich eine Entenmutter niedergelassen und scharte mit aufgeregtem Rufen ihre Kleinen um sich. Es waren genau sieben Küken, mit denen sie dann in Richtung Wasser davonwatschelte.

»Niedlich.« Jochen legte den Arm wieder um Daniela. »Sie sehen so süß aus, wenn sie klein sind.«

»So wie alle kleinen Lebewesen niedlich aussehen.«

»Stimmt.« Er zog sie fester an sich. »Du frierst. Wir sollten heimgehen.«

»Noch nicht. Ich finde die Abendstimmung am See sehr romantisch.« Daniela lächelte ihm zu. »Passt nicht ganz zu mir, oder?«

»Doch. Sehr sogar.« Er küsste sie kurz auf die Nasenspitze. »Tu nicht immer so abgebrüht, ich spüre genau, dass du romantisch bist und sehr zärtlich sein kannst.«

»Ach ja? Bist du unter die Hellseher gegangen?«

»Klar doch. Und deshalb prophezeie ich dir, dass du in einer halben Stunde nicht mehr frieren wirst. Und dass du eventuell bereit bist, bald umzuziehen.«

»Und wie willst du das wissen?«

»Die Antwort kriegst du später. Ich habe zumindest sehr gute Argumente.« Er stand auf und zog sie hoch. »Komm mit. Wir sind heute fast allein auf dem Gut. Die

Chefin ist mit der Familie bei Freunden in Wasserburg, und Johann und Gertrud wollten rüber in die Schweiz.«

»Dann hast du also sturmfreie Bude.«

»Stimmt. Und ich würde das gern ausnutzen.«

»Das klingt richtig verführerisch.« Daniela lachte.

»Soll es auch sein.«

»Ja dann ...« Sie blieb kurz stehen. »... bin ich gespannt.«

»Freches Ding.«

»Gar nicht. Ich kann ganz lieb sein.«

»Nur nicht zu lieb. Vor solchen Mädchen hab ich Angst.«

Während der verliebten Kabbelei waren sie bei seinem Wagen angekommen. Auf der Fahrt zurück zu Gut Meiningen schwiegen sie, doch hin und wieder streckte Jochen die Hand aus und strich kurz über Danielas Bein. Und schon allein diese Berührung genügte, um ihre Gefühle in Aufruhr zu versetzen.

Der große Gutshof lag wie ausgestorben da. Nur ein paar bunte Kissen auf der Bank vorm Haus zeugten davon, dass vor kurzem hier noch jemand gesessen hatte. Ebenso der blaue Steinkrug mit den rosafarbenen und roten Levkojen darin, der auf dem verwitterten Holztisch stand.

Daniela streifte das Gutshaus, in dem sie bereits ein paarmal zu Gast gewesen war, nur mit einem kurzen Blick, dann folgte sie Jochen in seine Unterkunft.

Die Arbeiter des Gutes wohnten ein wenig abseits in einem flachen, langgestreckten Gebäude, an das sich ein großer holzverkleideter Geräteschuppen anschloss. Auch hier stand eine Bank, auf der die Männer nach der Arbeit gern saßen, rauchten oder einen Schoppen tranken.

»Komm rein.« Jochen hielt Daniela die Tür auf. »Mein Zimmer ist gleich rechts.«

Der Raum war groß und unerwartet gemütlich eingerichtet. Es gab eine kleine Kochstelle, eine Sitzecke und, links von der Tür, ein breites Bett.

»Möchtest du ein Glas Wein? Ich hab welchen von hier, aber auch ein paar Flaschen von daheim. Der Nahewein ist hervorragend, vor allem der Riesling. Aber wenn du lieber Bodenseewein trinken möchtest, kann ich das auch verstehen.«

Ohne auf ihre Antwort zu warten, ging er zur Küchenzeile und nahm eine gut gekühlte Flasche aus dem Kühlschrank. »Versuchen wir einfach mal Bettinas Winzersekt.« Noch bevor er die Flasche öffnete, stellte er den CD-Player an. Alte Dean-Martin- und Sinatra-Songs erklangen.

»Setz dich doch.« Er wies auf den dunkelblauen Zweisitzer vorm Fenster. Davor stand ein kleiner ovaler Glastisch, auf dem er jetzt den Sekt servierte.

Daniela setzte sich und nippte am Sekt, der wirklich ausgezeichnet war. Allmählich fand sie die Spannung zwischen sich und Jochen fast unerträglich. Sie sah ihn nicht an, als er sich neben sie setzte. Nichts mehr war zu spüren von ihrer Kessheit, von der Flapsigkeit, mit der sie ihm bisher begegnet war.

Sie schloss die Augen, als sie seine Hand auf dem Rücken spürte. Langsam wanderte sie hinauf zu ihrem Nacken, fuhr dort zärtlich unter das Haar, streichelte ihren Hals und glitt dann zum Ausgangspunkt zurück.

»Dani …«

Sie drehte sich zu ihm um. Ihr frecher Mund war leicht geöffnet, die Lippen zitterten.

Erst als sie seine Arme um sich spürte, löste sich die Anspannung, sie schmiegte sich an ihn und erwiderte seinen Kuss voller Leidenschaft. Ihre Zunge spielte mit seiner, seine Hände, die ihren Rücken streichelten, zogen heiße Spuren über die Haut.

Daniela konnte sich nicht erinnern, jemals ein solches Begehren verspürt zu haben wie bei Jochen. Sie sehnte sich danach, ihn endlich ganz bei sich zu haben.

Wortlos standen sie auf und gingen zum Bett hinüber, das mit hellgelber Wäsche bezogen war. Daniela nahm das wie nebenbei wahr, so wie sie auch kaum bemerkte, dass Jochen sein Oberhemd mit einem Ruck auszog. Dann nestelte er an den zwei Knöpfen ihrer dünnen Seidentunika.

Schließlich saß sie vor ihm mit nacktem Oberkörper. Ein paar Sonnenstrahlen, die sich durchs Fenster geschlichen hatten, malten kleine goldene Kringel auf die leicht gebräunte Haut.

Jochen streckte die Hand aus und berührte fast zögernd ihre kleinen festen Brüste. Dann beugte er sich vor und ließ seine Zunge das Spiel der Finger wiederholen.

Daniela drückte seinen Kopf fest an sich. Sie schmiegte das Gesicht in sein Haar, um das leise Stöhnen, das sich ihr über die Lippen drängte, zu unterdrücken.

Dieser Mann war wie ein Naturerlebnis! Nie zuvor hatte sie sich so spontan, so leidenschaftlich verliebt. Auch wenn sie in Gauting arbeitete, dachte sie an ihn. Er geisterte durch ihre Träume, und sie konnte es kaum erwarten, wieder zurück an den Bodensee zu fahren, um ihn zu treffen.

Und jetzt, endlich, waren sie sich ganz nah.

Jochen war ein sehr guter, einfühlsamer und doch

leidenschaftlicher Liebhaber. Er küsste fast jeden Zentimeter von Danielas Haut, streichelte sie und brachte sie beinahe um den Verstand, denn er beherrschte sich sehr gut – und sie kam fast um vor Lust.

»Komm endlich«, murmelte sie und krallte die Fingernägel fester in seine Schultern, als er sie an ihrer intimsten Stelle liebkoste.

Er lachte leise. Ein kehliges dunkles Lachen, das ihr verriet, wie erregt auch er war. Und dann, endlich, kam er ganz zu ihr. Und für eine kleine, wundervolle Ewigkeit war alles um sie herum vergessen.

35

Da ist dieser Typ schon wieder!« Andrea wies hinüber zum Seeufer.

»Wer? Wo?« Markus, der sie zu einem Ausflug abholen wollte, stellte sich hinter sie auf den Balkon und spähte hinaus. »Ich sehe nichts.«

»Jetzt ist er weg.« Andrea drehte sich um. »Aber ich habe ihn genau gesehen, diesen schmierigen Kerl. Seit Tagen lungert er hier in der Gegend rum und starrt immer wieder herüber.«

»Ach was, das bildest du dir nur ein.« Markus zog sie an sich. »Das ist ein harmloser Landstreicher. Oder ein Tramper, der sich irgendwo was zu essen schnorren will.«

Aber Andrea ließ sich nicht so leicht beruhigen. Seit Tagen bemerkte sie den jungen Mann mit den strähnigen braunen Haaren in der Nähe des Hauses. Er trieb sich bestimmt nicht einfach so hier herum, davon war sie überzeugt. Doch weder Markus noch Christian, dem sie vorgestern von dem Penner erzählt hatte, schienen beunruhigt zu sein.

»Komm, wir müssen los.« Noch ein rascher Kuss, dann zog Markus sie mit sich. »Bis zum Nachmittag kann ich freinehmen, dann hab ich eine größere Gesellschaft im Hotel, da muss ich anwesend sein.«

»Wohin fahren wir denn?«

»Du warst doch noch nicht in Unteruhldingen. Dort sehen wir uns die Pfahlbauten an, danach fahren wir eventuell noch hoch nach Birnau. Die Basilika hast du auch noch nicht gesehen, oder?«

Andrea schüttelte den Kopf. »Nein. Aber Unteruhldingen reicht, denke ich. Ich sitze auch gern mit dir am Seeufer und schaue einfach aufs Wasser. Das hat so was Beruhigendes. Und ich bin schließlich noch längere Zeit hier.«

»Das will ich hoffen.« Ehe sie in seinen Wagen stiegen, nahm Markus Andrea noch einmal in den Arm. »Hab ich dir eigentlich schon mal gesagt, wie glücklich ich mit dir bin?«

»Nein. Heute noch nicht.«

»Welch sträfliche Unterlassung!« Sein Kuss dauerte eine gefühlte Ewigkeit.

»Ich glaube dir.« Andrea lächelte, als er sie endlich freigab.

Während der Fahrt nach Unteruhldingen erzählte sie aus der Praxis und Markus ein paar Hotelgeschichten.

»Wir haben übrigens sechs junge Kaninchen«, berichtete er unter anderem.

»Wie kann das denn sein? Deine Tiere sind doch kastriert und sterilisiert. Oder etwa nicht?«

»Ich hab ja nur sechs weibliche Tiere gehabt. Dachte ich zumindest.« Er drosselte das Tempo, da vor ihm ein Lastwagen fuhr, den er nicht überholen konnte.

»Und das hast du nicht kontrolliert?« Andrea lachte leise. »Du hättest mich mal fragen sollen.«

»Das hätte nichts genutzt. Denn wir beide hätten nicht mit den Berger-Zwillingen gerechnet.« Er machte eine kleine Pause. »Die Familie Berger kommt seit Jahren ins Hotel. Und die Zwillinge sind tiervernarrt. Sie sind kaum aus dem Stall wegzukriegen. Na ja, und irgendwie haben die beiden Jungs es geschafft, einen Rammler einzuschmuggeln, als sie beim letzten Mal da waren.«

»Woher weißt du das?«

Markus lachte leise. »Vorige Woche rief Herr Berger an und erzählte mir verzweifelt vom Streich seiner Jungs. Sie waren der Ansicht, dass es unfair sei, dass die Kaninchen nie Kinder kriegen dürften.«

»Und jetzt habt ihr mehrfaches Mutterglück.«

»Du sagst es. Seit vorgestern. Zum Glück hat der Rammler nur zwei Damen beglückt. Hoffe ich zumindest.«

»Und du hast nicht bemerkt, dass er im Gehege ist?«

Markus schüttelte den Kopf. »Dafür ist der Louis zuständig. Der alte Mann hat beim Füttern nicht immer nachgezählt.«

»So kann man sich auch rausreden.«

»Stimmt. Er war total neben der Spur, als er mir den Kindersegen beichten musste.«

»Und die Bergers?«

»Die kommen nächstes Wochenende und bestaunen die jungen Kaninchen.«

»Sie wollen sicher welche mitnehmen.«

»Können sie liebend gern. Ich fürchte nur, dass Frau Berger da nicht mitspielen wird. Sie hat vier Kinder zu versorgen.«

»Na ja, zwei Kaninchen, wenn sie denn gleichgeschlechtlich sind, machen da auch nichts mehr aus.« Andrea lächelte. »Ich seh mir die Tiere nachher noch an. Der Rammler muss auf jeden Fall separat gehalten werden.«

»Der ist schon in Einzelhaft.« Markus lachte. »Noch mehr Nachwuchs verkraften wir nicht.«

Nach einer halben Stunde erreichten sie das Pfahlbaumuseum in Unteruhldingen. So wie sie besuchten etliche Touristen an diesem Sommertag das Freilichtmuseum, das archäologische Funde und Nachbauten von Pfahldörfern aus der Stein- und Bronzezeit präsentiert.

»Das ist ein tolles Projekt!« Begeistert sah sich Andrea um. »Ich hab ja schon Bilder von hier gesehen, aber in natura sieht alles noch viel phantastischer aus.« Sie schaute hinüber zu zwei einzeln stehenden Häusern am Ende eines Stegs. »Man kann sich kaum vorstellen, wie die Menschen damals gelebt haben.«

»Aber hier kriegt man es erklärt und demonstriert.« Markus nahm ihren Arm und führte sie auf eins der Gebäude zu. »Die zwei«, er wies zu den etwas separat stehenden Häusern mit ihren alten Schilfdächern, »sind schon 1922 rekonstruiert worden.«

Sie blieben gut zwei Stunden im Museum, bestaunten die Kunst der Steinzeitmenschen, die aus Lehm, Holz und Schilf sehr stabile Häuser geschaffen hatten.

»Die meisten der Häuser, die hier rekonstruiert worden sind, deuten auf die Berufe der Männer hin, die hier gewohnt und gearbeitet haben. Da gibt es das Haus des

Fischers, das des Webers, das des Clanchefs und sogar das Haus des Hirten.« Der Ausstellungsführer, der sie begleitete und alles detailliert erklärte, zeigte auf ein Haus, neben dem ein steinernes Gebilde stand. »Das da ist das Haus des Töpfers, Sie sehen den gleich daneben stehenden Brennofen.«

Andrea war beeindruckt. »Ich finde es wunderbar, was hier aufgebaut worden ist«, sagte sie. »So haben wir wenigstens eine Vorstellung davon bekommen, wie die Menschen vor vielen Tausend Jahren gelebt haben.«

»Ja, wir haben versucht, fast allen Handwerksberufen, die es zu jener Zeit gab, gerecht zu werden und Häuser und Einrichtungen so zu gestalten, wie sie aller Wahrscheinlichkeit nach ausgesehen haben.«

Eine halbe Stunde lang schlenderten Andrea und Markus noch allein durch die Siedlung, dann beschlossen sie, zurückzufahren.

Noch immer herrschte auf den Straßen reger Verkehr, vor allem rund um Meersburg fuhren die Autos Stoßstange an Stoßstange.

»Der Ort ist wirklich sehenswert, und die Meersburg ein kleines Juwel«, erklärte Markus.

»Dahin fahren wir ein andermal. Vielleicht im Spätherbst, wenn nicht mehr so viele Touristen unterwegs sind.« Andrea lehnte sich in den Polstern zurück. »Ich hab in der Schule das bekannteste Gedicht von Annette von Droste-Hülshoff auswendig lernen müssen.«

»Und das heißt? Ich muss gestehen, dass ich keine Ahnung habe.«

»Es heißt ›Der Knabe im Moor‹.« Sie lachte. »Wir haben es immer mit Gruseln gelesen und vorgetragen.«

»Und wie geht es denn? Ich glaube nicht, dass ich es je gehört habe.«

»O schaurig ist's, übers Moor zu gehen, wenn es wimmelt vom Heiderauche …« Andrea runzelte die Stirn. »Weiter weiß ich jetzt nicht mehr. Aber es handelt im Grunde von der Beziehung der Menschen zur Natur.«

»Du kluge Frau!« Er griff nach ihrer Hand und küsste sie. »Wir sollten uns mal abends ans Wasser setzen, oder an den Kamin, und dann liest du mir Gedichte vor.«

Andrea lachte. »Du, das kann sehr romantisch sein.«

»Genauso meinte ich es auch.« Verliebt sah er sie an. »Aber du könntest mir auch einen Einkaufszettel meines Kochs vorlesen.«

»Du bist wirklich ein Romantiker.« Sie lachte. So glücklich und zufrieden war sie nie zuvor gewesen. Markus war der Mann ihres Lebens, das war ihr inzwischen klar.

Sie schreckte auf, als er abrupt abbremste.

»Da ist was passiert.« Er wies nach rechts, wo ein Pulk von Menschen am Seeufer zusammenstand.

»Vielleicht ein Badeunfall«, vermutete Andrea. »Ich hab inzwischen mitgekriegt, dass es oft zu Zwischenfällen am See kommt, weil viele Leute die Gefährlichkeit des Wassers unterschätzen.«

»Ja, und auch bei den Freizeitkapitänen ist es oft Leichtsinn, der zu Einsätzen der Seenotrettung oder der Wasserschutzpolizei führt.«

Sie kamen nur langsam voran, und es dauerte länger als vorgesehen, bis sie das Hotelgelände erreichten.

»Du bleibst doch noch?« Bittend sah Markus Andrea an.

»Nein, lieber nicht. Du hast alle Hände voll zu tun, und ich müsste mich daheim mal wieder als Hausfrau betätigen. Es ist viel zu viel liegen geblieben.« Sie küsste ihn lange zum Abschied.

»Es ist verflixt blöd, immer vernünftig sein zu müssen«, sagte Markus und ließ sie nicht los.

Andrea lachte. »Geh arbeiten, Schatz, das lenkt von mir ab.«

»Nie und nimmer.«

Noch ein Kuss, dann war es Andrea, die sich losriss. »Ich hole den Rammler morgen ab und kastriere ihn«, versprach sie. »Jetzt hab ich keinen Transportkorb dabei. Und im Taxi will ich ihn nicht mitnehmen.«

»Du bist die Beste. Aber du kannst einen Katzenkorb haben. Davon haben wir noch zwei im Stall stehen. Nimm unseren Lieferwagen bis morgen mit, den brauchen wir heute nicht mehr.«

»Ist gut. Ganz wie du willst.« Lächelnd ging sie zum Gehege der Kaninchen und schnappte sich den hellbraunen Rammler, der sich zum Glück leicht einfangen ließ.

»Bis nachher. Ich rufe dich noch mal an.« Ein letzter zärtlicher Blick, dann fuhr sie los.

Das kleine Lächeln lag immer noch auf ihrem Gesicht, als sie in die schmale Straße, die zu ihrem Zuhause führte, einbog. Doch es schwand schlagartig, als sie den Einsatzwagen der Feuerwehr entdeckte, der vor der Praxis stand.

36

Leise plätscherten die Wellen ans Ufer. Im hohen Schilf piepste und knisterte es, hin und wieder sah Ronny eine Ente, die zwischen dem dichten Grün verschwand. Seeschwalben überflogen den Schilfgürtel ebenso wie ein paar Saatkrähen, die ihn mit ihrem lauten Gekreisch aufschreckten.

Ronny biss sich auf die Lippe, der Vogellärm tat ihm in den Ohren weh. Zudem hatte er Schmerzen. Jede Faser seines Körpers gierte nach Stoff, doch er war so blank, dass es nicht mal für ein paar Krümel Crystal Meth reichte. Seit drei Tagen lungerte er am Bodensee herum, schlief mal in einem Heuschober, mal auf einer der vielen Bänke, die ringsum für Touristen aufgestellt waren.

Mit zitternden Fingern steckte er sich eine der letzten Selbstgedrehten an, die er aus der Brusttasche des schmuddeligen Parkas zog. Tief inhalierte er den Rauch, und für ein paar Minuten fühlte er sich besser.

Von irgendwo schlug eine Kirchturmuhr. Ronny zuckte zusammen, sah auf die billige Plastikuhr am Handgelenk. Noch eine Viertelstunde, dann traf er sich mit der Rothaarigen aus dem Klinikpark. Er grinste. Ob sie immer noch aussah wie ein Monster? Oder ob man ihr hier am Bodensee eine ordentliche Visage hatte verpassen können?

Egal. Wichtig war nur, dass sie Kohle hatte – und eventuell einen Job für ihn. Er brauchte dringend Geld. Und neuen Stoff!

Vor ein paar Tagen hatte Ellen Häuser ihn angerufen und ihn herbestellt. Zum Glück hatte er noch immer das billige Handy, das er vor einem halben Jahr einer alten Frau geklaut hatte. Gestern war er versucht gewesen, es einem Penner zu überlassen, der ihm einen Zehner dafür geboten hatte. Doch ein letzter Rest von Vernunft hatte ihn daran gehindert. Wie sollte die rote Hexe mit ihm Kontakt aufnehmen, wenn er nicht mehr zu erreichen war?

Auf der Pritsche eines alten Lasters war er hergekommen, der Fahrer hatte ihn erst bemerkt, als er an einer Tankstelle runtergeklettert war. Wütend war er ihm nachgerannt, doch Ronny war schneller gewesen und hatte sich im Gebüsch versteckt. Bis zum See waren es dann nur noch ein paar Kilometer, die ging er zu Fuß.

Hoffentlich waren die Anstrengungen nicht vergeblich gewesen und die Rothaarige kam tatsächlich zum Treffpunkt.

Zwei Schwanenpaare glitten majestätisch durchs flache Wasser, gefolgt von etlichen Enten.

Das neuerliche Tuten eines Ausflugsdampfers ließ ihn zusammenzucken. Er krümmte sich und stieß einen dumpfen Schmerzenslaut aus. Feurige Ringe tanzten ihm vor den Augen, sein Magen rebellierte, und er fürchtete, jeden Moment die Besinnung zu verlieren.

Endlich, er dachte schon, sie hätte ihn versetzt, tauchte die Rothaarige auf. Sie trug eine Baseballkappe, die das Haar zum größten Teil verdeckte.

Erst als sie dicht vor ihm stand, bemerkte Ronny den Verband auf ihrer Wange.

»Hey.« Kurz hob er die Hand.

»Hallo.« Ellen musterte ihn abfällig. Er sah noch abgerissener aus als früher. Die Kleider waren schmutzig, sein Gesicht voller roter Pusteln. Als er sie jetzt angrinste, bemerkte sie, dass er noch einige seiner Zähne verloren hatte. Der Drogenkonsum hatte bereits gravierende Spuren hinterlassen.

»Du siehst scheiße aus.« Ellen schaute ihn angewidert an.

»Danke. Du auch.«

Ellen überging die Frechheit. Sie griff in ihre Handtasche und zog eine dünne Folie heraus. »Hier. Amphetamine. Mehr konnte ich nicht besorgen, aber es hilft dir sicher.«

»Danke.« Seine Finger zitterten, als er die ersten beiden Pillen aus der Folie nahm. Das Medikament war nicht schlecht, besser jedenfalls als nichts. Die Pillen würden ihm helfen, die nächsten Stunden besser zu überstehen.

Ellen sah ihn geringschätzig an. »Bist du halbwegs aufnahmefähig?«

Ronny hob nur kurz den Kopf. »Klar doch.«

»Dann hör zu. Ich erkläre dir jetzt genau, was du zu tun hast ...«

»Das war eindeutig Brandstiftung. Wir haben einen Benzinkanister sicherstellen können.« Der Einsatzleiter sah Andrea fragend an. »Haben Sie oder Doktor Paulsen Feinde?«

»Nein. Ich nicht, und mein Kollege ganz bestimmt auch nicht.« Andrea machte ein paar Schritte auf das Grundstück zu. »Die Tiere ... Ist den Tieren im Anbau was passiert?«

»Nein, nein, keine Sorge.« Der Feuerwehrmann schüttelte den Kopf. »Der Brand war nur im Carport, das Haus wurde nicht in Mitleidenschaft gezogen.« Er schaute sich um und nickte einem jüngeren Ehepaar zu.

»Zum Glück haben Ihre Nachbarn uns rasch informiert, so dass wir Schlimmeres verhindern konnten.«

»Wer tut so was Verrücktes?« Andrea sah den Feuerwehrmann kopfschüttelnd an. »Das ist doch irrsinnig.«

»Ein Jungenstreich ist es jedenfalls nicht.« Der grauhaarige Mann, offensichtlich der Einsatzleiter, hielt Andrea einen Zettel hin. »Der lag im Gebüsch. Ich glaube, er hat an einem der Pfosten des Carports geklebt und ist runtergeweht worden.«

»Was ist das?« Andrea griff nach dem Zettel, der in einer Plastikfolie steckte.

»Deine Schuld. – Meine Rache«, las sie. Kopfschüttelnd sah sie den Feuerwehrmann an. »Das ist … verrückt.«

»Sie haben ganz offensichtlich doch einen Feind.«

»Ich wüsste nicht wen.« Andrea biss sich auf die Lippe. »Und Doktor Paulsen mit Sicherheit auch nicht.«

»Wir werden das alles noch gemeinsam mit der Polizei untersuchen.«

»Halten Sie uns bitte auf dem Laufenden.« Sie atmete tief durch. »Ich muss meinen Kollegen benachrichtigen. Der ist sicher noch auf seiner Hausbesuchsrunde.«

»Das haben wir bereits getan.« Einer der Nachbarn kam auf sie zu. »Frau Doktor, da war so ein Typ, ein junger Kerl in einem grünen Parka. Der hat sich eine ganze Weile hier rumgetrieben. Mehr weiß ich aber nicht. Ich habe ihn nur bemerkt, als ich aus dem Büro kam. Meine Frau hat ihn allerdings schon gegen Mittag mal hier gesehen.«

»Dann geben Sie das doch bitte der Polizei zu Protokoll.«

»Mach ich.«

»Danke. Ich … ich danke Ihnen.« Andrea nickte dem Nachbarn, den sie nur flüchtig kannte, zu.

Sie wartete, bis die Feuerwehr abgezogen war, dann ging sie ins Haus und sah zunächst einmal nach den Tieren. Denen ging es jedoch gut. Erst danach rief sie bei Markus an.

»Ich komme sofort zu dir.«

»Nicht notwendig. Ich wollte dich nur informieren.« Sie beherrschte sich mit aller Gewalt. »Wenn ich nur wüsste, wer diese Drohung geschrieben hat. Deine Ex vielleicht?«

»Nein. Das glaube ich nicht. So was Irrsinniges macht sie nicht. Vor allem nichts Kriminelles.«

»Aber wer sonst sollte …« Mitten im Satz brach sie ab. »Die Drohungen auf meinem Handy.« Sie schluckte schwer. »Erinnerst du dich daran?«

»Klar. Was ist damit?« Markus' Stimme drohte zu kippen. »Ich komme sofort zu dir.«

»Nein, nein, schon in Ordnung. Reg dich nicht auf.« Andrea stellte sich ans Fenster und sah hinaus auf den See. »Es ist schon eine Weile her, da habe ich doch Drohungen auf mein Handy bekommen. Da stand: *Du wirst für alles büßen, du Miststück*. Ich hab damals gedacht, es ist ein Jungenstreich, weil ich nie wieder was gehört habe.«

»Das musst du der Polizei mitteilen.«

»Mach ich. Und ich werde auch von dem Typen berichten, der sich im Garten rumgetrieben hat. Vielleicht hat er was mit dem Feuer zu tun.« Sie drehte sich um. »Du, da kommt Chris. Ich melde mich später noch mal.«

Mit ihrem Kollegen besah sie sich den Schaden, der zum Glück nicht allzu groß war und sich wirklich auf den hölzernen Carport beschränkte.

»Wir sind ja zum Glück versichert.« Christian Paulsen gab sich gelassen, doch insgeheim war er genauso beunruhigt wie Markus.

Wer wollte ihnen, wer wollte Andrea schaden?

37

Das Grundstück lag etwa einen Kilometer von Gut Meiningen entfernt an einem Hang. Wildblumen blühten auf der lange nicht gemähten Wiese, und die Bruchsteinmauer, die das Grundstück zur Straße hin abgrenzte, wies an etlichen Stellen große Lücken auf.

Das Haus war nicht sehr groß, doch es wirkte auf den ersten Blick ausgesprochen anheimelnd mit dem breiten Walmdach und dem Garten, der in zwei Terrassen bis zu der Mauer reichte.

Eine Hecke aus wilden Rosen begrenzte das Grundstück zur linken Seite hin, rechts standen etliche Apfelbäume, die schon reichlich trugen.

»Wenn man auf der Terrasse steht und sich nach rechts wendet, kann man sogar den See sehen.« Jochen zog Daniela mit sich. »Was sagst du? Gefällt's dir?«

»Sehr hübsch. Wem gehört es?«

»Noch einem alten Herrn, der zurzeit in einem Sanatorium in der Schweiz ist.« Er wandte sich an Bettina und Richard, die langsamer nachgekommen waren. Richard trug seine kleine Tochter auf den Armen. »Und? Was meint ihr? Kann man es hier aushalten?«

Bettina sah sich um. »Sehr hübsch. Aber etwas verwahrlost. Wem gehört das Haus?«

»Einem alten Freund meines Vaters.« Richard stellte die zappelnde Sonja auf den Boden. Seit ein paar Tagen konnte die Kleine ganz allein laufen und war voller Tatendrang. Jetzt lief sie auf die Wildblumen zu und rupfte die ersten Köpfchen der Blüten ab. »Er kränkelt seit Jahren, und seit seine Frau gestorben ist, baut er immer mehr ab.«

»Und er will das Haus vermieten?«

Richard schüttelte den Kopf. »Verkaufen. Deshalb hab ich Jochen ja davon erzählt. Er will sich hier niederlassen.« Er warf dem neuen Mitarbeiter einen Blick zu. »Und das können Johann und ich nur begrüßen. Du hast dich sehr gut eingelebt, Jochen.«

Abrupt blieb Daniela stehen. »Was sagst du da? Jochen ... willst du das Haus tatsächlich kaufen?«

Er nickte. »Wenn es dir auf Anhieb genauso gut gefällt wie mir, dann schon.« Er griff nach ihrer Hand. »Was hältst du von einem so hübschen Heim?«

Daniela war sprachlos. Sie zuckte nur mit den Schultern und schaute hilflos von Jochen zu Bettina, dann wieder zu Jochen oder Richard. »Ich ... ich weiß gar nichts mehr. Das ist doch viel zu teuer! Ein Haus fast am See ist doch unbezahlbar.«

Jochen lächelte. »Nicht für mich. Zum Glück habe ich das Erbe meiner Patentante nie angerührt, und mein Bruder wird mir meinen Anteil am elterlichen Weingut auszahlen müssen, falls das Erbe der Tante nicht reicht. Mit dem gesamten Betrag kann ich das Haus sicher kaufen, denke ich.«

Bettina umarmte Daniela spontan. »Das wäre doch wunderbar, Daniela!« Sie lachte. »Ich würde keinen Moment zögern und ja sagen.«

Daniela, die sonst so kess und selbstsicher war,

zögerte. »Du willst wirklich mit mir hier leben, Jochen?«

»Natürlich!« Er nahm sie in den Arm und küsste sie. »Klar will ich das. Vor allem will ich eins, dich nämlich heiraten.«

»Und wir haben keinen Sekt dabei«, sagte Bettina bedauernd und umarmte erst Daniela, dann Jochen. »Aber wenn wir gleich wieder daheim sind, müssen wir auf euch anstoßen.«

»Andrea wird total aus dem Häuschen sein«, meinte Daniela. »Ich ruf sie gleich an, wenn wir zurück sind. Wer hätte gedacht, dass wir beide uns hier am Bodensee verlieben …«

Erst aber besichtigten sie das Haus, das beim näheren Hinsehen doch sehr gut in Schuss war. Der Keller war ausgebaut, die Doppelgarage bot Platz für zwei mittelgroße Wagen, und die weitläufige Terrasse, die einen herrlichen Blick zum See hinüber bot, war mit etlichen Terracottakübeln bestückt, in denen Zitronenbäumchen und drei alte, wunderbar gewachsene Oleanderbüsche standen.

»Ein neuer Anstrich, ein paar Schönheitsreparaturen, dann ist das Haus perfekt«, befand Richard. »Am wichtigsten ist, dass die Grundsubstanz okay und alles trocken ist.«

»Ich kann ja einiges selber machen.« Jochen stand auf der Terrasse und blickte hinüber zum See. Auf der glitzernden Wasserfläche glitten weiße Segelboote dahin, und am Horizont erkannte man, in eine helle Dunstwolke gehüllt, die Alpenkette.

Daniela stellte sich neben ihn. »Ich bin mir nicht sicher, ob ich hierherziehen kann«, sagte sie, und es glitzerte amüsiert in ihren dunklen Augen auf.

»Und warum nicht?«

»Du hast mich nicht gefragt, ob ich dich heiraten will.«

Jochen lachte leise auf. »Und? Willst du?«

»Du bist unromantisch.«

»Aber nein!« Mit wenigen Schritten lief er zur Wiese und rupfte ein paar Gänseblümchen aus. Die hielt er Daniela entgegen, als er vor ihr auf die Knie sank. »Heirate mich, Daniela. Ich liebe dich über alles und will nie mehr ohne dich sein.«

Daniela zog ihn lachend wieder hoch. »Ja, dann muss ich wohl mit dir aufs Standesamt gehen. Wer kann einem solchen Antrag schon widerstehen?«

Übermütig küssten sie sich. Sie hielten sich noch umarmt, als Danielas Handy klingelte.

»Hey, Andrea. Du hast was verpasst.« Sie lachte, doch gleich darauf wurde ihr Gesicht ernst. »Das darf ja wohl nicht wahr sein!« Sie sah zu den anderen hinüber. »Stellt euch vor, im Doktorhaus hat es gebrannt. Irgendjemand hat Feuer gelegt und bedroht Andrea.«

»Alles muss man selber machen!« Wütend sah Ellen Häuser den Junkie an, der mit hängenden Armen vor ihr stand.

»Verdammt noch mal, ich kann doch nix dafür, dass da auf einmal Leute vorbeikamen. Das Feuer hab ich aber gelegt, so wie du es wolltest.«

»Ja, aber das hat genau gar nichts gebracht.« Ellen griff sich an den Kopf. Sie hatte wieder diese grausamen Kopfschmerzen, die das klare Denken so schwierig machten. Es waren stechende Schmerzen, Stichen gleich, die von einer Sekunde zur anderen durch ihren Kopf schossen und ihr kurzfristig die Sicht nahmen.

»Was hast du eigentlich mit dieser Tierärztin am Hut?« Ronny, der sich erst vor einer Stunde eine neue Dröhnung verpasst hatte, sah sie lauernd an.

»Das muss dich nicht interessieren. Aber wenn du's unbedingt wissen willst: Sie ist mit schuld dran, dass es mir so mies geht.« Sie biss sich die Lippe blutig. »Und wenn es das Letzte ist, was ich tue: Sie wird leiden. So leiden wie ich.«

»Sie ist aber nicht verletzt worden.« Ronny runzelte die Stirn. »Wenn du mir genauer erklärt hättest, was ich tun soll ...«

»Hör auf mit dem Gequatsche. Ich muss nachdenken.«

»Von mir aus. Ich mach mich vom Acker.« Ronny stand auf. Sie hatten sich wieder unweit der Klinik am Ufer des Bodensees getroffen. »Deinetwegen will ich nicht noch im Knast landen.«

»Dann verpiss dich doch!«

»Mach ich auch.« Ronny tippte sich an die Stirn, dann schlenderte er grußlos davon. Sollte die Verrückte doch machen, was sie wollte. In der Jackentasche knisterten noch zwei Scheine, davon konnte er sich noch für ein paar Tage mit Stoff eindecken. Nur das interessierte Ronny wirklich.

Ellen Häuser sah erst auf, als er hinter einer Wegbiegung verschwunden war. Eine Weile saß sie noch reglos da, starrte abwechselnd auf den Kiesweg, dann wieder aufs Wasser.

Schließlich zog sie ihr Smartphone aus der Tasche und wählte die Nummer, die ganz oben auf der Liste stand. Es war ihr endlich gelungen, Gerhards neue Nummer herauszufinden.

»Nicht schon wieder, Ellen!« Die Männerstimme,

die sich meldete, klang ärgerlich. »Hör endlich auf mit diesen Anrufen. Es ist aus, begreif es und lass mich in Ruhe.«

»Nie und nimmer! Du bist schuld an meinem Aussehen. Und deine Freundin, die ist schuld an allem anderen. Hätte sie dich nicht becirct, dann wären wir zusammen. Du und ich. Glücklich verheiratet und ...«

»Das ist totaler Quatsch. Ich hätte dich nicht geheiratet, Ellen. Ich brauchte eine Frau mit Geld. Und die brauche ich immer noch.« Er lachte ironisch. »Oder bist du inzwischen zu Geld gekommen?«

»Du Scheißkerl! Du hast mich ausgenutzt, mit mir gespielt. Du geheimer, hinterhältiger Lügner! Du hast gesagt, dass du mich allein liebst. Aber ich weiß, dass du diese blöde Ärztin wieder anbaggerst. Sie hat ja auch alles, was ich nicht mehr habe.« Sie stieß einen unterdrückten Schrei aus, dann fuhr sie fort: »Wie ich euch hasse! Aber ich kriege euch! Euch alle beide! Und dann bin ich es, die lachen wird. Nicht ihr zwei.«

»Ellen, du bist verrückt. Ich hab nichts mehr mit Andrea, so glaub mir doch.«

»Lüge. Alles Lüge. Sie hat dich mir weggenommen. Und das wird sie büßen.«

»Ellen!«

Es kam keine Antwort, Ellen Häuser hatte das Gespräch beendet.

Sie blieb am Seeufer hocken, bis die Dämmerung hereinbrach. Die Schiffe auf dem See setzten Positionslichter, es waren kleine bunte Punkte, die auf dem nachtschwarzen Wasser zu tanzen schienen. Wie helle Perlen leuchteten die Lampen auf, die entlang der Uferstraße standen und die Promenade beleuchteten. In den Lokalen in Seenähe herrschte inzwischen Hochbetrieb, und heiteres Lachen drang immer wieder an Ellens Ohren.

Sie barg den Kopf in den Händen. Wie konnten diese Leute so fröhlich sein, wo doch alles um sie herum in Scherben lag? Niemand hatte Mitleid mit ihr. Keiner kümmerte sich darum, wie es ihr ging.

Sie war allein.

Allein und auf sich gestellt.

Am nächsten Morgen verließ sie die Klinik, ohne sich abzumelden oder einer weiteren Untersuchung zu unterziehen. Ungesehen verschwand sie.

Fast zwei Wochen verbrachte sie damit, in ihrem Wagen zu sitzen und Andrea zu belauern. Sie schlief entweder im Wagen oder in kleinen Pensionen. Nie blieb sie dort länger als einen Tag. Und immer kehrte sie nach Lindau zurück und beobachtete Andrea. Sie folgte der Tierärztin zu den Hausbesuchen, verfolgte sie, als sie zum Weingut Meiningen fuhr und dort mit den Freunden feierte. Sie spionierte Andrea nach, wann immer sie sich mit Markus traf oder Einkäufe machte.

Ellen konnte kaum noch logisch denken und lebte nur noch für die Stunden, in denen sie Andrea verfolgen und über einen Racheplan nachdenken konnte.

38

Die Morgensonne malte goldene Kringel aufs Wasser, ließ die Tautropfen, die auf den Schilfhalmen glitzerten, in allen Spektralfarben leuchten. Etliche Hummeln und Bienen summten in den wilden Rosen, die hinter dem

Schilf standen, Möwen flogen kreischend übers Wasser und suchten sich die ersten Fische. Auch die beiden Schwanenpaare, die ganz in der Nähe des Hotelbereichs ihre Nester gebaut hatten, zogen die ersten Kreise.

In der Ferne sah Andrea zwei Fischerboote, die in langsamer Fahrt zurück zu ihrem Heimathafen fuhren. Noch immer gab es ein paar Berufsfischer am Bodensee, und wann immer Markus die Gelegenheit dazu hatte, kaufte er bei einem von ihnen die fangfrischen Fische. Vor allem die Bodenseefelchen waren bei den Gästen als Delikatesse beliebt.

»Puh, das Wasser ist doch kälter, als ich dachte!« Andrea machte die ersten Schritte in den See und biss sich sekundenlang auf die Lippe, dann glitt sie ganz ins Wasser und kraulte ein paar Meter von Markus fort.

»Wenn man erst mal drin ist, ist es herrlich!«

»So früh war ich noch nie schwimmen.« Andrea sah hinüber zu den Bergen, deren Gipfel noch vom sanften Morgenrot überzogen waren.

»Ich muss so früh herkommen, wenn ich in Ruhe schwimmen will.« Markus lachte. »Spätestens in einer Stunde sind die ersten Gäste hier oder auf der Liegewiese, dann verzieh ich mich in die Küche oder helfe beim Service.«

»Und heute hindere ich dich an deinen Pflichten.« Andrea schwamm auf ihn zu und umarmte ihn.

»Du bist die Einzige, die das darf.« Er küsste sie übermütig. »Du darfst mir auch die Nachtruhe rauben«, fügte er hinzu. »Immer und immer wieder.«

»Das halten wir auf Dauer nicht durch.« Andrea lachte. »Ich zumindest brauche meinen Schönheitsschlaf.«

»Du bist wunderschön. Auch nach nur drei Stunden

Schlaf.« Er zog sie an sich und begann ihre Schultern zu streicheln. Trotz des kühlen Wassers liefen heiße Schauer über Andreas Haut – wie immer, wenn Markus sie auf diese Weise berührte.

Er war ein zärtlicher, leidenschaftlicher und phantasievoller Liebhaber, das hatte er in der vergangenen Nacht wieder bewiesen. Doch er war auch humorvoll, mit ihm konnte sie unbekümmert lachen und fröhlich sein.

»Wer als Erster drüben an der Boje ist!« Andrea wies auf die große rote Kugel, die in etwa dreihundert Metern Entfernung aus dem Wasser ragte.

Noch ehe Markus antworten konnte, kraulte sie los. Sie war eine sehr gute Schwimmerin, und Markus hatte Mühe, mit ihr mitzuhalten.

»Du schaffst mich!« Er hielt sich mit der Linken an der Kette fest, mit der die Boje am Boden befestigt war. »Komm her.« Mit der rechten Hand zog er Andrea an sich. »Ich könnte dich jetzt und hier schon wieder lieben«, raunte er dicht an ihrem Ohr. »Du weckst Gefühle in mir ...«

»Das geht mir genauso.« Sie schmiegte sich an ihn, und für kurze Zeit waren sie ganz eins. Sanft streichelte Markus über Andreas Busen, der nur vom dünnen Stoff des Bikinis verdeckt war. Sie spürte, dass sich ihre Brustspitzen gleich wieder aufrichteten, und wehrte ihn lachend ab.

»Wir müssen zurück. Es ist schon spät, und ich muss pünktlich in der Praxis sein. Chris hat heute drei Einsätze außerhalb, da muss ich präsent sein.«

»Schade.« Er gab ihr einen letzten raschen Kuss. »Ich hab's noch nie im Wasser gemacht.«

»Dann haben wir ja noch was vor uns.« Sie drehte

schon um und schwamm in langen Zügen zurück. Noch hatte sie das Ufer nicht ganz erreicht, da bemerkte sie unterhalb des Badestegs, der zum Hotel gehörte, einen dunklen Gegenstand. Vorsichtig schwamm sie darauf zu – und stieß in der nächsten Sekunde einen lauten Schrei aus.

»Markus! Schnell!« Sie drehte sich nach Markus um, der nur wenige Meter hinter ihr war. »Hilf mir! Schnell!«

»Was ist denn …« Markus hielt inne, geschockt sah er auf den leblosen Körper, der im hüfthohen Wasser trieb, nur gehalten von zwei hölzernen Stangen, die schräg als Befestigungshilfe am Steg angebracht worden waren.

Es war mühevoll, den Mann ans Ufer zu ziehen. Sein grüner Parka war völlig durchnässt und somit extrem schwer.

»Warten Sie, ich helfe Ihnen!« Ein älterer Mann, der seinen Hund ausführte, kam ein paar Schritte ins Wasser und half, den Toten zu bergen.

»So jung noch …« Der Mann biss sich auf die Lippe. »Ich rufe die Polizei.« Und schon holte er sein Mobiltelefon aus der Jackentasche. Seinem Hund, einem rotbraunen Münsterländer, gab er einen knappen Befehl, und sofort setzte sich das Tier neben den Toten.

Schwer atmend ließ sich Andrea ein paar Meter weiter in den feuchten Kieselsand sinken. Sie war total erschöpft und zitterte.

Markus hastete zu den Badesachen, die sie auf den Steg gelegt hatten, und kam mit zwei großen Laken zurück. Eins legte er Andrea um die Schultern, in das andere hüllte er sich ein.

»Die Beamten sind gleich da.« Der Hundebesitzer stellte sich dicht neben sein Tier und schaute stirnrunzelnd auf den Toten. »Lange liegt er noch nicht im Wasser«, stellte er fest.

»Aber er ist tot, oder?« Markus beugte sich über den jungen Mann.

»Ganz sicher. Ich bin ehemaliger Bundeswehroffizier, ich kenne mich aus.«

Markus zögerte. »Ich ziehe mir rasch was über.« Er nahm sich kaum die Zeit, sich richtig abzutrocknen, sondern schlüpfte in das Hemd und die Shorts, die er auf dem Steg liegen hatte.

»Was ist mit dir, Schatz?« Besorgt beugte er sich über Andrea.

»Alles in Ordnung. Es war nur der erste Schock.« Sie streckte die Hand aus. »Ich schaue mir den Jungen mal vorsichtig an.«

»Nichts anfassen!«, mahnte der ältere Herr.

»Nein, nein, mach ich nicht.« Andrea beugte sich so weit als möglich über den Toten. »Den kenne ich«, sagte sie leise. »Zumindest habe ich ihn schon mal hier in der Gegend gesehen.« Sie sah zu Markus auf. »Denk nach, ich hab dir doch vor Tagen erzählt, dass da jemand im Garten rumlungert. Und als du mich zu dem Ausflug nach Unteruhldingen abgeholt hast, stand er im Garten. Das war der Mann hier, ich bin ganz sicher.« Dies sagte sie auch der Polizei, die wenig später eintraf.

»Ich habe ihn mindestens zwei, drei Mal gesehen.« Sie wies auf den Parka. »Hinten müsste ein schwarzer Adler oder was Ähnliches drauf sein.«

Der Arzt, der den Toten untersucht hatte, nickte einem Kollegen zu. »Ihr könnt ihn drehen«, sagte er.

»Tatsächlich!«, murmelte Markus. »Du hast recht, Andrea, da ist ein schwarzer Adler aufgedruckt. Aber ich kann mich beim besten Willen nicht erinnern.«

»Ich mich aber genau. Ich fand ihn irgendwie … komisch. Es wirkte so, als würde er das Haus beobachten.« Sie zuckte mit den Schultern. »Aber das kann ich mir natürlich auch einbilden.«

Sie mussten ihre Aussagen zu Protokoll geben, dann konnten sie den Uferbereich, der abgesperrt worden war, verlassen.

Andrea duschte noch rasch bei Markus, dann musste sie sich beeilen, um in die Praxis zu kommen.

»Ich bin schon viel zu spät. Zum Glück hält Daniela die Stellung.« Flüchtig küsste sie ihn zum Abschied. »Sehen wir uns am Abend?«

»Ja. Ich hole dich ab.«

Noch ein letzter Kuss, ein flüchtiges Winken, dann fuhr Andrea vom Parkplatz des Hotels. Bevor sie das Seegrundstück verließ, schaute sie noch einmal zurück. Noch immer flackerte das Blaulicht des Polizeiwagens, und auch der Rettungswagen stand noch am Ufer.

Während der kurzen Fahrt zur Praxis überlegte sie krampfhaft, wer der junge Mann im Parka wohl gewesen war – und was ihn bewogen hatte, sich in ihrer Nähe herumzutreiben.

39

In der Praxis herrschte bereits Hochbetrieb. Daniela, die seit drei Wochen bei Andrea und Chris arbeitete, hatte die Patienten allerdings schon darüber informiert, dass die Tierärztin etwas später eintreffen würde.

»Sag ihnen am besten gleich im Wartebereich, was passiert ist, dann musst du es nicht jedem Einzelnen erzählen«, meinte sie, und Andrea folgte ihrem Rat.

»Den hab ich hier auch schon mal gesehen«, erklärte ein Mann, dessen brauner junger Labrador seine zweite Impfung brauchte. »Es sah so aus, als beobachte er das Haus. Oder Sie, Frau Doktor.«

Andrea biss sich auf die Lippe. Der Mann sprach aus, was sie sich bereits gedacht hatte. Aber warum hatte sie der fremde junge Typ verfolgt und ausspioniert?

Sie fand keine Antwort darauf. Zum Glück wurde sie durch die Arbeit abgelenkt. Bis zum Abend versorgte sie die vierbeinigen oder gefiederten Patienten, und erst nach acht kam sie dazu, Feierabend zu machen.

»Ich fahre rüber zu Jochen. Oder brauchst du mich noch?« Daniela hatte die Instrumente sterilisiert und aufgeräumt.

»Nein, geh nur. Danke, dass du so lange geblieben bist.« Andrea zog sich den Kittel aus und sah auf die Uhr. »Chris ist immer noch auf dem Gestüt drüben in Langnau. Hoffentlich muss er die drei kranken Fohlen nicht doch noch einschläfern.«

»Bei der Fohlenlähme muss man Geduld haben und abwarten, dass die Antibiotika wirken. Aber ich glaube, dass er zusätzlich noch Vollblutgaben verabreicht. Er hat mittags gesagt, dass er die Behandlung so komplettieren will.«

»Es wäre traurig, wenn die Fohlen eingeschläfert werden müssten.«

»Das stimmt. Zudem wäre es für den Züchter ein großer Verlust. Die Zuchtstuten und besonders der Deckhengst sind höchst wertvolle Tiere.«

Sie sprachen noch ein paar Minuten miteinander,

dann fuhr Daniela zu Jochen, und Andrea wartete darauf, dass Markus sie abholte.

Er kam, kaum dass sie sich geduscht und umgezogen hatte. Es war ein wundervoller Sommerabend, und Markus hatte sich nur mühsam aus dem Betrieb loseisen können, denn fast alle Gäste wollten den herrlichen Abend auf der Hotelterrasse genießen. Doch er wollte Andrea unbedingt sehen und hatte für die letzten Stunden dem Restaurantleiter die alleinige Verantwortung übertragen.

»Hmm, du riechst gut.« Kaum dass Andrea die Tür geöffnet hatte, zog er sie an sich und küsste sie verlangend. »Darauf freue ich mich schon den ganzen Tag.«

»Mir geht es genauso.« Andrea lehnte sich in seinen Armen zurück. »Was unternehmen wir? Oder bist du zu müde?«

»Nein.« Er sah sie verliebt an. »Obwohl … wir können auch hierbleiben.«

»Nichts da! Ich hab tierischen Hunger.« Sie sah ihn augenzwinkernd an. »Oder hast du vielleicht was mitgebracht?«

»Nein. Zu dumm, aber daran hab ich wirklich nicht gedacht.«

»Ja dann …« Sie stellte sich noch einmal auf die Zehenspitzen und küsste ihn. »Dann musst du mich zum Essen ausführen.«

Er überlegte kurz, schaute auf die Uhr und meinte: »Wenn wir uns beeilen, bekommen wir noch was bei einem guten Freund von mir in Rorschach. Der betreibt ein bekanntes Lokal direkt am See.«

»Einverstanden.« Andrea nahm ihre Handtasche, sah ein letztes Mal kontrollierend in den Spiegel, der in der engen Diele hing, dann folgte sie Markus zu seinem

Wagen. Bevor sie einstiegen, telefonierte er kurz mit seinem Kollegen und sagte dann zufrieden: »Er macht uns etwas Spezielles und reserviert uns einen besonders schönen Tisch am See.«

»Ich freue mich.« Während der kurzen Fahrt sprachen sie nur wenig, doch sie genossen es, zusammen zu sein.

»Hast du noch was von der Polizei gehört?«, erkundigte sich Markus, bevor er auf den Parkplatz des Seegasthofes fuhr.

»Nein, nichts mehr. Mich würde aber interessieren zu erfahren, wie der junge Mann gestorben ist.«

»Wenn du mich fragst ... Er war drogensüchtig und ist im Rausch ins Wasser gefallen.«

»Drogen hat er mit Sicherheit konsumiert. Man sah es ihm deutlich an. Wahrscheinlich hatte er Wahnvorstellungen. Das kommt bei den Konsumenten von synthetischen Drogen besonders häufig vor.«

»Lass uns nicht mehr davon reden. Genießen wir die laue Sommernacht.«

Bei einem guten Glas Wein und dem exzellenten Menü, das ihnen serviert wurde, entspannten sie sich endgültig. Vergessen waren für kurze Zeit die Aufregungen des Morgens und der Stress, der während der Arbeit ihren Lebensrhythmus bestimmt hatte. Auf dem Tisch standen ein Windlicht und eine Kugelvase mit drei zartroten Rosen, die einen betörenden Duft verströmten. Von einem der Ausflugsdampfer, die auch jetzt noch über den See fuhren, drang Musik herüber. Die bunten Lampions, die die Mannschaft quer über das Schiff gespannt hatte, spiegelten sich im Wasser.

»Von hier aus ist es nicht weit ins Appenzeller Land. Oder nach Sankt Gallen. Warst du mal dort?«

»Nein. Aber ich möchte mir die Stadt, vor allem aber das Stift und die berühmte Stiftsbibliothek gerne mal anschauen.«

»Das muss man gesehen haben. Es ist eine eindrucksvolle Sammlung.« Markus griff nach ihrer Hand. »Heute Abend möchte ich aber was ganz anderes. Und das ist mindestens so aufregend wie die Sammlung alter Bücher.« Sein Blick verfing sich in ihren tiefblauen Augen.

Andrea nickte. »Noch einen Espresso brauche ich aber, sonst schlafe ich gleich ein.«

»Das weiß ich zu verhindern, glaub mir.«

Und er tat einiges, um ihre Lebensgeister wieder zu wecken. Kaum hatten sie Andreas Wohnung betreten, zog er sie in die Arme und küsste sie leidenschaftlich.

Andrea schmiegte sich an ihn. Sie wollte ihn so sehr!

Seine Hand tastete unter ihre hellblaue Chiffonbluse und das dünne Top, das sie darunter trug. Geschickt löste er den Verschluss des BHs.

»Markus …«

»Ich bin ja da.« Sein warmes, zärtliches Lächeln war ebenso erotisch wie seine Hände und Küsse, die ihren ganzen Körper elektrisierten. Seine Lippen, die eben noch ihren Mund leidenschaftlich geküsst hatte, glitten tiefer, zur zarten Haut der Halsbeuge, dann noch tiefer bis zum Brustansatz.

Andrea schloss die Augen, als Markus sie hochhob und hinüber ins Schlafzimmer trug. Sanft ließ er sie aufs Bett gleiten. Dann zog er ihr die wenigen Kleidungsstücke aus, wobei er immer wieder innehielt, um sie zu küssen.

Andrea spürte, dass ihr Körper wie auf einen unhörbaren Befehl hin reagierte. Sie umklammerte Markus mit ihren Beinen, zog ihn tiefer zu sich und schloss die Augen, als er endlich ganz zu ihr kam.

40

Als Daniela erwachte, war es noch dämmrig. Vorsichtig, um Jochen nicht zu wecken, stand sie auf und schaute aus dem Fenster. Frühnebel lag über den Rebhängen, die Sonne, die sich langsam über das Wasser des Sees zu erheben schien, hatte noch nicht genügend Kraft, um die Millionen kleiner Tautropfen zu zerstören, die sich auf das Laub der Reben gesetzt hatten.

»Wenn du rausgehst und hundert Meter hoch zum alten Weinberg steigst, kannst du besser zum See hinübersehen. Der Ausblick ist super, und an einem so schönen Tag wie heute spiegelt sich die Sonne rotgolden im Wasser.« Jochen war wach geworden, stützte den Kopf auf und sah zu Daniela hinüber.

»Es ist auch so schon ein geiler Anblick.«

Er lachte. »Geiler als das, was ich jetzt sehe, bestimmt nicht.«

Daniela drehte sich halb zu ihm um. »Du Voyeur!«

»Steh ich nackt am Fenster oder du?« Mit einem Satz sprang er auf und trat hinter sie. Seine Haut war warm, und Daniela schmiegte sich an ihn. Seit einigen Tagen wohnte sie ganz bei Jochen. Bettina hatte nichts dagegen, und für die Verliebten war Jochens Apartment groß genug. Nur noch ein Koffer und eine große Umzugskiste standen im Doktorhaus im Keller, von dort würde sie die Sachen gleich ins neue Haus schaffen können.

Daniela wurde ganz schwindelig, wenn sie darüber nachdachte, wie stark sich ihr Leben in den letzten Wochen verändert hatte. Sie hatte eine neue Stellung, neue Freunde – und sie hatte den Mann ihres Lebens gefunden.

»Du siehst von hier nicht genug«, meinte Jochen und küsste ihre Halsbeuge. »Also komm wieder ins Bett. Wir haben noch eine Viertelstunde Zeit, dann muss ich aufstehen.«

Daniela drehte sich in seinen Armen um. »Das ist ein Angebot!« Sie schlang ihm ihre Arme um den Nacken.

»Überzeug dich von seiner Güte!«

Sie lachte leise. »Ich bin bisher sehr zufrieden.«

»Das will ich doch hoffen.«

»Hmm.« Sie kicherte. »Natürlich kann man alles Gute noch steigern.«

»Unersättliches Weib!«

Eine Antwort konnte sie nicht mehr geben, denn er verschloss ihr den Mund mit einem langen Kuss. Sie liebten sich ebenso leidenschaftlich wie zärtlich.

»Ich freue mich drauf, jeden Morgen neben dir aufwachen zu können«, flüsterte Jochen, als er schwer atmend neben ihr lag. »Übermorgen unterschreibe ich den Kaufvertrag beim Notar.«

»Ich hab ein schlechtes Gewissen, weil du alles allein stemmen musst.« Daniela strich ihm über die breite, gebräunte Brust. »Aber ich hab leider nicht viel sparen können. Eine Sprechstundenhilfe verdient kein Vermögen.«

»Das ist doch nicht schlimm.« Er richtete sich auf. »Oder hast du ein Problem damit?«

Kurz zögerte Daniela, dann schüttelte sie den Kopf. »Nein. Aber es ist allein dein Haus.«

»Darüber reden wir noch.« Er schwang die Beine aus dem Bett. »Wenn wir erst verheiratet sind, gehört alles, was mir gehört, auch dir. Und sobald die Weinlese vorbei ist, heiraten wir.«

»Das bestimmst allein du, ja?«

»Klar doch. Ich bin schließlich der Herr im Haus.«

Sie lachte und legte ihm von hinten die Arme um die Taille. »Träum weiter, Schatz!«

»Tu ich doch schon die ganze Zeit.« Er stahl sich, bevor er im Bad verschwand, noch einen Kuss. »Und zwar immer nur von dir.«

Als sie das Apartment eine knappe halbe Stunde später verließen, hatte sich die Sonne ihren Platz am blauen Himmel bereits erobert. Auf dem Gutshof begegneten sie Gertrud, die für das Müsli, das Bettina morgens gern aß, frische Himbeeren aus dem Garten geholt hatte.

»Grüß euch! Wollt ihr Kaffee? Ist schon fertig.«

»Ich muss los, sonst komme ich zu spät. Danke, Gertrud!« Daniela eilte zu ihrem kleinen grünen Wagen, den sie sich erst vor wenigen Tagen gekauft hatte, um unabhängiger zu sein. »Hoffentlich springt mein Frosch an.«

»Küss ihn mal, vielleicht reagiert er.«

Sie lachte. »Nicht nötig. Ich hab meinen Prinzen ja schon.« Ein übermütiges Winken, dann stieg sie ein und der Wagen rollte vom Hof.

Jochen sah ihr nach, bis von dem giftgrünen Auto, das Daniela preiswert erstanden hatte, nichts mehr zu sehen war, dann ging er ins Haus und frühstückte mit den Kollegen. Dabei besprachen Bettina, Johann und er, wo sie an diesem Tag arbeiten wollten. Es gab jetzt, Anfang August, noch viel zu tun in den Rebhängen.

»Ich gehe mit zwei Männern hoch zum alten Weinberg.« Bettina sah von einem zum anderen. »Dann bin ich am ehesten wieder zu Hause, falls was mit der Kleinen ist. Sie ist heute irgendwie unruhig. Hoffentlich wird sie nicht krank.«

»Dann bleib doch daheim.« Johann trank seinen Kaffee aus. »Wir kommen schon klar, stimmt's, Jochen?«

»Nix da.« Entschieden schüttelte Bettina den Kopf. »Ich komme mit. Ihr zwei könnt die Hänge mit den Chardonnaytrauben bearbeiten. Da ist, soweit ich sehen kann, der Laubschnitt am wichtigsten.« Sie erhob sich. »Vor ein paar Jahren hab ich noch nicht mal gewusst, dass man die Rebanlagen regelmäßig durchlüften und Triebe schneiden muss, damit es nicht zu Windbruch kommt und die Trauben genügend Sonne abbekommen.«

»Da warst du ja auch noch Gärtnerin auf der Mainau.« Johann legte ihr die Hand auf die Schulter. »Aber jetzt bist du eine der besten Winzerinnen der Region.«

»Danke.« Bettina lächelte ihm zu. »Das meiste, was ich kann, hab ich von Ottmar und dir gelernt und nicht auf der Schule.«

»So ist es meistens«, warf Jochen ein. »In der Praxis erhält man den Feinschliff.« Er erhob sich ebenfalls. »Dann gehe ich mit Johann, ja?«

Bettina nickte. Bevor sie sich zur Arbeit fertigmachte, versorgte sie Sonja, die ein bisschen weinerlich war, aber kein Fieber hatte und sogar ihr Frühstück aß.

»Wenn ich zurückkomme, rufen wir den Papa an«, sagte sie. »Der wird sich freuen, wenn wir ihn wecken.«

Richard Meiningen war zurzeit zu einem Casting in New York. Er kam in die engere Auswahl, in einer internationalen Produktion mitzuspielen. Zunächst hatte er gezögert, doch Bettina hatte ihm zugeredet.

»So eine Chance kriegt man doch als Schauspieler nicht alle Tage«, hatte sie gemeint. »Und falls du diese Rolle wirklich bekommst, wird das eine tolle Aufgabe sein. Und dein internationaler Durchbruch.«

»Ich bin nicht mehr so ehrgeizig wir noch vor Jahren.« Richard hatte sie liebevoll in den Arm genommen. »Am liebsten würde ich nur noch in Deutschland arbeiten.«

»Dein Marktwert wird sich steigern, und du wirst dir die Rollen aussuchen können, wenn du in den USA Erfolg hattest.«

»Ich weiß. Deshalb flieg ich ja rüber.«

Seit einer Woche war er fort, doch er rief jeden Tag an. Gestern hatte er berichtet, dass er die Rolle wohl bekommen würde. »Sie wollen noch zwei, drei Einstellungen probieren, dann kann mein Agent den Vertrag unterschreiben.«

»Ich bin stolz auf dich. Und ich freue mich, wenn du wieder da bist.«

»Und ich mich erst!« Seine Stimme wurde dunkel. »Ich vermisse dich. Und unsere kleine Maus.«

»Ich vermisse dich auch.«

Bettina freute sich über Richards Erfolg. Sie wusste, dass er mit Leib und Seele Schauspieler war. Wenn er auch immer wieder erklärte, dass er am liebsten daheim bei ihnen bleiben würde, wusste sie doch, dass er ohne seine Arbeit unglücklich werden würde. Er war kein Winzer, hatte das Gut nie leiten wollen. Deshalb war die Aufteilung der Arbeitsbereiche, wie sie jetzt war, ideal – wenn sie auch hin und wieder zu längeren Trennungen führte.

»Wo hab ich mein Smartphone?« Suchend sah sie sich um. »Ich nehm's mal mit, falls Richard früher anrufen sollte.«

»Wahrscheinlich liegt es noch in deinem Schlafzimmer.« Gertrud hob eine Puppe in Sonjas Puppenwagen, doch das kleine Mädchen wehrte ab, warf die Puppe auf den Boden und legte stattdessen einen Stoffhund in den Puppenwagen.

»Typisch!« Gertrud lachte. »Tiere sind ihr lieber als die Puppenkinder.«

»Hoffentlich macht sie dir nicht zu viel Arbeit. Sie war schon in der Nacht so unruhig.«

»Sie wird zahnen«, meinte Gertrud. »Da sind die meisten Kinder ein bisschen unleidlich.« Sie hob das kleine Mädchen auf den Arm. »Aber wir zwei werden uns die Zeit schon vertreiben, nicht wahr, mein Spätzchen?«

Sonja griff lachend nach ihrer Nase. »Pielen«, forderte sie. »Mehr!«

»Na gut. Dann spielen wir erst ein bisschen mit deinen Plüschtieren.«

Sonja bekam noch einen Kuss von Bettina, dann fuhr die junge Winzerin mit ihren Männern hoch zum Weinberg. Es war eine zeitraubende, anstrengende Arbeit, die vielen überschüssigen Triebe abzuschneiden oder hochzubinden, doch es war wichtig, um den optimalen Ertrag zu erreichen.

Gertrud beschäftigte sich noch eine Weile mit Sonja, dann setzte sie das Kind in seinen großen Laufstall, wo Sonja erst noch eine Weile mit dem großen Hund und der schwarzen Katze, ihren beiden Lieblingstieren, weiterspielte. Der Laufstall aus massivem Holz war schon alt, darin hatte bereits Richard gespielt. An den massiven runden Stäben konnten sich die Kinder gut hochziehen, sie hatten Platz – und konnten doch nicht einfach davonlaufen.

Gertrud räumte die Küche auf und bereitete das Mittagessen vor, zwischendurch fütterte sie Sonja mit einem Obstbrei.

»Schau, da ist deine Tante Andrea«, sagte sie, als der graue Kombi der Tierärztin vorfuhr.

Allerdings hatte Andrea nur kurz Zeit für ihr Patenkind. »Tut mir leid, ich muss noch rüber zum Bellmeier«, erklärte sie. »Da hat eine Kuh Schwierigkeiten beim Kalben. Ich wollte Bettina nur rasch die beiden Fachbücher vorbeibringen, da ich gerade in der Nähe war.«

»Schon recht.« Gertrud brachte sie zur Tür. »Sonja ist sowieso müde, sie wird gleich schlafen.«

Tatsächlich war die Kleine müde, sie rollte sich auf der hellen Decke, mit der der Laufstall ausgelegt war, zusammen und schlief sogleich ein.

Gertrud sah lächelnd auf die kleine Schläferin. Wie ähnlich sie ihrem Vater doch war! Nicht nur äußerlich, auch im Wesen kam Sonja mehr nach Richard als Bettina. Immer wieder fielen ihr Parallelen auf. So hatte auch Richard oft in seinem Laufstall geschlafen. Und statt des Daumens hatte er, so wie Sonja jetzt, einen Zipfel des Schmusetuchs in den Mund gesteckt.

Ein kurzer prüfender Blick, dann ging Gertrud in den Gemüsegarten und schnitt zwei große Salatköpfe und frische Kräuter. Mittags gab es meist ein leichtes Essen, die Hauptmahlzeit nahmen sie am Abend ein.

Sie war nur noch ein paar Meter vom Haus entfernt, als ein Wagen vorfuhr. Ein älteres Ehepaar stieg aus.

»Wir würden gern ein paar Flaschen Wein kaufen«,

sagte der Mann. »Ich habe gehört, dass Sie hier besonders guten Rosé produziert haben.«

Gertrud nickte. »Einen Moment bitte. Ich bin gleich bei Ihnen. Drüben ...«, sie wies auf den Anbau, »ist der Verkaufsraum. Die Tür ist offen. Schauen Sie sich doch schon mal um.«

In einer Ecke der großen Wohnküche lag Sonja immer noch im Laufstall und schlief tief und fest. Gertrud legte den Salat und die Kräuter auf die Arbeitsplatte, wusch sich kurz die Hände und schnitt rasch ein paar Scheiben Brot ab. Mit dem Korb in der Hand ging sie hinüber zu den Kunden. Sie verstand genug vom Wein, um die Kunden gut beraten zu können.

»Der Rosé ist wirklich gut.« Der ältere Herr trank einen zweiten Schluck, aß dann einen Bissen Brot und sah seine Frau an. »Davon drei Kisten, einverstanden?«

»Ja, aber ich würde auch gern noch den Weißburgunder probieren.«

Natürlich bekamen sie auch davon Kostproben, ebenso vom Chardonnay und dem Haussekt, der ihnen ebenfalls so gut mundete, dass sie auch davon kauften.

»Möchten Sie auch noch von der hausgemachten Marmelade probieren?« Gertrud, sehr verkaufstüchtig, wies auf das Regal, in dem diverse Marmeladengläser standen. »Auch der Pfirsichlikör ist zu empfehlen. Ein paar Tropfen zum Sekt sind klasse.«

Die Kunden blieben länger als eine halbe Stunde, und Gertrud war höchst zufrieden, als sie schließlich den Hof wieder verließen.

Sie freute sich, dass die Kundin gleich ein Dutzend Gläser der Marmeladen, die Gertrud jedes Jahr einkochte, gekauft hatte, ebenso zwei Flaschen vom roten Pfirsichlikör.

Die Sonne stand hoch am Himmel, es war heiß, und Gertrud beeilte sich, wieder ins Haus zu kommen.

In der großen Küche war es angenehm kühl, und Gertrud trank ein halbes Glas Wasser. Das viele Reden hatte sie durstig gemacht.

Ehe sie die Probiergläser in die Spülmaschine stellte, sah sie nach Sonja – doch der Laufstall war leer!

»Nein!« Die beiden Gläser fielen ihr aus den zitternden Fingern und zerschellten auf dem Kachelboden. »Sonja!«

Sie lief aus der Küche, hinüber in den Wohnraum, dann in die große Diele. Immer wieder rief sie nach Sonja, doch es kam keine Antwort.

Wo konnte sie denn nur sein? Sie konnte doch allein gar nicht aus dem Laufstall klettern. Gertrud suchte im ganzen Haus, doch ohne Erfolg.

Das Herz schlug ihr bis zum Hals, als sie hinaus auf den Hof rannte. Wo war Sammy? Warum bellte er nicht? Erst jetzt fiel ihr auf, dass der Hund nicht einmal angeschlagen hatte, als die Kunden vorgefahren waren.

»Sammy, komm her!« Sie ging zu der großen Hundehütte im Schatten des Gerätehauses … und stieß einen Schrei aus.

Reglos, alle viere von sich gestreckt, lag der schwarze Hund vor seiner Hütte.

41

Eine gute Heimreise. Und kommen Sie bald wieder.« Markus Eichner half den langjährigen Gästen, das Gepäck zu verstauen.

»Wir kommen ganz bestimmt wieder. Nirgendwo erholen wir uns so gut wie bei Ihnen.«

Der Hotelier sah der Limousine nach, die langsam vom Hof rollte. In einer Kurve musste der Fahrer bremsen, denn mit überhöhter Geschwindigkeit kam ihnen ein rotes Cabrio entgegen.

»Veronika! Sie ist total irre«, murmelte Markus. Mit gerunzelter Stirn sah er seiner Exfrau entgegen, die den Wagen direkt vor ihm scharf abbremste.

»Hi!« Sie nahm den roten Chiffonschal vom Haar und winkte Markus lässig zu.

»Was machst du schon wieder hier?« Er ging um den Wagen herum und öffnete die Tür.

»Ich wollte mich verabschieden. Aber vorher noch einmal bei dir essen.« Veronika begrüßte ihn mit einem flüchtigen Wangenkuss. »Dagegen ist doch nichts einzuwenden, oder?«

»Du bist Gast wie jeder andere.«

»Sag so was nicht. Das kränkt mich.«

»Ach, Veronika ... Was soll das Theater?«

»Es ist kein Theater, ich ziehe wirklich aus Deutschland fort. Aber das erzähle ich dir beim Essen.«

»Gut.« Er nickte. »Fahr den Wagen zur Seite, du kannst hier nicht stehen bleiben.«

»Na gut, du Pingel.« Sie schwang sich wieder hinters Steuer, er konnte ihre langen gebräunten Beine bewundern.

Veronika trug einen weißen Leinenrock, dazu eine schwarzweiß gemusterte Seidenbluse. Rote Riemchenpumps und rote Ohrringe vervollständigten ihr Outfit. Sie fuhr nur ein paar Meter weiter bis zur Scheune, dann kam sie zu Markus zurück.

»Zufrieden?«

»Eigentlich nicht. Du könntest, wie jeder andere auch, den Gästeparkplatz benutzen.«

»Sei nicht so kleinkariert. Ich bin kein Gast wie jeder andere.« Sie hakte sich bei ihm ein, während sie zur Terrasse gingen. »Jetzt brauche ich erst mal ein Glas Champagner.«

Sie trank das Glas halb leer, dann sah sie ihn unter halbgeschlossenen Lidern an. »Ich habe die Scheidung eingereicht.«

»Was hast du?«

»Ich lass mich von Konstantin scheiden. Er ist ein Langweiler. Zumindest, wenn er daheim ist. Da will er seine Ruhe haben.« Sie verzog das Gesicht. »So hatte ich mir das Zusammenleben mit ihm nicht vorgestellt. Er ist die meiste Zeit des Jahres auf Reisen, und ich sitze allein zu Hause rum. Da hätte ich auch bei dir bleiben können.«

Ehe er widersprechen konnte, fuhr sie fort: »Ich hab einen tollen Mann kennengelernt. Südfranzose. Ich ziehe zu ihm nach Nizza.« Sie leerte ihr Glas. »Ich wollte dich aber noch mal sehen, bevor ich meine Zelte komplett in Deutschland abbreche. Und ich hab dir was mitgebracht.« Sie griff in ihre überdimensional große schwarze Handtasche. »Die Radierung von Chagall, um die wir uns bei der Scheidung so gestritten haben. Du kannst sie haben.«

Überrascht sah Markus sie an. »Was sagst du da?«

»Hier.« Sie schob ihm das Bild zu, das in Folie eingeschlagen war. »Olivier ist Kunstsammler und Galerist. Er hat etliche Originale von namhaften Künstlern. Da brauche ich den Chagall nicht.« Sie stützte den Kopf in beide Hände und schaute Markus amüsiert an. »Du bist sprachlos. Wunderbar.«

Er räusperte sich. »Das bin ich wirklich. Und wo ist der Haken?«

»Es gibt keinen. Ich möchte einfach, dass du keine allzu schlechten Erinnerungen an mich hast.«

»Veronika, ich kenne dich. Was willst du?«

Sie lehnte sich wieder in ihrem Sessel zurück. »Nichts. Wirklich nichts. Nur noch mal ein gutes Essen zusammen mit dir.« Sie sah ihn lange an. »Du bist nun mal meine große Liebe.«

»Vero...«

»Schon gut. Bestell mir noch mal eine der köstlichen Mandelforellen. Die werde ich wohl so rasch nicht wieder bekommen. Und vorher bitte ein paar Jakobsmuscheln. Du weißt, wie ich sie am liebsten mag. Dazu ein Glas Weißburgunder ...«

Dezent klingelte sein Handy. »Entschuldige.« Er ging ein paar Schritte zur Seite und meldete sich. Zwei, drei Minuten lang hörte er nur zu, und Veronika, die ihm nachsah, bemerkte, dass alle Farbe aus seinem Gesicht gewichen war.

»Was ist passiert?«

Markus kam zum Tisch zurück. »Ich muss weg. Bitte frag nicht.« Er nahm ihre Hand und zog sie kurz an die Lippen. »Alles Gute für dich. Ich wünsche es dir von Herzen.« Und schon drehte er sich um und rannte los.

»Das Bild!« Veronika legte die Hand auf die wertvolle Radierung, doch Markus hörte sie schon nicht mehr.

42

Vorsichtig sah sich Ellen Häuser um. Seit einer Stunde lauerte sie im Schatten einiger Bäume vor dem weitläufigen Grundstück und beobachtete den Betrieb auf Gut Meiningen. Es war heiß, und der pochende Schmerz in ihrem Kopf nahm stetig zu.

Seit drei Tagen wohnte sie in einer kleinen Pension etwas außerhalb von Lindau. Sie mied die Gegend rings um die Klinik, die sie Hals über Kopf verlassen hatte, wollte nicht riskieren, gesehen zu werden.

Jeden Tag verbrachte sie Stunden damit, die Praxis von Andrea Karlsberg oder das Weingut der Meiningens zu beobachten, wo sich die verhasste Ärztin oft aufhielt. Vorgestern war Ellen noch einmal nach München gefahren und hatte Gerhard aufgelauert, ihn allerdings nicht angetroffen. Eine Nachbarin, die sie flüchtig kannte, erzählte ihr, dass Gerhard in Urlaub geflogen sei.

»Mit seiner Neuen.« Mitleidig und lauernd zugleich hatte sie Ellen angeschaut. »Traurig für Sie, gell? Aber so sind die Männer.« Als Ellen nicht reagierte, hatte sie noch hinzugefügt: »Die zwei sind nach Mauritius. Nobel, gell?«

»Egal.« Mit einem Ruck hatte sich Ellen umgedreht und war davongegangen. Tränen in den Augen und unbändige Wut im Herzen. Und weil sie Gerhard nicht mit ihrem Hass treffen konnte, konzentrierte sie sich nun nur noch auf die Tierärztin, der sie die Mitschuld an ihrem Elend gab. Es war völlig irrational, doch dessen war sich Ellen nicht bewusst. Sie brauchte einfach jemanden, auf den sie ihren Zorn projizieren konnte.

Und die Tierärztin war nun mal diejenige, die Gerhards Pläne, die auch ihre Pläne gewesen waren, vereitelt hatte. Also war sie schuld!

Ellen sah zu den Wolkentürmen im Südwesten hin, die immer umfangreicher wurden und sich mit den Konturen der Berge mischten.

Sie zuckte zusammen, als der Wagen der Tierärztin vorfuhr. Andrea stieg aus, sprach kurz mit der Haushälterin, dann fuhr sie auch schon weiter.

»Verdammt!« Ellen griff nach der Flasche mit Säure, die sie seit Tagen in ihrem Wagen mitführte. »Das wäre die Gelegenheit gewesen.«

Als sie aussteigen und aufs Gutshaus zugehen wollte, kam ein schwarzer Hund bellend auf sie zu. Er fletschte die Zähne und knurrte bedrohlich.

Ein teuflisches Grinsen glitt über Ellens Gesicht, das immer noch von der hellroten Narbe gezeichnet war. »An dich hab ich auch gedacht.« Aus einer Plastiktasche holte sie ein Stück Fleisch, in das sie drei zerbröselte Tabletten platziert hatte. Bevor sie die Klinik verließ, hatte sie sich am Medikamentenschrank bedient und sowohl ein starkes Betäubungsmittel als auch Schmerztabletten gestohlen.

Seit Tagen dachte Ellen darüber nach, wie ihre Rache aussehen könnte. Säure für Andrea, die allerdings von etlichen Tieren umgeben war, die man ausschalten musste. In der Praxis gab es Hunde, aber auch auf dem Gut. Aber das war das geringste Problem. In einer günstigen Minute, als die Schwester, die abends die Medikamente austeilte, abgelenkt gewesen war, hatte Ellen zugegriffen.

»Ihr könnt mir alle nicht das Wasser reichen«, murmelte sie. »Ich wehre mich. Ich hasse euch. Und ich kriege euch alle.« Sekundenlang schloss sie die Augen, weil dieser verrückte Schmerz wie ein Pfeil durch ihren Kopf schoss. Kurz verschwamm alles vor ihren Augen, doch gleich darauf ging es schon wieder besser.

Sammy blieb ein paar Meter von ihrem Wagen entfernt stehen, ließ Ellen aber nicht aus den Augen. Er kam erst näher, als sie ihm das erste Stückchen Fleisch zuwarf. Kurz schnupperte er daran, dann schluckte er den Brocken. Die beiden anderen fraß er sofort. Es dauerte nicht lange, bis er sich taumelnd in ein nahes Gebüsch verzog.

»Na also. Geht doch.« Ellen stand auf und näherte sich dem Haus. Sie wusste noch nicht genau, was sie machen sollte. Andrea Karlsberg war viel zu schnell wieder verschwunden. Aber sie wusste ja, wo sie sie finden konnte.

Als die ältere Frau, die wohl den Haushalt führte, mit einem Ehepaar in einem Nebengebäude verschwand, schlich sich Ellen ins Haus. Ihre Augen brannten, und die Gedanken überschlugen sich.

Was konnte sie unternehmen, um der verhassten Tierärztin zu schaden? Sie mit Säure verätzen, damit sie auch so entstellt aussah wie sie selbst? Das wäre die beste Rache gewesen. Aber die verflixte Person war wieder mal nicht da!

Aber sie konnte sich ja jetzt schon mal ansehen, wie die Menschen, die so unverschämt glücklich wirkten, lebten.

Kurz zögerte Ellen, als sie diverse Flaschen und Gläser auf einer breiten Arbeitsplatte stehen sah. Ihr zuckte es in den Fingern, zu gern hätte sie alles auf den Boden geschleudert.

Und dann entdeckte sie Sonja, die friedlich in dem großen Laufstall lag und schlief.

»Wow, das ist es!«, murmelte Ellen und hob das Kind hoch.

Niemand störte sie, als sie mit Sonja das Haus verließ. Die Kleine wurde auch nicht wach, als sie sie auf die Rückbank ihres Wagens gleiten ließ und den Motor startete.

Ellen kicherte, als sie zurück zu ihrer Pension fuhr. »Das ist eine perfekte Rache«, murmelte sie immer wieder und lachte dann wie irre auf. »Perfekt!«

43

Leichter Wind strich über die Obstwiesen und wehte die ersten Blätter der Rosen, die die Winzer ans Ende der Hänge gepflanzt hatten, fort. Wie hellrote Federn tanzten sie eine Weile durch die Luft, ehe sie in den Straßenstaub fielen und dort rasch ihre Schönheit verloren.

Andrea fuhr, ungeachtet des Tempolimits, das auf der Nebenstraße herrschte, in Richtung Gut Meiningen. Gertruds Anruf hatte sie erreicht, als sie gerade ihre Tasche auf den Rücksitz wuchtete und sich anschickte, den Bauernhof zu verlassen.

»Andrea, du musst schnell kommen. Es … es ist etwas Furchtbares passiert. Sonja ist verschwunden.«

Ehe Andrea Näheres erfragen konnte, hatte sie schon wieder aufgelegt.

»Hier, Frau Doktor, nehmen S' sich wenigstens noch ein paar Flaschen Kirschsaft mit. Selbstgemacht.« Die Bäuerin hatte ihr noch rasch drei Flaschen in die Hand gedrückt. »Ich bin so froh, dass Sie unserer Lotti haben helfen können. Sie ist unsere wertvollste Kuh.«

»Danke.« Andrea packte die Flaschen auf den Nebensitz. »Leider muss ich schnell weiter. Ein Notruf.«

»Dann will ich Sie nicht weiter aufhalten. Vergelt's Gott nochmals.«

Andrea hob noch kurz die Hand, dann fuhr sie, so schnell es ging, zum Weingut der Freunde zurück. Johann und Gertrud saßen auf der Bank neben der Haustür, der Verwalter hatte den Arm um seine Frau gelegt, die Andrea aus verweinten Augen ansah.

»Was ist mit Sonja? Was ist passiert?«

»Weg! Sie ist einfach weg.« Gertrud schluchzte auf. »Ich hab Kunden bedient, die Kleine lag in ihrem Laufstall und schlief. Alles war wie immer. Es war ruhig, nichts hätte sie aufwecken können. Aber als ich zurückkam, war sie weg.« Wieder schluchzte sie auf, barg den Kopf an Johanns Schulter.

»Ich hab schon im ganzen Haus gesucht, sie ist nicht da«, sagte der Verwalter leise.

»Wo ist Bettina?«

»In der Küche. Jochen ist bei ihr. Er hat schon die Polizei verständigt.« Johann biss sich kurz auf die Lippe. »Die Gutsarbeiter durchkämmen die Gegend.«

»Weit kann Sonja ja nicht gekommen sein.« Andrea schaute sich um. »Sie kann doch noch gar nicht richtig laufen. Und allein aus dem Laufstall kann sie doch eigentlich auch nicht, oder?«

»Nein.« Johann schüttelte den Kopf. »Der ist stabil und er steht noch am selben Platz wie immer.«

»Ich verstehe das nicht. Wie kann sie weg sein?« Wieder schluchzte Gertrud laut auf. »Ich bin schuld. Ich hätte sie nicht allein lassen dürfen.«

»Niemand ist schuld.« Andrea zog die Wirtschafterin kurz an sich. »Ich seh mal nach Bettina.«

Die Freundin saß am Küchentisch, das Gesicht blass, die Augen voller Tränen.

Ohne etwas zu sagen, nahm Andrea sie erst einmal in den Arm. »Wir finden sie«, sagte sie dann immer wieder. Es klang wie eine Beschwörungsformel. »Wir finden sie.«

»Richard kommt her.« Bettina sah endlich zu ihr hoch. »Er nimmt die nächste Maschine.«

»Das ist gut.« Andrea blickte sich um. »Wie kann sie nur aus dem Laufstall geklettert sein? Das ist doch eigentlich unmöglich.« Sie sah sich den massiven Holzstall genauer an, konnte aber nichts Ungewöhnliches entdecken. Da lagen noch die beiden Stofftiere und das leichte Wolltuch, mit dem Gertrud das Kind zugedeckt hatte.

»Keine Ahnung.« Bettina riss sich zusammen, und auch, als die Polizei wenig später kam, gab sie ruhig und besonnen Auskunft.

Die Beamten versprachen, bei der Suche zu helfen. »Wenn die Kleine innerhalb der nächsten drei Stunden nicht auftaucht, schicken wir einen Suchtrupp los.« Der ältere der beiden Polizisten nickte Bettina beruhigend zu. »Vielleicht hat sie sich irgendwo versteckt. Oder sie hat sich im Weinberg verlaufen.«

Bettina nickte nur, doch sie glaubte nicht, dass der Beamte recht hatte. Sonja konnte noch nicht sehr gut allein laufen, und weit krabbeln würde sie bestimmt nicht. Auch die junge Kollegin, die fast nur geschwiegen hatte, schaute sehr skeptisch drein.

»Haben Sie einen Anruf bekommen?«, erkundigte sie sich, da der Kollege diese Frage nicht stellte. »Werden Sie vielleicht erpresst? Sie müssen es uns sagen. Alleingänge sind nie gut.«

»Aber nein! Da war nichts. Kein Anruf, kein Brief.«

»Ja dann …« Die Beamtin wirkte immer noch skeptisch, sagte aber nichts mehr.

»Wir informieren die Kollegen. Und Sie halten uns bitte auch auf dem Laufenden«, bat der ältere Polizist.

»Natürlich. Danke.« Bettina beherrschte sich, bis die Polizisten fort waren, dann brach sie in lautes Weinen aus.

»Ich hab noch gar nicht dran gedacht, dass sie eventuell gekidnappt worden sein könnte«, sagte Andrea. »Aber wer soll so etwas tun? Habt ihr Feinde?«

Bettina schüttelte den Kopf.

»Ich glaube auch nicht an eine Erpressung.« Andrea umarmte die Freundin. »Sie hat sich verlaufen, bestimmt. Und wir werden sie bald finden.«

Eine halbe Stunde lang half sie beim Suchen, dann musste sie in die Praxis zurück.

»Ich komme wieder, sobald ich kann«, versprach sie. »Chris wird sicher einen Teil meiner Patienten mitversorgen. Und ich werde versuchen, die beiden OP-Termine, die ich für den späten Nachmittag angesetzt hatte, zu verschieben.«

Bettina nickte nur. »Ich muss hier raus«, murmelte sie und folgte Andrea auf den Gutshof. »Im Haus werde ich noch verrückt.«

»Geh nicht zu weit fort«, mahnte Andrea. »Und nimm dein Handy mit.«

»Ja, mach ich.« Ziellos ging Bettina auf dem Gutshof auf und ab, sie schaute in jede Ecke, in jeden Winkel der Scheune und des Weinkellers. Sogar auf dem Dachboden sah sie nach, obwohl es unmöglich war, dass die Einjährige hier hochgeklettert sein konnte.

Von Sonja keine Spur.

So schnell, so unkonzentriert war Andrea nie zuvor gefahren. Immer wieder überlegte sie, wen Bettina und Richard wohl zum Feind haben könnten, doch ihr fiel niemand ein.

In der breiten Einfahrt stand Toms Porsche. Ein flüchtiges Lächeln glitt über Andreas angespannte Züge. Tom war Anwalt, vielleicht konnte er raten, was in einer so heiklen Situation zu tun war.

Als sie zur Haustür kam, zuckte sie zusammen. Dort lag ein kleiner weißer Kinderschuh.

44

Die noch frische Narbe schmerzte. Und auch die rasenden Kopfschmerzen waren wieder da, trübten ihren Blick und erschwerten das Denken.

Ellen zuckte zusammen, als vor ihr ein dunkler SUV auftauchte – sie fuhr auf der Gegenfahrbahn! Im letzten Augenblick gelang es ihr, das Lenkrad herumzureißen und einen Zusammenprall zu verhindern. Der Fahrer hupte wie verrückt, und ihr wurde siedend heiß.

Das Kind auf der Rückbank begann leise zu weinen. Sonja war wach geworden und jammerte nach ihrer Mama.

»Sei still! Sei doch endlich still!« Ellen biss sich die Lippe blutig. Hektisch sah sie sich um. Noch war sie auf der Bundesstraße, die nach Lindau führte. Aber hier war der Verkehr zu groß und die Gefahr, erkannt zu werden, ebenfalls. Sie wagte es dennoch, zum Haus der Tierärzte zu fahren. Dort legte sie einen der kleinen Schuhe, die Sonja trug, vor die Tür.

Hämisch lachte sie auf, als sie sich vorstellte, wie entsetzt und geschockt Andrea Karlsberg sein würde, wenn sie das Schühchen entdeckte.

»Gut so. Du sollst leiden, du blödes Miststück. Leiden wie ich.«

Sonja weinte lauter, und Ellen beeilte sich, die ruhige Seitenstraße wieder zu verlassen. Irgendwann bog sie einfach ab von der Bundesstraße, weg von der Seeregion, wo viel zu viel Betrieb herrschte.

Das Kind wimmerte immer noch nach seiner Mama, ließ sich weder durch Ellens Schreien noch durch ihre Drohungen, die die kleine Sonja nicht einmal verstand, beruhigen.

Schließlich hielt sie an einem Feldweg an und zog die Beruhigungstabletten aus der Tasche, die sie auch dem Hund ins Fleisch gegeben hatte.

Eine Tablette musste für das Kind reichen! Sie zwang Sonja, die kleine Kapsel zu schlucken und hinterher etwas Wasser zu trinken.

Dann wartete sie, dass die Wirkung des Mittels einsetzte.

In der Ferne fuhren zwei hoch beladene Heuwagen vorüber, doch die Bauern achteten nicht auf den kleinen Wagen, der am Wiesenrand stand.

Endlich, es kam ihr wie eine Ewigkeit vor, hörte das Weinen auf der Rückbank auf. Sonja schlief wieder tief und fest.

Emotionslos betrachtete Ellen das Kind, das mit seinen blonden Löckchen und dem hellblauen Shirt, das

Sonja zu einer dunkelblauen kurzen Hose trug, sehr niedlich aussah. Dafür aber hatte Ellen keinen Blick. Stirnrunzelnd überlegte sie, was sie jetzt machen sollte.

Lange herumfahren konnte sie mit dem Kind nicht. Sie musste etwas zu essen und zu trinken besorgen. Außerdem brannten ihr die Augen, sie nahm die Umrisse der Felder und Bäume ganz verschwommen wahr. Mit zitternden Fingern kramte sie in der Tasche nach den Schmerztabletten, von denen nur noch erschreckend wenige da waren.

Die Tablette wirkte rasch, und sie fuhr weiter. Ziellos zunächst, dann beschloss sie, zu ihrer kleinen Pension zu fahren. Sie musste unbedingt ein bisschen schlafen, das Brennen hinter den Augen ließ einfach nicht nach.

45

In der alten Barockkirche war es angenehm kühl im Gegensatz zu der Schwüle, die seit zwei Stunden draußen herrschte. Die Sonne hatte ihren Glanz verloren, ein hellgrauer Dunstschleier hatte sich über die Landschaft gelegt, Wolkentürme bauten sich auf und verhießen ein Unwetter.

Bettina blieb sekundenlang an der Tür stehen, ihre Augen mussten sich erst an das Dämmerlicht, das in dem großen Raum herrschte, gewöhnen. Die Kerzen an den Altären flackerten kaum merklich, sie spendeten jedoch zusammen mit den hohen Fenstern genügend Licht.

Bettina ging langsam weiter. Ihre Augen hatten sich

an das dämmrige Licht gewöhnt, und sie erkannte die prunkvolle Ausstattung des barocken Gotteshauses. Aber sie nahm die Pracht nur am Rande wahr. Langsam, doch zielstrebig ging sie auf das Gnadenbild der Gottesmutter zu, das das Zentrum der Kirche war und am Hauptaltar stand.

Kerzen ließen die Madonnenstatue, die nicht einmal einen Meter hoch war, in all ihrer Schönheit erstrahlen. Aber Bettina hatte weder einen Blick für die Pracht, mit der die Madonna ausgestattet war, noch registrierte sie die große Kunst des Schnitzers, der die Madonna wohl um 1420 geschaffen hatte.

Bettina kniete sich in eine der vorderen Bänke und betete inständig darum, ihr Kind bald wieder bei sich haben zu dürfen. Sie war zwar gläubig, doch keine regelmäßige Kirchgängerin. Heute jedoch zog es sie nach Birnau, in die weithin berühmte Wallfahrtskirche. Verzweifelt flehte sie die Gottesmutter, deren Bildnis seit Jahrhunderten wundertätige Wirkung nachgesagt wurde, um Hilfe an.

Es war still in dem großen Gotteshaus, einmal kam ein Priester kurz vorüber, zwei Touristen blieben an einer der Türen stehen und sahen sich nur kurz um. Niemand störte Bettina bei ihren inständigen Bittgebeten.

»Gertrud hat gesagt, dass du hier bist.« Andrea kniete sich neben die Freundin. Sie legte Bettina die Hand auf den Arm. »Wir finden Sonja, ich weiß es.« Sie versuchte so optimistisch wie möglich zu klingen. Dabei war auch ihr ganz elend vor Angst und Sorge um das kleine Mädchen.

Auch Andrea sah zu der sitzenden, prachtvoll gewandeten Madonnenstatue hoch. Wie viele Menschen hast du wohl schon bittend vor dir knien gesehen?, fragte sie und blickte in das leise lächelnde Gesicht der Madonna, die ihr Kind auf den Knien hielt. Und wie oft sind die verzweifelten Bitten der Menschen, die seit Jahrhunderten vor dir gestanden und gekniet haben, erhört worden?

»Komm mit heim. Richard wird in einer Stunde da sein.«

»Wieso jetzt schon?« Bettina schreckte aus ihrer Versunkenheit auf.

»Er hat eine Privatmaschine genommen. Soviel ich mitbekommen habe, besitzt einer seiner amerikanischen Kollegen einen Jet, den er ihm zur Verfügung gestellt hat.« Sie stand auf. »Komm mit nach Hause, Bettina.«

Langsam und schwerfällig stand Bettina auf. Sie taumelte leicht, und Andrea musste sie kurz stützen.

»Es geht schon wieder.« Bettina straffte sich. »Lass uns gehen.«

»Sofort.« Andrea ging zu einem kleinen Altar, auf dem ebenfalls ein Marienbild stand, und stellte zwei Kerzen auf. »Komm mit nach draußen, ich muss dir was sagen«, erklärte sie dann und zog die Freundin sanft mit sich.

Draußen war es drückend schwül, im Gegensatz zu der Kühle des Gotteshauses empfanden sie die feuchte Luft als ganz besonders unangenehm.

»Was ist denn? Hast du was erfahren? Hat die Polizei eine Spur?«

»Nein. Aber … ich habe einen von Sonjas Schuhen vor der Praxistür gefunden.« Andrea zögerte, dann sagte sie leise: »Ich glaube fast, dass derjenige, der Sonja mitgenommen hat, mich damit treffen will.«

»Dich? Wieso dich?«

»Ich bin ihre Patentante, ich war in letzter Zeit häufig bei euch …« Andrea zuckte mit den Schultern. »Bei euch ist noch kein Anruf des Kidnappers eingegangen, niemand hat Lösegeld oder Ähnliches gefordert. Deshalb denke ich, dass das alles mit mir zu tun hat.« Sie biss sich auf die Lippe. »Die Polizei sieht das übrigens ähnlich.«

»Warst du bei der Polizei?«

»Nein, ich hab telefoniert. Jetzt sucht man vor dem Haus nach Spuren, aber das wird nichts bringen. Es waren etliche Leute mit ihren Tieren da, und somit wird es keine verwertbaren Spuren mehr geben können.« Sie führte Bettina zu ihrem Wagen.

»Ich bin doch selbst mit dem Auto da«, wandte die Freundin ein.

»Das holen wir später. Jetzt steig bei mir ein.«

Bettina widersprach nicht. Zusammengesunken, mit im Schoß gefalteten Händen saß sie da und bemühte sich krampfhaft um Haltung.

Als sie auf den Gutshof fuhren und Sammy schwanzwedelnd auf sie zugelaufen kam, kniete sie sich vor ihn hin und nahm den schwarzen Hund in den Arm.

»Du hast sie nicht beschützen können, ich weiß.« Tränen liefen ihr wieder übers Gesicht. »Aber das Schwein, das uns das angetan hat, finden wir. Bestimmt.«

Sammy schien alles zu verstehen, er hörte zu und bellte, als sie schwieg, einmal kurz und zustimmend. Der Hund hatte die Betäubung gut verkraftet. Eine Weile hatte er noch ruhig unter dem Gartentisch gelegen, doch nach und nach wurde er wieder agil.

»Sammy könnte helfen.« Andrea griff aufgeregt nach Bettinas Arm. »Hol mal etwas von der Kleinen und lass ihn dran schnuppern.«

»Ja … klar doch!« Bettina sprang auf und lief ins

Haus, kam Minuten später mit einem Jäckchen zurück, das Sonja gestern noch getragen hatte.

Sie ließen den Hund daran schnüffeln, mehrfach forderte ihn Bettina auf, Sonja zu suchen.

Sammy schien zu verstehen, was man von ihm wollte. Aufgeregt lief er zur Haustür, dann wieder quer über den Gutshof. Hin und her, her und hin.

»Er verliert die Spur wieder.« Andrea lobte den Hund, der sich brav neben sie setzte. »Ich glaube nicht, dass Sonja allein irgendwohin gelaufen ist«, fuhr sie dann bedrückt fort. »Es scheint so, als habe man sie in ein Auto gesetzt. Deshalb kann Sammy die Spur nicht verfolgen.«

Der Ansicht waren wenig später auch die drei Polizeibeamten, die zum Gut kamen, um sich an der Suche zu beteiligen.

Es dämmerte bereits, als ein Taxi vorfuhr.

»Richard!« Bettina lief aus dem Haus und fiel ihrem Mann weinend um den Hals. »Sie ist immer noch nicht zurück.«

Richard mühte sich sichtlich um Besonnenheit. Er sprach mit den Polizisten, mit Johann und Jochen, mit Andrea und Markus, der inzwischen auch eingetroffen war, und noch einmal mit zwei Männern, die die Gegend abgesucht hatten.

Aber Sonja blieb verschwunden.

Das dunkle Grau des Horizonts verschwamm mit dem Grau des Wassers. Die Wellen, die ans Ufer schlugen, trugen helle Schaumkronen. Kein Schiff war mehr zu sehen, und auch die letzten Segler hatten ihre Boote in Sicherheit gebracht.

Nur die beiden Schwanenpaare, die sich stets in der

Nähe des Grundstücks aufhielten, zogen noch ihre Bahnen über das Wasser. Aus dem leichten Wind, der noch vor einer Stunde Abkühlung von der Hitze des Tages versprochen hatte, war inzwischen ein heftiger Sturm geworden.

Andrea und Markus saßen auf Andreas kleinem Balkon. Auf dem Tisch flackerte ein Windlicht, zum leichten Wein, den Andrea geöffnet hatte, aßen sie nur etwas Brot und Käse. Wirklich Hunger hatten sie nicht.

»Es nervt total, dass wir nichts tun können.« Andrea sah hinaus in die Dunkelheit. »Ich darf mir gar nicht vorstellen, dass Sonja jetzt allein irgendwo liegt … verletzt vielleicht oder ausgesetzt.«

»Sie ist ganz bestimmt nicht allein draußen.« Markus trank einen Schluck Wein. »Ich bin auch der Meinung, dass man sie entführt hat. Aber was sollte der Schuh vor deiner Tür?«

»Ich habe nicht den geringsten Schimmer.« Andrea schaute nach draußen, wo die ersten Blitze übers Wasser zuckten. »Nur so viel ist klar: Man will mich treffen. Der Schuh gehört zweifelsfrei Sonja. Es sind ihre ersten Laufschühchen. Das hab ich heute noch mal bei der Polizei klargemacht. Sie sollen wissen, dass ich in all das Grausame involviert bin.«

Seit zwei Tagen war Sonja verschwunden, und inzwischen suchte die Polizei im ganzen Bodenseeraum nach dem Kind.

Bettina und Richard waren krank vor Sorge, doch sie waren zum Warten verdammt.

Markus zog Andrea in die Arme. »Komm, wir legen uns ein bisschen hin. Du bist total erschöpft.«

»Ich kann doch jetzt nicht schlafen.«

»Aber ausruhen. Du hast vergangene Nacht schon nicht geschlafen.«

Andrea zögerte. Sie war nervös, hoffte immer noch, dass eine gute Nachricht von den Freunden kam. Aber das Telefon blieb stumm.

Schließlich legten sie sich angezogen aufs Bett und lauschten auf das Gewitter, das sich über dem See austobte. In unregelmäßigen Abständen erhellten Blitze das Zimmer, gefolgt von dumpfen Donnerschlägen.

Bei einem besonders heftigen Donnerschlag zuckte Andrea zusammen. »Meine Güte, das Unwetter ist direkt über uns.« Sie wollte aufstehen, doch Markus hielt sie zurück. »Die Tiere werden unruhig werden. Wir haben drei operierte Katzen und zwei Hunde in den Zwingern.« Sie schob seinen Arm beiseite und stand auf.

Auf halber Treppe traf sie auf Tom und Chris. Die beiden Männer waren klatschnass, Wasser rann ihnen aus den Haaren und den T-Shirts.

»Wir haben gerade eben nach den Tieren gesehen, alles in Ordnung.« Chris nickte ihr beruhigend zu. »Geh wieder schlafen.«

»Das kann ich nicht. Ich muss immerzu an Sonja denken.«

»Wir auch.«

»Warum seid ihr eigentlich so nass?« Es fiel ihr erst jetzt ein, dass man doch überhaupt nicht nach draußen gehen musste, um nach den kranken Tieren, die in den Boxen im Anbau untergebracht waren, zu schauen.

»Ich hab ein Geräusch gehört.« Tom kam zwei Stufen die Treppe hoch. »Es war irritierend, klang irgendwie komisch. Wie ein Scheppern.«

»Ich hatte Angst, dass Dachschindeln runtergekommen sind bei dem Sturm, deshalb haben wir nachgesehen.« Chris zuckte mit den Schultern. »Aber es war nichts, wohl nur eine lose Latte irgendwo.«

Tom winkte ab. »Es hat geklirrt. Oder es war was aus Blech. Aber egal, wir haben nichts gefunden. Vielleicht hat der Wind auch nur Blechdosen durch die Gegend gewirbelt.«

»Was ist denn los?« Auch Markus kam zur Treppe. Er trug nur Shorts und ein T-Shirt.

»Wir haben ein undefinierbares Geräusch gehört und draußen nachgeschaut, aber nichts Besonderes entdecken können«, wiederholte Chris. Er wischte sich ebenso wie Tom immer wieder die Nässe aus dem Gesicht.

Andrea zögerte, von plötzlicher Unruhe erfüllt. »Ich gehe auch noch mal raus.«

»So ein Unsinn!«, widersprachen die Männer fast gleichzeitig. »Da ist nichts.«

Aber sie ließ sich nicht davon abbringen. Rasch warf sie sich eine wetterfeste Jacke über und stieg in die Gummistiefel.

»Du bist verrückt.« Markus zögerte, dann aber zog er sich ebenfalls etwas über und folgte ihr nach draußen. Tom und Chris blieben zögernd an der Tür stehen. Sie waren bereits bis auf die Haut nass und wollten nicht noch einmal ins Unwetter hinaus.

»Wir haben überall am Haus nachgesehen. Und Caro hat auch nicht angeschlagen. Es ist nichts, so glaubt uns doch.« Chris hatte Mühe, gegen das Donnergrollen und den Sturm anzuschreien.

Andrea ließ sich jedoch nicht beirren. Sie ging zur Straße, ums Haus herum, sah in die Nachbargärten – nichts. Dass die Hündin nicht gebellt hatte, war nichts Besonderes. Caro war immer noch ängstlich und hatte sich bestimmt bei dem nahenden Unwetter in eine Ecke verzogen.

Das Wasser lief ihr aus den Haaren, die Regenjacke schützte nur mäßig gegen die sintflutartigen Wassermassen, die vom Himmel stürzten.

Sie zuckte zusammen, als ein greller Blitz über den Himmel zuckte, und beeilte sich, zum Haus zurückzukommen. Sie kam gerade am Carport vorbei, als der nächste grelle Blitz für eine Sekunde alles erhellte.

Andrea kniff die Augen zusammen, als sie etwas neben dem graublauen Kombi aufblitzen sah.

»Komm endlich zurück! Es ist wirklich nichts passiert«, rief ihr Markus zu, der neben Chris und Tom an der Haustür stand.

Doch Andrea reagierte nicht, sie ging zu ihrem Wagen – und erstarrte!

Zwei, drei tiefe Atemzüge benötigte sie, um sich wieder in die Gewalt zu bekommen.

»Hierher!« Sie drehte sich halb zu den Männern um. »Kommt her! Aber Vorsicht, hier liegen überall Glassplitter.«

Markus war als Erster bei ihr und sah sich den Kombi an. »Man hat zwei Seitenscheiben eingeschlagen. So was Verrücktes bei dem alten Wagen.«

Andrea antwortete nicht. Sie ging dicht an das Fahrzeug heran und blickte ins Wageninnere. Normalerweise ließ sie nie etwas im Wagen, vor allem die Medikamententasche nahm sie grundsätzlich mit ins Haus.

Im nächsten Augenblick stieß sie einen Schrei aus. »Sonja liegt hier!«

»Vorsicht!« Markus schob sie behutsam zur Seite. »Schneid dich nicht!« Seine Stimme klang heiser vor Aufregung.

Tom und Chris kamen zu ihr gelaufen, dann blieb Tom abrupt vor dem Carport stehen. »Wir sollten nicht noch mehr Spuren zerstören«, mahnte er.

»Da ist doch eh nix mehr zu erkennen. Bei dem Regen …« Chris sah dennoch aus ein paar Metern Entfernung zu, wie Andrea die Tür öffnete und Markus das schlafende Kind behutsam heraushob.

»Lebt sie?« Andreas Stimme war kaum zu hören.

»Ja.« Markus hastete ins Haus, blickte sich im Flur aber erst mal suchend um. »Wohin?«

»In den Untersuchungsraum.« Chris, jetzt ganz ruhig, schob die Tür zur Ordination auf. »Ich will sie kurz untersuchen. Ruft ihr einen Krankenwagen.«

»Ich sage auf dem Gut Bescheid und ruf bei der Polizei an.« Andrea informierte erst die Freunde.

Bettina war schon nach dem zweiten Klingeln am Apparat.

»Sie ist hier. Hier bei uns in der Praxis.«

»Und? Was ist mit ihr?«

»Sie schläft, scheint unversehrt zu sein.« Andrea wollte noch mehr sagen, doch Bettina rief nur: »Wir kommen sofort. Danke!« Dann war die Verbindung auch schon unterbrochen.

Andrea rief noch bei der Polizei an und meldete, wo und wie sie das vermisste Kind gefunden hatten, dann ging sie zurück zu Chris, der gerade Sonja abhörte.

»Der Herzschlag scheint mir normal zu sein«, sagte er. »Allerdings hat sie erhöhte Temperatur. Aber das ist, glaube ich, nicht allzu gravierend.« Andrea und er untersuchten Sonja weiter, so gut es ihnen möglich war. Chris schaltete die Wärmelampe, die sie für kleine kranke Tiere oft brauchten, ein, damit Sonja nicht fror.

Draußen tobte das Gewitter weiter, Blitze und Donnerschläge entluden sich direkt über ihnen.

»Sie wird nicht mal wach.« Andrea sah den Freund besorgt an. »Bei dem Krach wird doch jedes Kind wach. Das ist doch nicht normal!«

»Man hat ihr was gegeben. Sicher ein sehr starkes Betäubungsmittel.« Er biss sich kurz auf die Lippe. »Wer tut so was? Wer vergreift sich an einem so kleinen, unschuldigen Kind? Unfassbar!«

»Sie scheint mir etwas dehydriert zu sein. Kein Wunder bei dem Fieber.« Andrea schaute auf die Uhr. »Wo bleibt nur der Notarztwagen?«

Sie hatte es kaum ausgesprochen, da näherte sich der Notarztwagen mit rotierendem Blaulicht.

Markus öffnete dem Mediziner, einem schlanken Mann mit heller Hornbrille und rotem Haar, die Tür. Ihm folgten zwei Sanitäter.

Während der Notarzt, assistiert von Andrea, eine gründliche Untersuchung vornahm, sprachen Chris und Tom mit den Polizisten, die Minuten später eintrafen.

»Da sind auch Bettina und Richard.« Chris hielt Bettina, die aufs Haus zugelaufen kam, kaum dass der Motor ausgestellt wurde, fest. »Warte eine Sekunde, der Arzt untersucht sie gerade.«

»Nein, ich will zu ihr.« Bettina schob ihn zur Seite und stürmte ins Untersuchungszimmer.

»Sonja! Ist sie gesund?«

Andrea zog die Freundin an sich. »Alles gut«, sagte sie. »Gleich kannst du sie in die Arme nehmen. Nur noch eine kleine Injektion.« Sie sah hinüber zu dem jungen Notarzt, der Sonja behutsam eine Spritze setzte.

»Sie ist in Ordnung.« Er trat lächelnd einen Schritt zur Seite. »In der Klinik geben wir ihr noch eine Infusion, da sie etwas dehydriert ist, wie Sie schon sagten, Frau Kollegin, und warum sie leicht fiebert, werden wir auch noch feststellen.« Er nickte Andrea zu. »Aber ich denke nicht, dass sie wirkliche Schäden davongetragen hat. Sie hat aller Wahrscheinlichkeit nach ein Schlafmittel bekommen, ich bin mir jedoch sicher, dass sie bald wieder wach werden wird. Soweit ich es jetzt und hier beurteilen kann, hat es ihr nicht geschadet.«

Bettina hörte nicht, was er sonst noch sagte. Behutsam nahm sie Sonja in die Arme und küsste sie wieder und wieder. Dabei liefen ihr Tränen übers Gesicht.

Richard trat hinter sie. »Ich bin so froh, dass wir sie wiederhaben.« Er küsste Bettinas Haar. »Komm, Schatz, lass sie los. Sie muss in die Klinik.«

»Aber ich fahre mit.«

»Natürlich fahren wir mit.« Er sah sich kurz nach dem Notarzt um, der zustimmend nickte.

Als der Wagen mit zuckendem Blaulicht davongefahren war, lehnte sich Andrea kurz an Markus' Schulter. »Puh, das war ein Schock! Ich hab im ersten Moment gedacht, mein Herz bleibt stehen, als ich Sonja auf der Rückbank liegen sah.«

»Was für ein Zufall, dass wir sie gefunden haben.«

»Wie lange mag sie da schon gelegen haben?«, fragte Tom.

»Allzu lange sicher nicht. Wir hätten doch was bemerkt, als wir gekommen sind.« Markus küsste Andrea auf das nasse Haar.

»Das muss nicht sein. Ich zumindest habe nicht mehr auf meinen Wagen geachtet.«

»Wie dem auch sei«, meinte Chris, »wir haben sie gefunden und sie ist wohlauf.«

»Stimmt, das ist das Wichtigste.« Markus schaute in

die Runde. »Was haltet ihr von einem Himbeergeist auf den Schreck?«

»Die beste Idee der Nacht.« Chris grinste und ging voraus in die Wohnung.

»Ich rufe noch mal auf dem Gut an und sage, dass mit Sonja alles in Ordnung ist.« Andrea setzte sich hinter ihren Schreibtisch und berichtete auf Gut Meiningen ausführlicher von Sonjas Rettung.

»Sie ist jetzt in der Klinik, aber das nur zur Vorsorge«, schloss sie. »Du musst dir keine Sorgen mehr machen, Gertrud.«

»Danke.« Ein tiefer Seufzer folgte. »Du ahnst nicht, was ich ausgestanden habe, Andrea.«

Das konnte sich Andrea allerdings gut vorstellen, sie ahnte auch, dass Gertrud sich noch lange mit Selbstvorwürfen herumquälen würde, obwohl dazu nicht der geringste Grund bestand.

»Versucht jetzt noch ein bisschen zu schlafen. Bettina und Richard bleiben in der Klinik.«

»Daniela steht neben mir, sie möchte dich noch kurz sprechen.«

Ehe Andrea etwas erwidern konnte, hörte sie die Stimme ihrer Sprechstundenhelferin.

»Du, mir ist da ein Gedanke gekommen ...« Daniela zögerte, doch dann sprach sie ihren Verdacht aus. »Du hattest doch diese ominöse Drohung auf deinem Handy. Und du weißt, dass du eine Feindin hast.«

»Du meinst Ellen Häuser?« Andrea schüttelte den Kopf, obwohl die Anruferin das ja nicht sehen konnte. »Das ist doch Unsinn. Ich bin schon lange nicht mehr mit Gerhard zusammen, sie kann ihn gern wiederhaben.«

»Dennoch wird sie eifersüchtig sein.« Daniela zögerte. »Außerdem war da doch der Junkie, der ertrunken ist. Der hat auch bei dir rumspioniert. Das alles solltest du der Polizei mitteilen.«

Andrea zögerte. »Das mit dem Junkie hab ich ja bereits gesagt, aber Ellen … nein, die lass ich außen vor. Sie ist krank, und ich denke, sie hat mit sich genug zu tun.«

Daniela sagte nichts mehr, doch sie war anderer Meinung. Und sie war entschlossen, ihre Überlegungen bei nächster Gelegenheit der Polizei mitzuteilen.

46

»So viel Harmonie ist ja fast nicht zu ertragen!«

»Setz dich zu uns und lerne, wie man eine glückliche Beziehung führt.« Tom wies lachend neben sich auf die Holzbank, die an der Längsseite der Terrasse stand. »Möchtest du einen Kaffee? Es ist auch noch Rührei da.«

Für einen kurzen Moment zögerte Andrea, dann schüttelte sie den Kopf. »Danke, aber ich muss mich beeilen, Markus wartet. Wir wollen endlich nach Sankt Gallen fahren und uns dort ein paar Sehenswürdigkeiten ansehen.«

»Sankt Gallen ist wirklich eine der schönsten Städte in der Bodenseeregion.«

»Wir waren erst voriges Jahr noch mal in der Gegend und haben uns die Drei Weieren angeschaut«, erzählte Chris.

»Was ist das denn?« Für einen kurzen Moment setzte sich Andrea doch noch neben Tom, und sofort erhob sich

Caro, die unter der Bank gelegen hatte, und forderte ihre Streicheleinheiten ein. Das Tier, das noch vor Wochen einen jämmerlichen Eindruck gemacht hatte, war wieder topfit und hatte wunderschönes, glänzendes Fell. Aus dunklen Augen sah sie zu Andrea hoch, so als wüsste sie genau, dass sie der Tierärztin ihr Leben verdankte.

»Die Drei Weieren sind künstlich angelegte Weiher aus der Zeit, als in der Region die Textilindustrie besonderen Reichtum hervorbrachte. Heute ist es ein Freizeitareal mit Freibädern und Sportmöglichkeiten. Wir sind aber vor allem dorthin gefahren, weil es dort ein paar sehr schöne Jugendstil-Badehäuser gibt, die einfach sehenswert sind.«

»Dann fahren wir vielleicht auch mal dort vorbei.« Andrea stibitzte sich ein Radieschen und stand wieder auf. »Macht's gut.« Sie legte Chris kurz die Hand auf die Schulter. »Und danke, dass du für mich heute mitarbeitest.«

»Du kannst dich bald revanchieren. Tom und ich wollen im Herbst einen Kurztrip nach Stockholm unternehmen, da musst du die Praxis allein schmeißen.«

»Kein Problem. Aber denkt dran, dass Daniela und Jochen noch im Herbst heiraten wollen.«

Tom lachte. »Glaubst du, wir würden uns eine solche Feier entgehen lassen? Ich hab meinen Smoking schon lange nicht mehr aus dem Schrank geholt.«

»Dann lass ihn auch drin. Ich fürchte, damit wärst du total overdressed bei der Hochzeit auf dem Weingut.«

»Richtig.« Chris legte dem Freund die Hand auf den Arm. »Wenn's dich beruhigt: Ich liebe dich, auch wenn du nur Jeans trägst.«

»Danke für die Blumen.« Tom lachte und winkte Andrea zu, die mit kurzem Gruß davonging.

Es war ein warmer Tag, die ersten Touristen schipperten schon auf den Ausflugsbooten über den See oder versuchten sich in den vielen Tretbooten als Freizeitkapitäne der Miniklasse. Die Freibäder füllten sich, und auf den Straßen herrschte mal wieder ein gelindes Chaos, weil einige Winzer mit ihren Traktoren den Verkehr behinderten. Doch es war wichtig, dass die Winzer zu dieser Jahreszeit im Weinberg arbeiteten, denn es galt, die sogenannte grüne Lese zu beginnen. Das hieß, dass etliche der erbsengroßen grünen Beeren abgepflückt wurden, damit die verbleibenden Trauben sich besser entwickeln und die Qualität des Weins auf diese Weise gesteigert werden konnten.

Auch Bettina und ihre Mitarbeiter waren seit Tagen mit dieser zeitaufwendigen Arbeit beschäftigt. Schon früh am Morgen, wenn es noch nicht allzu heiß war, stiegen sie die Hänge hinauf und gingen der zeitraubenden Arbeit nach, die ihnen keine Maschine abnehmen konnte.

Seit Sonja wieder daheim war, seit feststand, dass das kleine Mädchen die Entführung ohne Schaden überstanden hatte, war Bettina entspannt. Doch ganz so unbekümmert, wie sie sich gab, war sie nicht, denn der oder die Entführer waren noch nicht ermittelt worden.

Sonja blieb keinen Moment des Tages unbeaufsichtigt, immer war jemand in ihrer Nähe.

An diesem Morgen war Richard zurück in die Staaten geflogen, um den Vertrag für einen Film mit internationalen Stars zu unterschreiben. Bettina war stolz auf ihn, doch er ließ seine kleine Familie nur ungern zurück und schärfte Johann ein, die Polizei sofort zu informieren, falls ihm etwas Merkwürdiges auffiel.

Doch auf dem Gut blieb alles ruhig, Gertrud ließ

Sonja nicht aus den Augen, während die anderen im Weinberg arbeiteten. Wann immer jemand kam, um Wein zu kaufen, nahm sie die Kleine mit in den Verkaufsraum.

Während ihrer Fahrt zu Markus rief Andrea auf dem Gut an und erkundigte sich, ob alles in Ordnung sei.

»Alles bestens, mach dir keinen Kopf«, sagte Gertrud. »Ich sitze mit Sonja im Garten, alles ist ruhig hier.«

»Dann ist's gut. Bis bald mal wieder, Gertrud. Gib Sonja einen Kuss von mir.«

Einen Kuss bekam auch Markus, der sie schon erwartet hatte.

»Zwei Tage ohne dich sind die Hölle«, erklärte er und wollte Andrea gar nicht mehr loslassen.

»Und ich hab gedacht, du wärst durch die Arbeit komplett abgelenkt worden.« Sie lachte ihn verliebt an. Markus hatte eine große Hochzeit ausgerichtet, drei Tage lang hatten ein bekannter Unternehmer und seine schöne junge Braut im Hotel *Seegrund* gefeiert.

»Es war wirklich stressig, aber ich denke, alle waren zufrieden.« Er lächelte. »Die Braut zumindest war überglücklich, vor allem, als wir um Mitternacht noch ein Feuerwerk gezündet haben. Tausend rote Sternchen fielen in Kaskaden vom Himmel, romantischer ging's wirklich nicht. Aber sie ist noch sehr jung und fährt total auf so was ab.«

»Das war doch auch eine süße Idee«, meinte Andrea. »War sie von dir?«

Er schüttelte den Kopf. »Zu meiner Schande muss ich gestehen, dass sie vom Brautvater stammt. Er hat auch alles organisiert und die Genehmigungen eingeholt.«

»Hauptsache, die Braut war happy. So wie ich jetzt. Auch ohne Feuerwerk.«

»Danke, mein Schatz.« Er küsste sie noch einmal, bevor er mit ihr zu seinem Wagen ging, der schon neben der Auffahrt stand. »Lass uns gleich losfahren, es gibt viel zu erkunden in der Schweiz.«

An diesem Montag war Markus' Hotel geschlossen, und er konnte den freien Tag genießen. Die Sonne brannte vom Himmel, und es war gut, dass sie im Cabrio saßen und der Fahrtwind ihnen Kühlung verschaffte.

»Weißt du, woher die Stadt ihren Namen hat?« Markus sah zu Andrea hin, die mit geschlossenen Augen neben ihm saß und die Fahrt genoss.

»Nein, keine Ahnung.«

»Der Name leitet sich von Wundermönch Gallus ab, der um 600 in der Gegend gelebt hat. Gut hundert Jahre später, und das ist verbrieft, wurde die Abtei Sankt Gallen gegründet.«

»Interessant.«

»Die Geschichte der Stadt ist wirklich spannend und sehr wechselvoll. Aber das kannst du alles nachlesen, wenn es dich interessiert. Wir sehen uns erst mal die wunderbar erhaltene Altstadt an.«

Hand in Hand erkundeten sie die Straßen und Gassen, in denen es lebhaft zuging, denn die Altstadt war mit ihren über hundert Erkern ein beliebtes Fotomotiv.

»Es gibt mehrstöckige Erker, bunt bemalte und holzgeschnitzte Erker, einer der schönsten ist der des Hauses zum Pelikan.« Markus wies nach links, wo ein altes, sorgfältig restauriertes Gebäude mit zwei wunderschönen Erkern zu sehen war.

»Mich fasziniert immer wieder aufs Neue, was die Künstler vor vielen Jahrhunderten geschaffen haben«, sagte Andrea. »Solch kunstvolle Verzierungen würde heute kaum noch jemand in Auftrag geben.«

»Weil man so eine Arbeit gar nicht mehr bezahlen kann.«

Andrea nickte. »Es ist umso schöner, dass die Hausbesitzer hier ihre Erker so pflegen.«

Eine Stunde lang schlenderten sie noch durch die Stadt, Andrea sah das Karlstor, das einzige erhaltene Tor der mittelalterlichen Stadtbefestigung, sie machte ein Foto vom hohen Tröcknerturm Schönenwegen, in dessen Innerem man früher die frisch gefärbten Stoffbahnen zum Trocknen aufhängte.

»Jetzt kannst du erahnen, wie bedeutsam die Textilindustrie damals in der Region war.« Markus zog sie weiter. »Da drüben, das ist die Stickereibörse. Siehst du die Figur auf dem Dach?«

»Ja. Und wer soll das sein?«

»Der Handelsgott Hermes.« Markus lachte. »Die Schweizer waren schon immer gut im Geldverdienen.«

»Stimmt.« Andrea fiel in sein Lachen ein. »Und ich bin gut im Geldausgeben. Was hältst du von einem Glas Sekt? Ich könnte eine Aufmunterung brauchen, bevor wir in die Stiftsbibliothek gehen.«

»Ein guter Vorschlag!« Er zog ihre Hand an die Lippen. »Was bekomme ich doch für eine kluge Frau.«

Andrea blieb für eine Sekunde stehen. »Ach, glaubst du wirklich, dass ich dich heiraten will?«

Er nickte gelassen. »Daran besteht nicht der geringste Zweifel.« Ungeachtet der vorübergehenden Touristen küsste er sie. »Oder willst du vielleicht nicht?«

»Ich muss drüber nachdenken.« Ein schalkhaftes Glitzern stand in ihren schönen blauen Augen.

»Denk drüber nach. Und ich verspreche dir, dass ich dir heute Nacht, wenn wir allein sind, tausend Argumente für ein Ja liefern werde.«

Andrea antwortete nicht, sie wies auf ein einladend aussehendes Lokal. »Verwöhn mich erst mal mit einem kühlen Drink.«

Den bekam sie, dazu einen herzhaften Imbiss.

»Du musst, wenn du hier bist, unbedingt die Bratwurst probieren«, sagte Markus. »Sie ist einmalig gut. Aber wage es ja nicht, Senf dazu zu bestellen, das beleidigt den Küchenchef.«

»Na gut. Dann also Bratwurst.« Andrea trank noch einen Schluck Sekt. »Dazu nehme ich aber ein Bier.«

»Sollst du haben. Und ein Rösti.«

Sie nickte zustimmend, und auch Markus bestellte sich die traditionelle Wurst. Lächelnd sah er dann zu, wie es sich Andrea schmecken ließ.

»Ich find's herrlich, dass du keine der Frauen bist, die krampfhaft Kalorien zählen und sich schon grämen, wenn sie ein Salatblatt zu viel zu sich nehmen.«

Andrea lachte. »Ich arbeite hart, da darf ich auch richtig essen. Außerdem brauche ich bei bestimmten Tieren Kraft. Und die kriegt man nicht vom Salatessen.«

»Dennoch hast du eine Traumfigur.«

»Danke.« Sie nahm noch ein Stück Rösti, dann lehnte sie sich entspannt zurück. »Jetzt ist's genug. Es war sehr gut, aber jetzt bin ich satt.«

»Dann gehen wir jetzt rüber ins Stiftsviertel und sehen uns die berühmte Bibliothek an.«

Andrea hatte zwar schon von der großen Bibliothek gehört, doch sie wusste nicht allzu viel über das Stift und seine Kunstschätze. Deshalb war sie total überwältigt, als sie den Barocksaal betrat, in dem die wertvollsten Schriften aufbewahrt wurden.

»Das ist ja gigantisch«, sagte sie leise und griff nach Markus' Arm.

Er nickte nur. Bereits vier Mal war er hier gewesen, doch immer wieder überwältigte ihn der Anblick des riesigen Barocksaals.

So wie alle Besucher mussten sie sich Filzpantoffeln überstreifen, um den Fußboden zu schützen. »Sogar der Fußboden ist ein Kunstwerk«, erklärte Markus. »Er besteht aus Tannenholz, vier große Sterne und rankenartige Schlingungen aus Nussbaumholz sind von den Künstlern der damaligen Zeit eingelassen worden.«

»Wunderschön!« Andrea sah sich begeistert um. Nicht nur die Bücher faszinierten sie, auch die Decke, mit Stuckaturen und Gewölbebildern ausgestattet, war ein Kunstwerk für sich. Langsam gingen sie an den vielen Büchergestellen, die hinter Gittern geschützt waren, vorüber.

»Die ältesten Schriften dürfen natürlich nicht ausgeliehen werden«, erläuterte Markus. »Doch alle Bücher seit 1900 stehen der Bevölkerung zur Verfügung.«

Andrea nickte nur. Sie war vollkommen fasziniert und hätte sich noch viel länger in diesem herrlichen Raum aufhalten können, doch Markus wollte ihr noch mehr zeigen. Und so standen sie bald vor einer alten ägyptischen Mumie, die eine Besonderheit in der Sammlung der Bibliothek darstellte und wohl von um 700 vor Christus stammte.

»Das ist nur eine der Kuriositäten, die man hier sehen kann.« Markus nahm ihren Arm. »Komm, lass uns rausgehen. Ich sehne mich wieder nach Luft und Sonne.«

»So riesig hatte ich mir das alles hier nicht vorgestellt.« Andrea sah sich noch einmal um, ehe sie die Bibliothek verließen. »Wir müssen unbedingt noch mal herkommen.«

»Machen wir. Jetzt fahren wir noch ein bisschen durchs Appenzeller Land, und wenn du willst, kaufen wir ein bisschen Käse dort.«

Dagegen hatte Andrea nichts einzuwenden. Entspannt lehnte sie sich auf dem Sitz des Cabrios zurück und genoss den leichten Fahrtwind. Die Landschaft war lieblich, sanft stiegen die Hügel an, alte Bauernhöfe wechselten sich mit modernen Betrieben ab.

»Verdammt!« Markus stieß einen Fluch aus, als ihm plötzlich etliche Kühe vor den Wagen liefen und er abrupt bremsen musste. Sichtlich panisch kamen die Tiere, es waren gut ein Dutzend, hinter einer hohen Hecke hervor. Es waren ausschließlich hellbraune Kühe, zwei der Tiere blieben dicht vor der Motorhaube stehen und sahen aus großen Augen ins Wageninnere. Sie schnaubten laut hörbar vor Aufregung.

Andrea stieß die Tür auf. »Mal sehen, was da los ist.«

»Sei vorsichtig! Die Viecher können aggressiv werden.«

Sie drehte sich lächelnd zu ihm um. »Ich bin Tierärztin, vergessen?« Dennoch bewegte sie sich langsam auf die Tiere zu, die sich muhend und unruhig über die Straße verteilten, aber sichtlich nicht wussten, wohin sie sollten.

Andrea schaute sich um, doch es war kein Hof in Sichtweite.

»Ich sehe mal nach, was die Tiere so aufgeregt hat«, rief sie Markus zu und ging auf die hohe Hecke zu.

In der nächsten Sekunde stieß sie einen lauten Schrei aus.

»Andrea! Was ist?« Markus stieg aus und versuchte, zwischen den Kühen, die sich wieder schneller in Bewegung setzten, hindurchzulaufen und zu Andrea zu gelangen. Er konnte sie nicht sehen, hörte nur noch einen zweiten Schrei.

Dann war es still.

Panik überkam Markus, und er versuchte die Tiere mit Gewalt zur Seite zu drängen.

Vergebens! Sie drängten sich nur noch mehr aneinander, versuchten die Straße, die sich in engen Kurven hochschlängelte, zu überqueren und auf die gegenüberliegende Weide zu gelangen. Doch ein Zaun versperrte ihnen den Fluchtweg.

Endlich schaffte Markus es an den Tieren vorbei und konnte in die Richtung laufen, in der Andrea verschwunden war.

»Nein!« Sein Herzschlag stockte, als er den wild schnaufenden Bullen sah, der direkt vor Andrea stand und in dieser Sekunde wieder den Kopf senkte. Andrea war gestürzt, sie hatte wohl einen Graben übersehen. Durch ihren Schmerzensschrei war der Bulle auf sie aufmerksam geworden.

Nur einen halben Meter von Andrea entfernt waren die Hörner, das aufgeregte Tier pustete ihr seinen Atem durch die geblähten Nüstern ins Gesicht.

Verzweifelt sah sich Markus um. Womit konnte er das Tier in die Flucht schlagen? Oder zumindest von Andrea ablenken?

»Geh weg!« Andreas Stimme war nur schwach zu verstehen. »Hol Hilfe. Ich hab mir den Fuß verletzt.«

»Aber der Bulle …«

»Reiz ihn nicht noch mehr. Ich bleibe ganz ruhig.« Ihre Stimme kippte.

Markus zögerte. Er sah ein, dass er nichts tun konnte, um Andrea zu helfen. Er riskierte nur, ebenfalls angegriffen zu werden. Doch wegfahren, irgendwen um

Hilfe bitten war auch unmöglich. Er schaute sich nach Steinen, einem Stock oder Ähnlichem um, konnte aber nichts entdecken.

»Der Wagenheber ...« Er rannte zum Auto, um ihn herauszuholen. Vielleicht gelang es damit, den Bullen zu treffen und zu vertreiben. Doch er war höchstens vier Meter gelaufen, als er lautes, aufgeregtes Summen hörte. Ein Insektenschwarm, beängstigend groß und immer lauter werdend, umschwirrte ihn.

»Geh fort!« Andrea versuchte sich zur Seite zu rollen, aus dem Sichtfeld des Bullen zu gelangen, der wild mit dem Kopf hin und her schlug, um die summenden Störenfriede zu vertreiben.

»Das sind Hornissen!« Andreas Stimme klang schrill vor Aufregung. »Die machen ihn total wild.«

Sie hatte es noch nicht ausgesprochen, da senkte der Bulle erneut den Kopf.

»Nein!« Markus' Schrei gellte durch die Luft, übertönte das laute Summen der Hornissen, die immer wieder um den Bullen kreisten.

Die ersten schmerzhaften Stiche machten den Bullen noch wilder.

Andrea schrie auf, als das Tier sie mit seinen Hörnern in die Seite stieß. Sie wurde ein Stück über die Wiese geschleudert, wo sie ohnmächtig liegen blieb.

»Nein!« Markus wollte loslaufen, wurde aber mit einem festen Griff zurückgehalten.

»Das ist Wahnsinn.« Ein älterer Mann in Cordhose und Karohemd hielt ihn fest. »Gleich kommt Hilfe. Ich habe schon angerufen.«

»Aber sie kann doch nicht da liegen bleiben.« Tränen standen in Markus' Augen.

»Wir würden nur ebenfalls verletzt werden, wenn

wir jetzt auf die Weide gingen.« Der Mann versuchte auf den Bullen einzureden, doch das Tier reagierte nicht. »Der Burschi ist eigentlich ein Sanfter. Wir haben ihn seit vier Jahren, nie ist er so durchgedreht. Aber die Hornissen machen ihn verrückt.«

»Dann gehört das Mistvieh Ihnen?« Wütend sah Markus den Bauern an.

»Ja. Aber er ist normalerweise friedfertig. Die vermaledeiten Hornissen sind schuld.« Er machte ein paar Schritte auf die Weide zu, doch der Bulle drehte sofort den Kopf und fixierte ihn.

Andrea lag immer noch reglos da, zum Glück konzentrierte das Tier sich jetzt auf Markus und den Bauern.

Gerade, als Markus beschloss, doch den Wagenheber zu holen, trafen die Feuerwehr und ein grüner Kombi ein, aus dem ein kräftiger blonder Mann ausstieg.

»Vorsicht, Berti, die Hornissen sind total aus dem Häuschen!«, rief ihm der Bauer zu.

»Dein Burschi aber auch.« Der blonde Mann kam näher. Ein kräftiger Strick hing über seiner Schulter. »Meint ihr, ihr könnt mir helfen, ihm den Strick durch den Nasenring zu ziehen?«

Markus schüttelte den Kopf. »Ich hab keine Ahnung von solchen Viechern. Aber ihr könnt mir sagen, was ich tun muss.«

Zwei Feuerwehrleute versuchten mit vereinten Kräften, das Tier wenigstens ein paar Meter weiter von Andrea abzudrängen.

Immer noch von den Hornissen umdrängt, stampfte der Bulle nervös mit den Vorderhufen ins Gras, so dass ganze Büschel durch die Luft flogen. Plötzlich, ohne Vorwarnung, senkte er den Kopf und rannte auf zwei

Feuerwehrmänner zu. Nur durch beherzte Sprünge ins Gebüsch konnten sich die Männer vor seinem Angriff retten.

»Das geht so nicht. Ich betäube ihn.« Der blonde Mann lief zu seinem Wagen und holte ein Gewehr heraus. »Wenn das Mittel wirkt, wird er gefügiger.« Er legte an und im nächsten Moment schoss er den Betäubungspfeil ab.

»Wer ist das?«, raunte Markus dem alten Bauern zu.

»Der Veterinär von Bruggen. Zufall, dass er hier vorbeigefahren ist.«

»Oder gnädiges Schicksal«, murmelte Markus.

So wie die anderen wartete er, dass das Mittel endlich wirkte. Die Männer hatten auch Mühe, sich der wilden Hornissen zu erwehren.

»Der Schwarm wurde wahrscheinlich vom Burschi aufgescheucht. Deshalb sind sie so wild.« Der Tierarzt legte das Gewehr zurück und näherte sich dem Bullen, der immer noch aufgeregt schnaubend am Wiesenrand stand. Beruhigend sprach der Tierarzt auf ihn ein, und auch der Bauer ging vorsichtig auf den Bullen zu.

Die beiden Feuerwehrmänner halfen schließlich, dem Tier den Nasenring anzulegen. So war es wesentlich einfacher, ihn gefügig zu machen.

»Wir bringen ihn erst mal rüber auf die Weide vom Hannes.« Einer der Feuerwehrleute öffnete den Weidezaun. »Dann hat er vor den Hornissen Ruh.«

Mit vereinten Kräften gelang es schließlich, das Tier fortzubringen.

Markus rannte zu Andrea, die immer noch ohnmächtig war.

Gerade als er sie aufrichten wollte, kam der Tierarzt zurück.

»Vorsicht! Lassen Sie mich mal sehen, ob sie irgendwas gebrochen hat.« Er zuckte leicht mit den Schultern. »Ich bin zwar nur für Viecher zuständig, aber Erste Hilfe kann ich schon leisten.«

»Sie ist auch Tierärztin. Deshalb ist sie auch zur Weide gegangen. Sie wollte sehen, was mit dem Tier los ist.« Markus brach ab. »Die Hornissen haben wir viel zu spät bemerkt«, fügte er dann hinzu.

In diesem Moment öffnete Andrea die Augen und sah sich orientierungslos um. »Was ist …«

»Ruhig. Ganz ruhig liegen bleiben, Frau Kollegin.« Der breitschultrige Tierarzt legte ihr die Hand auf den Arm. »Der Bulle hat Sie angegriffen. Erinnern Sie sich?«

»Ja.« Andrea runzelte die Stirn. »Wo ist er?«

»Wir haben ihn ruhiggestellt und eingefangen.« Er zählte ihren Puls aus. »Haben Sie Schmerzen?«

»Ja.« Andrea tastete zu ihrer linken Seite. »Der Kerl hat mir bestimmt ein paar Rippen gebrochen.« Ihr Atem ging mühsam, das Luftholen bereitete ihr Schmerzen.

»Das denke ich auch. Aber sonst fehlt Ihnen nichts? Können Sie den Kopf bewegen?«

»Ja.« Sie biss sich kurz auf die Lippe. »Ich glaube, eine Rippe hat das Rippenfell durchstoßen. Ich … ich kriege so schlecht Luft.«

Der Tierarzt wusste genau, was das bedeutete – und dass rasche Hilfe notwendig war.

»Die Rettung ist schon unterwegs. Bleiben Sie am besten liegen.« Er stand auf. »Mehr kann ich nicht tun. Bin auch nur Veterinär.«

Ein kleines Lächeln huschte über Andreas Gesicht. Auf ihrer linken Wange waren Abschürfungen zu sehen, die Arme voller Grasflecken und Schmutz.

»Kannst du atmen?« Besorgt beugte sich Markus über sie.

»Es geht.« Andreas Rippen schmerzten, und sie würde, da war sie sicher, bestimmt eine Menge blauer Flecken bekommen. Doch sie wollte Markus nicht ängstigen, er sah so besorgt aus, war so blass, dass sie fürchtete, er würde gleich ohnmächtig werden.

»Wenn ich doch nur was tun könnte ... Dieses Mistvieh! Wir hätten einfach weiterfahren sollen.«

»Sind wir aber nicht.« Andrea holte mühsam Luft. »Tut mir leid, aber ich dachte, ich könnte helfen. Ich ... ich bin dann auf der Weide so blöd gestolpert, das hat den Bullen noch mehr erschreckt.«

»Dazu kamen noch die Hornissen.« Markus hielt ihre Hand fest umklammert. »Wieso sind überhaupt so viele auf den Bullen losgegangen? Ich hab so einen Schwarm noch nie gesehen.«

»Ich bin sicher, dass der Burschi das Nest der Königin verletzt hat. Das hat den Schwarm aufgescheucht.« Der blonde Helfer sah sich um. »Gleich schau ich mal nach. Aber ich bin mir sicher, dass das Nest hier ganz in der Nähe ist und zerstört wurde. Wodurch auch immer.«

»Das waren Hunderte.«

»Das denke ich auch. So ein Nest kann außer der Königin bis zu siebenhundert Tiere beherbergen.« Er ging ein paar Schritte zur Seite. »Da kommt die Rettung. Jetzt kann Ihnen richtig geholfen werden.« Kurz lächelte er Andrea zu, die jetzt sichtlich Schmerzen hatte und immer mühsamer nach Luft rang.

Die Notärztin war eine junge Frau mit langem dunklen Haar, das sie zu einem Pferdeschwanz im Nacken zusammengebunden hatte.

Sorgfältig untersuchte sie Andrea. »Offene Wunden

haben Sie nicht. Aber die Luftnot ... das sieht nach einem Pneumothorax aus. Sie müssen sofort in die Klinik, da wird man Ihnen eine Drainage legen, dann geht es gleich besser.« Sie hielt kurz inne. »Hier und jetzt möchte ich es nicht tun.« Sie winkte den Sanitätern.

Andrea wusste, was das bedeutete. Ein, wenn nicht zwei Rippenstücke waren in den Brustkorb eingedrungen und hatten das Rippenfell durchstoßen. Sie musste so rasch als möglich drainiert werden, damit die Luft entweichen konnte.

Beruhigend lächelte sie Markus zu, der bei den Worten der Notärztin bleich geworden war. »Alles nicht so schlimm«, presste sie mühsam hervor.

Daran zweifelte Markus jedoch stark, er sagte aber nichts mehr, sondern folgte den Sanitätern bis zum Notarztwagen.

»Kann ich mitfahren?«

»Besser wäre es, wenn Sie uns in Ihrem Wagen folgten.« Der ältere der Männer wies auf das Cabrio. »Ihr Wagen kann nicht hier, auf der engen Straße, stehen bleiben.«

Markus nickte, der Mann hatte recht.

Schon wenige Minuten später setzte sich der Notarztwagen in Bewegung.

»Gute Besserung für meine Kollegin.« Der blonde Tierarzt trat, bevor er losfuhr, noch mal an Markus' Cabrio. »Ich schau jetzt mal nach den Hornissen. Vielleicht kann ich die Königin mithilfe der Feuerwehr einfangen und das ganze Volk umsiedeln.«

»Und der Bulle?«

»Wenn die Betäubung abgeklungen ist und die lästigen Hornissen fort sind, wird er wieder so friedlich wie früher sein und auf seiner Weide grasen.«

»Ich muss ihm dennoch nicht noch mal begegnen.« Markus nickte dem jungen Mann zu. »Danke für Ihre Hilfe.«

»Das war doch selbstverständlich. Grüßen Sie meine Kollegin. Gute Besserung wünsch ich ihr.«

»Danke.« Markus beeilte sich, dem Krankenwagen hinterherzufahren. Als er die Türme der Stiftskirche vor sich auftauchen sah, gab es ihm einen Stich. Es war noch nicht mal zwei Stunden her, dass er mit Andrea hier gewesen war. Unbekümmert und glücklich hatten sie ihren freien Tag genossen.

Und von einer Minute zur anderen war alles anders geworden.

47

Nervös ging Markus im Wartebereich der Ambulanz auf und ab. Seine Sorge um Andrea wurde von Minute zu Minute größer. Warum blieb sie so lange in den Untersuchungsräumen? Er versuchte eine ältere Schwester, die gerade vorüberging, aufzuhalten, doch die winkte ab.

»Tut mir leid, aber ich muss dringend auf Station.«

»Aber meine Verlobte ist da drin.«

»Sie wird sicher optimal versorgt. Keine Sorge.« Und schon war die Schwester in einem der drei Lifte verschwunden.

Das Warten zermürbte. Eine Ewigkeit schien vergangen, bis ein Arzt endlich auf ihn zutrat.

»Sie ist jetzt wieder in Ordnung«, erklärte er. »Wir

haben zunächst eine Drainage gelegt, damit die Luft aus dem Brustkorb entweichen konnte. Das war die wichtigste Maßnahme.«

»Kann ich zu meiner Verlobten?«

Der Arzt schüttelte den Kopf. »Noch nicht. Sie hat außer dem Thoraxtrauma noch etliche Risse und Hämatome am Körper. Zur Vorsicht lasse ich sie röntgen, um etwaige Knochenbrüche auszuschließen.« Er machte eine kleine Pause, fuhr sich durch das graue Haar, das sich schon stark lichtete, dann fuhr er fort: »Eventuell machen wir auch noch eine Computertomographie, um innere Verletzungen auszuschließen.«

Markus erschrak. »Wieso? Geht's ihr so schlecht?«

»Nein, nein, keine Sorge«, wehrte der Arzt schnell ab. »Ich möchte nur alle Komplikationen von vornherein ausschließen. So viel kann ich schon sagen: EKG und die Echokardiographie sind unauffällig, ihr Herz ist folglich nicht geschädigt. Die Laborbefunde sind noch nicht da, aber ich bin mir fast sicher, dass auch da alles in Ordnung ist.« Kurz legte er Markus die Hand auf den Arm. »Machen Sie sich keine allzu großen Sorgen, die Patientin ist sicher bald wieder auf dem Damm.«

»Was denken Sie … wie lange muss sie hierbleiben?« Er atmete tief durch. »Sie ist Tierärztin, hat eine eigene Praxis. Da muss einiges organisiert werden, wenn sie ausfällt.«

»Nun …« Der Arzt zögerte. »Wenn alles ohne Befund ist, sollte sie ein paar Tage in der Klinik bleiben. Die Wunden sollten fachgerecht versorgt werden, und auch eine Schmerztherapie halte ich für angebracht. So eine Rippenfraktur ist schmerzhaft, und auch die Prellungen sind nicht ohne.«

Markus nickte. »Danke, Herr Doktor.«

»Ich muss noch mal zurück.« Der Arzt verschwand hinter einer der weißen Türen der Ambulanz.

Erneut begann für Markus zermürbendes Warten.

48

Nach einem langen harten Tag war es endlich ruhig auf Gut Meiningen. Die Arbeiter waren hinunter nach Nonnenhorn gegangen, um sich den neuen Actionfilm anzusehen, über den im Moment alle sprachen, Daniela und Jochen schliefen zum ersten Mal in ihrem neuen Zuhause. Vor einer Woche war der Vertrag unterzeichnet worden, und die beiden Verliebten konnten es kaum erwarten, das Haus einzurichten.

An diesem Abend hatten sie eine Luftmatratze mitgenommen und einen Proviantkorb.

»Wir werden das Schlafzimmer einweihen«, hatte Jochen erklärt, und Bettina holte noch rasch eine Flasche Sekt für ihn. »Viel Vergnügen!«

»Danke. Bis morgen.« Augenzwinkernd hatte er die Flasche genommen und war davongeeilt.

»So jung und so verliebt müsste man noch mal sein«, murmelte Bettina von sich hin. Sie verstand Daniela und Jochen, die mal ganz ungestört sein wollten. Und in dem Haus befand sich noch einiges an Inventar, das sie übernommen hatten. Allerdings war ein neues Schlafzimmer bestellt, und auch das Bad musste noch renoviert werden. Doch für ein romantisches Beisammensein war genügend Luxus vorhanden.

Verliebte brauchen nicht viel, um glücklich zu sein,

und Daniela und Jochen genossen es, die erste Nacht unter dem eigenen Dach zu verbringen.

Bettina saß, als die blauen Schatten der Dämmerung intensiver wurden und die fernen Berge nur noch schemenhaft zu erkennen waren, auf der Bank vor dem Haus. Die Wärme der Sonne hing noch im Gemäuer, die letzten Vogelstimmen verstummten, stattdessen begannen ein paar Zikaden ihren Gesang.

Bettina schloss die Augen. Der Tag war anstrengend gewesen. Schon früh am Morgen waren sie in die Weinberge gestiegen, später dann hatte sie mit zwei Großkunden verhandelt. Es waren zähe Verhandlungen gewesen, doch schließlich waren beide Herren auf Bettinas Bedingungen eingegangen. Sie hingegen gab zwei Kisten Obstbrand als Rabatt hinzu.

»Sie sind ein noch zäherer Verhandlungspartner, als es Ottmar war.« Der ältere der Männer lächelte ihr zu. »Der hat auch um jeden Cent gerungen.«

»Ich nehm's als Kompliment«, erwiderte Bettina. »Und mein Schwiegervater hatte ja auch recht: Wir haben Wein von exzellenter Qualität, und diese Qualität hat nun mal ihren Preis.«

»Ich weiß. Deshalb bin ich froh, dass wir uns einigen konnten.«

Sie aßen zusammen noch eine Brotzeit, tranken ein Glas auf den guten Abschluss, dann fuhren die Herren fort, und Bettina bereitete zusammen mit Gertrud das Abendessen vor.

Erst als auch Sonja im Bett war und Gertrud und Johann hinüber zu ihrem Haus gegangen waren, hatte Bettina an Feierabend denken können.

Nun telefonierte sie mit Andrea, die noch zwei Tage lang in der Klinik bleiben musste.

Sie hatte zum Glück außer drei gebrochenen Rippen, von denen eine sich in den Thorax gebohrt hatte, keine schwerwiegenden Verletzungen davongetragen. Die Schürfwunden heilten, die Hämatome schwanden von Tag zu Tag mehr.

»Hast du noch Schmerzen?«, erkundigte sich Bettina als Erstes.

»Es geht immer besser. Aber ohne Tabletten wäre es schon mühsam, sich überhaupt zu bewegen.« Andrea seufzte auf. »Dass mir so etwas aber auch passieren musste …«

»Jammere nicht über vergossene Milch. Das bringt nichts.« Bettina lachte leise. »Freu dich doch über den Kuraufenthalt in der Schweiz.«

»Na danke, darauf hätte ich verzichten können.« Sie machte eine kleine Pause. »Der Besitzer von Burschi hat mich übrigens mit einem wunderbaren Blumenstrauß beglückt. Es tut ihm so leid, dass mir das passiert ist.«

»Es gibt eben noch Kavaliere.«

»Apropos: Wann kommt Richard zurück?«

»Morgen oder übermorgen. Ich freue mich, wenn er endlich wieder da ist.«

»Er wird noch zum internationalen Star. Du kannst stolz auf ihn sein.«

»Bin ich ja auch. Aber es ist nicht immer schön, so lange voneinander getrennt zu sein.« Sie sah hinüber zum See, auf dem ein paar beleuchtete Boote zu erkennen waren, viele Touristen buchten im Sommer eine romantische Abendtour über den See. »Im Winter wird er in England drehen, dann kann ich ihn vielleicht für ein paar Tage besuchen.«

»Das ist doch eine Option.«

»Du sagst es! Aber erst mal kommt die Weinlese, danach mache ich konkrete Pläne.«

»Bis zu eurem großen Weinfest bin ich auf jeden Fall wieder fit.«

»Das will ich doch hoffen. Und deshalb schlaf jetzt. Das hilft bei der Genesung.«

»Kluges Mädchen.« Andrea lachte. »Dir auch eine gute Nacht.«

Doch noch wollte Bettina nicht schlafen gehen. Der Abend war mild und viel zu schön, um ihn im Haus zu verbringen. Sie holte sich noch ein Glas Wein und sah nach Sonja, die tief und fest schlief. Ihren neuen hellbraunen Teddy, den ihr Daniela vorgestern geschenkt hatte, fest im Arm. Vor dem Kinderbett, auf einem dicken Flickenteppich, lag Sammy. Blinzelnd sah er hoch, als Bettina sich über das Bettchen beugte.

»Du passt gut auf, gell?« Kurz streichelte sie sein schwarzes glänzendes Fell.

Die Entführung hatte Sonja gut verkraftet, schon nach einem Tag in der Klinik konnte sie nach Hause entlassen werden. Seit sie zurück war, wich Sammy kaum von ihrer Seite, der Hund beschützte die Kleine noch mehr als zuvor. Es war, als wüsste er genau, dass Sonja in höchster Gefahr geschwebt hatte.

Draußen war leichter Wind aufgekommen. Bettina zog sich ein Tuch um die Schultern, bevor sie sich wieder auf die Hausbank setzte. Genüsslich trank sie noch zwei, drei Schlucke Wein und schaute dabei übers Land bis hinüber zu den Alpen. Der Mond stand als schmale Sichel am Himmel, spendete kaum Licht. Doch es war eine sternklare Nacht, unzählige silbrig glitzernde Sterne standen am Himmel, und Bettina wartete darauf, ob sie wohl eine Sternschnuppe sehen würde.

Dann übermannte sie der Schlaf.

Sie wurde wach, weil sie keine Luft mehr bekam. Jemand hielt sie fest umarmt und küsste sie.

»Du!« Mit einem Schlag war die Müdigkeit vorüber, sie schlang die Arme um Richards Hals und erwiderte seinen Kuss. »Du bist schon zurück!« Lachend und weinend vor Glück schmiegte sie sich an ihn.

»Na, Überraschung gelungen?« Er nahm ihr Gesicht in beide Hände und sah ihr tief in die Augen. »Ich hab's kaum noch ausgehalten ohne dich – ohne euch«, verbesserte er sich.

»Ich freue mich ja so.« Bettina wollte aufstehen. »Ich hole dir noch ein Glas.«

Doch Richard wehrte ab. »Ich nehme einen Schluck aus deinem. Bleib hier.«

Lächelnd gab sie nach. Es war wunderbar, Richard wieder so dicht neben sich zu haben. Sie atmete den vertrauten Geruch seiner Haut ein, an der noch ein schwacher Duft des Aftershaves haftete, das er seit Jahren benutzte.

»Wie kommt es, dass du jetzt schon hier bist?«

Richard zuckte betont lässig mit den Schultern. »Man muss die richtigen Leute kennen.« Er lächelte. »Harrison ist mit seiner Frau nach Cannes geflogen, du weißt, dass er eine eigene Maschine besitzt. Und er hat den Umweg über München gemacht, um mich dort abzusetzen.«

»Wow! Das ist Wahnsinn.«

»Er ist ein super Kollege. Kein bisschen eingebildet, nett und diszipliniert bei der Arbeit. Es ist ein Glücksfall für mich, dass ich mit ihm zusammenarbeiten kann.«

Eine Weile blieb es still, jeder genoss die Nähe des

anderen. Richard ließ den Blick über die Weinberge schweifen. Er liebte seine Heimat, wenn er auch nie den Wunsch verspürt hatte, Winzer zu werden.

»Und was ist hier passiert?«

Bettina seufzte auf. »Andrea liegt in der Klinik.« Kurz berichtete sie vom Unfall ihrer Cousine.

»Ach du meine Güte! So ein Pech! Aber sie wird wieder ganz gesund, oder?«

»Ja, ja, das steht fest. Die Rippenbrüche verheilen mit der Zeit, und sie sagt, dass die Hautabschürfungen nicht so schlimm sind.« Sie trank einen Schluck Wein. »Ich hätte sie gern besucht, doch die Zeit hatte ich einfach nicht. Wir telefonieren aber jeden Abend.«

»Und hier? Was macht unsere Prinzessin?«

»Der geht's prima. Sie hat keinerlei Ängste zurückbehalten, ist fröhlich und läuft inzwischen wie ein Wiesel durch die Gegend. Man hat nicht Augen genug, um auf sie aufzupassen.«

»Jetzt bin ich ja wieder da, und bis zum Spätherbst bleibe ich auf jeden Fall. Da kann ich mich mehr um sie kümmern.« Er küsste Bettina. »Und um dich natürlich.«

»Das will ich doch hoffen.«

»Ich fange sofort damit an.« Und schon hob er sie auf die Arme und trug sie ins Haus.

Die Vorhänge im Schlafzimmer waren noch nicht geschlossen, sanftes Licht erhellte den Raum, als sie sich küssten und gegenseitig auszogen. Bettina schloss die Augen, sie fühlte seine kundigen Hände auf ihrer Haut, die sie genau dort streichelten, wo sie es am liebsten hatte.

Und dann war da sein Mund, der sie immer wieder küsste. Bettina seufzte auf, als sie seine Erregung spürte.

Als er endlich in sie eindrang, lächelte sie wie befreit und passte sich sofort seinem Rhythmus an.

Richard liebte sie sanft und doch leidenschaftlich, und als sie gleichzeitig ihre Erfüllung gefunden hatten, blieben sie noch eine Weile eng umschlungen liegen.

»Du bist und bleibst meine Traumfrau«, raunte Richard ihr zu.

»Und du mein Traummann.« Sie lachte leise. »Sicher sagen das demnächst ganz viele Frauen. Du machst bald Richard Gere und George Clooney Konkurrenz.«

»Nie im Leben. Den Trubel, den die immer wieder auf den roten Teppichen dieser Welt über sich ergehen lassen müssen, brauche ich nun wirklich nicht. Da stecke ich lieber karrieremäßig zurück und bleibe hier am Bodensee.«

»Spießer!«

»Gerne!«

»Hast du eigentlich Hunger?« Bettina richtete sich auf. »Ich kann dir schnell was machen.«

»Nichts da.« Er zog die Decke über sich und sie. »Meinen Appetit stille ich anderweitig.«

»Hmm ... das lass ich mir gefallen.« Langsam ließ Bettina ihre Hand über seine breite Brust gleiten, eine Zärtlichkeit, die Richard sofort wieder erregte.

Eng umschlungen schliefen sie erst ein, als der Morgen dämmerte.

49

Die kleine Pension weit abseits vom Bodensee wurde von einem alten Ehepaar geführt, das keine Fragen stellte, als Ellen nach einem Zimmer fragte. Kaum jemand verirrte sich in den kleinen Ort, und wenn doch, dann nahmen sich die Gäste Zimmer in den modernen, mit Komfort ausgestatteten Pensionen. Die alten Leute waren froh, dass jemand mit Bargeld zahlte. Dass der neue Gast kaum Gepäck dabeihatte und für zwei Tage sogar ein kleines Kind mitgebracht hatte, kümmerte sie auch nicht.

Das Kind schlief die meiste Zeit, es weinte nicht und machte nicht zusätzlich Arbeit.

Erst als in der Zeitung über die Entführung geschrieben wurde, begriffen sie, wen sie aufgenommen hatten. Aber da war Ellen Häuser bereits ausgezogen.

Zwei Tage verbrachte sie in der Schweiz und hoffte, dass man dort nicht über die Entführung berichten würde. Doch das war ein Irrtum. In der ganzen Bodenseeregion wurde nach dem Kind und seinen Entführern gesucht.

Zum Glück gab es von ihr kein Foto, und in der Klinik, in der man sie operiert hatte, brachte man die verschwundene Patientin nicht mit der Entführerin in Verbindung.

Ellen fuhr zurück nach Lindau, wagte sich aber nur abends spät in die Stadt. Sie trug stets ein blaues Kopftuch, das sie tief ins Gesicht zog.

Da es warm war, schlief sie draußen in einem Heuschober. Das Dorf lag etwa fünf Kilometer vom See entfernt, nur vier Häuser standen hier und zwei große Bauernhöfe. Zu einem der Höfe gehörte der Heuschober, der nur zur Hälfte gefüllt war. Hier fühlte sich Ellen sicher. Nochmals eine Pension aufzusuchen wagte sie nicht.

Hin und wieder, in klaren Minuten, bereute sie es, die Klinik verlassen zu haben. Noch war die Behandlung nicht abgeschlossen, ein letztes Abschleifen der Narbe hätte noch vorgenommen werden müssen.

»Ist auch schon egal«, murmelte Ellen, wenn sie daran dachte. »Besser wird es sowieso nicht mehr.«

Ihre Kopfschmerzen nahmen von Tag zu Tag zu. Es gab Momente, in denen sie kaum noch sehen konnte und glaubte, ihr Kopf würde zerspringen.

Dazu kam die Wut darüber, dass ihr Plan gründlich schiefgelaufen war. Aber sie hatte das Kind nicht länger bei sich behalten können. Die Kleine fieberte, und Ellen hatte Angst, dass sie krank werden oder gar sterben könnte. Während des Gewitters hatte sie das Kind dann zum Doktorhaus gebracht. Wenn man die Kleine im Wagen der Tierärztin fand, machte man sie vielleicht für das Verschwinden verantwortlich ... Und sie bekam zumindest heftigen Ärger.

»Besser das als nichts«, hatte Ellen sich gesagt und Sonja in den Wagen gelegt.

Zuvor hatte sie in der kleinen Pension stundenlang am Bett des Kindes gehockt und überlegt, was sie noch tun könnte, um der verhassten Tierärztin klarzumachen, dass sie an allem die Schuld trug. Der Kinderschuh vor der Haustür musste ja Beweis genug sein, dass sie verantwortlich war.

Doch kein Wort stand von der Tierärztin in der Zeitung. Mit brennenden Augen studierte Ellen immer wieder den Artikel über Sonjas Entführung. Doch nur von der Angst der Eltern wurde berichtet. Die verhasste

Andrea wurde mit keinem Wort erwähnt. Auch im Regionalradio kein Wort über die Frau, die Ellen bis zum Wahnsinn verabscheute.

Sonja weinte wieder, diesmal lauter, und so beschloss Ellen, sich ihrer zu entledigen.

Die Gewitternacht war genau der richtige Moment, um unerkannt durch die Gegend zu fahren.

Tagelang wartete sie dann darauf, dass in der Zeitung Näheres stand, dass man eventuell die Tierärztin verhaftet hätte. Doch nichts war über die Entführung zu lesen. Es war, als hätte das alles nicht stattgefunden.

Ellen Häuser verzweifelte. Was immer sie unternahm – es ging schief.

Und die Wirtsleute waren auch misstrauisch geworden. Sie war heimlich ausgezogen, ehe die beiden Alten Fragen stellen konnten, und hinüber in die Schweiz gefahren. Stundenlang saß sie in ihrem Wagen und starrte in die Gegend, ohne wirklich etwas wahrzunehmen. Sie sah nicht die Schönheit der Landschaft, hatte keinen Blick für die Berge, deren Spitzen bereits kleine weiße Hauben trugen.

Der See lag dunkel vor ihr. Eine schwarze Scheibe, an deren Rand Lampen glühten und Häuser standen. Häuser, in denen glückliche Menschen lebten.

Glück … was war Glück? Sie hatte vergessen, wie es sich anfühlte, glücklich zu sein.

Es war schon dunkel, als Ellen beschloss, hinunter an den See zu fahren. In einem Supermarkt außerhalb von Lindau kaufte sie sich etwas zu essen und eine Flasche billigen Wein.

Der Kassierer, ein Mann um die fünfzig, sah sie höchst skeptisch an, als sie ihm schweigend einen Schein hinlegte und rasch wieder hinausrannte.

Der forschende Blick des Mannes irritierte Ellen. Sie eilte davon, ohne aufs Wechselgeld zu warten. Im Auto nahm sie erst mal einen tiefen Schluck. Der Alkohol beruhigte ihre aufgebrachten Nerven, betäubte auch für einen Moment den Schmerz.

Ellen trank die Flasche leer, lehnte sich im Wagen zurück und schlief übergangslos ein. Ihr Wagen stand am Rand des weitläufigen Parkplatzes, niemand achtete darauf.

Als sie wieder wach wurde, verschwamm alles um sie herum vor ihren Augen. Sie schrie auf, als sie die Tür öffnete und zwei Schritte ins Freie trat, denn im selben Moment schoss ein solcher Schmerz durch ihren Kopf, dass sie taumelte und ohnmächtig zu Boden sank.

Erst anderthalb Stunden später, als der Supermarkt schloss und der Parkwächter eine Kontrollrunde drehte, fand man sie.

Doch da war Ellen Häuser schon nicht mehr zu helfen.

50

Seit einer knappen Woche war Andrea wieder daheim, doch sie musste sich noch sehr schonen. An Arbeit war nicht zu denken, obwohl sie es ein paarmal versucht hatte. Aber sie hatte einsehen müssen, dass es einfach noch nicht ging, die Beschwerden waren zu stark. Drei Rippen waren gebrochen, und erfahrungsgemäß verheilte so etwas nur langsam.

»Es tut mir so leid, Jungs.« Andrea lag auf der Terrasse des Doktorhauses auf einer bequemen Liege und las in einer Fachzeitschrift. Neben ihr, den Kopf auf den Pfoten, schlief Caro. Sie liebte Andrea, und wann immer Tom mit ihr zu Besuch kam, suchte die Hündin Andreas Nähe.

Es war einer der schönsten Spätsommerabende, die es bislang gegeben hatte. Tom und Chris hatten zu einem gemütlichen Essen eingeladen, jetzt warteten sie auf Markus, Bettina und Richard.

Die Sonne schickte die letzten goldenen Strahlen übers Land, wie goldene Bänder wirkte das Licht, das sich im ruhigen Wasser des Bodensees spiegelte. In den Städten und Dörfern am Ufer herrschte noch reges Treiben, die zahlreichen Touristen genossen den lauen Abend, in den Restaurants und Weinlokalen herrschte Hochbetrieb.

Als Chris herauskam und begann, den Tisch zu decken, wollte Andrea aufstehen. Sie stützte sich ab und schwang die Beine auf die Erde. »Ich helfe dir.«

»Kommt nicht in Frage. Bleib noch liegen. Tom ist ja auch noch lange nicht fertig mit seinem Lammcurry. Wir werden uns sicher an der Vorspeise satt essen müssen.« Er grinste.

»Das hab ich gehört. Du bist ein Banause, Christian Paulsen. Wenn's nach dir ginge, gäbe es laufend Fast Food.« Für einen Moment kam Tom aus der Küche. Er trug eine kurze helle Hose und ein zartgelbes T-Shirt. Auch in diesem lässigen Outfit sah er faszinierend gut aus.

Kurz hob Caro den Kopf, wedelte mit dem Schwanz, blieb aber bei Andrea liegen, die sich wieder zurückgelehnt hatte.

»Man könnte glatt neidisch werden.« Tom kam zum Tisch und trank einen Schluck Sekt, den Chris als Aperitif serviert hatte. Erst vor ein paar Tagen hatte ihnen Bettina zwei Kisten mitgebracht. Der Rosésekt, den sie auf Gut Meiningen erst seit wenigen Jahren produzierten, war ein Kassenschlager und verkaufte sich hervorragend.

»Neidisch? Auf Bettina, die so guten Sekt herstellt?« Chris legte kurz den Arm um Tom.

»Nee. Auf Andrea, die von Caro so sehr geliebt wird.«

»Dafür liebe ich dich mehr als den Hund.« Chris wich lachend zur Seite, als Tom ihm einen Stups gab.

Andrea verfolgte das verliebte Geplänkel, dabei sah sie hinaus aufs Wasser, wo gerade, aufgereiht wie Perlen auf einer Schnur, ein Dutzend Segelboote dahinglitt. Weiter entfernt machte einer der Ausflugsdampfer seine Abendroute. Bunte Lampions beleuchteten das Deck, und ganz schwach konnte man Musik hören, die übers Wasser zu ihnen herüberdrang.

»Es tut mir so leid, dass ich euch den Trip nach Stockholm verdorben habe«, sagte sie.

»Wie kommst du jetzt darauf?«

»Ich hab die Boote gesehen und mir gedacht, dass ihr jetzt durch die Schären schippern könntet, wenn ich nicht verletzt wäre.«

»So ein Unsinn. Stockholm läuft uns nicht weg.« Chris legte ihr die Hand auf die Schulter. »Am wichtigsten ist, dass es dir bald wieder gutgeht.«

»Und Stockholm zur Weihnachtszeit hat bestimmt auch seinen Reiz.« Tom goss noch einmal Wein nach.

»Dann ist es sicher noch viel romantischer als jetzt«, stimmte ihm Chris zu. »Schnee und Eis, Schloss Drottningholm unter einer Schneedecke und die Stadt weihnachtlich geschmückt … Ich kann es mir sehr gut vorstellen.«

»Ihr seid süß!« Andrea schaute die beiden Männer lächelnd an. »Dabei wollt ihr mir nur das schlechte Gewissen nehmen.«

»Quatsch! Hör auf mit dem Gerede. Hier, trink was.« Chris reichte ihr das Glas. »Wenn wir schon nichts zu essen kriegen, müssen wir eben trinken.«

»Soll ich euch schon ein paar Antipasti bringen?«, erkundigte sich Tom. »Wenn ihr Hunger habt ...«

»Unsinn, das war doch ein Scherz«, wehrte Andrea ab.

Ehe Chris widersprechen konnte, meldete sich mit dezentem Klingeln Andreas Handy. Als sie die Nummer auf dem Display erkannte, wollte sie das Gespräch gleich abbrechen, meldete sich dann aber doch.

»Bitte leg nicht auf, Andrea.« Gerhard Gschwendners Stimme klang eindringlich. »Es geht um Ellen ... du weißt schon ...«

»Ja. Und?«

»Sie ist tot. Man hat sie tot neben ihrem Wagen gefunden. Sie war am Bodensee.« Er räusperte sich. »Irgendwann haben die Behörden mich dann angerufen, weil Ellen meine Telefonnummer im Handy gespeichert hatte. Deine übrigens auch.« Er schluckte deutlich hörbar. »Die Polizei wird sich bestimmt noch bei dir melden.«

Andrea brauchte eine Minute, ehe sie antworten konnte. »Ja. Gut. Danke, dass du angerufen hast.«

»Ellen war komplett irre. Sie hat ein Kind entführt.«

Andrea stieß einen unterdrückten Schrei aus. »Sie war das?« Sie richtete sich auf. »Sonja ist mein Patenkind.«

»Man hat wohl Indizien dafür gefunden.« Für zwei, drei Sekunden blieb es still. »Was immer sie damit bezweckt hat – sie war nicht mehr bei Verstand. Und ich habe damit gar nichts zu tun. Das musst du mir glauben. Es tut mir alles sehr leid. Verzeih mir, wenn du kannst.« Er redete rasch, hatte Angst, dass Andrea ihm nicht lange zuhören würde.

»Warum hat sie das getan? Sag, warum?« Tränen schwangen in Andreas Stimme mit.

»Ich weiß es nicht. Vielleicht findet die Polizei eine Erklärung. Ich ... Andrea, lass uns doch noch mal ...«

»Lass mir meine Ruhe, Gerhard, mehr will ich nicht von dir.« Ohne ein weiteres Wort legte Andrea auf.

»Hier, trink einen Schluck.« Chris reichte ihr das Sektglas. »Bist ganz blass geworden. Was ist passiert?«

Sie berichtete, was Gerhard erzählt hatte.

»Das ist ja wirklich verrückt. Sie wird von ihrem Geliebten sitzengelassen und rächt sich an der Frau, die sie selbst betrogen hat.« Er schüttelte den Kopf. »So was kann man nicht als normal bezeichnen.«

»Aber warum Sonja?«

»Keine Ahnung.«

Die Antwort auf diese Frage bekamen sie wenig später von zwei Polizeibeamten, die gleichzeitig mit Markus vorfuhren.

Markus nahm Andrea in die Arme und hielt dann ihre Hand, als die beiden Beamten abwechselnd berichteten, was die Untersuchungen ergeben hatten.

»Zunächst mal das Medizinische – soweit der Pathologe schon etwas sagen konnte.« Der ältere der Polizeibeamten zog einen Zettel aus der Jackentasche und las vor: »Sie hat eine massive Gehirnblutung gehabt, daher resultierten wohl starke Kopfschmerzen, die mit Tabletten betäubt wurden.«

»Woher kam die Blutung?«, wollte Chris wissen.

Der Beamte zuckte mit den Schultern. »Davon steht hier nichts.«

»Ich könnte mir denken, dass es Spätfolgen des Unfalls waren«, meinte Andrea. »Wenn es zunächst nur eine Sickerblutung war, die nicht erkannt wurde, dann könnte sich nach und nach dieses große Hämatom gebildet haben.«

»Das mag sein. Und dann haben wir noch die Auswertungen der Handydaten …« Er überflog die Liste und sagte dann, an Andrea gewandt: »Die Tote hat Ihnen Drohungen geschickt, nicht wahr?«

Andrea nickte.

»Tja, und dann hat sie Sie wohl beobachtet, als Sie nach Nonnenhorn zum Weingut gefahren sind. Ein Zettel mit der Adresse der Meiningens lag in ihrer Brieftasche.« Ehe Andrea oder jemand anderer etwas einwerfen konnte, fuhr er fort: »Zwei Gepäckstücke sind sichergestellt worden. Sie waren in einem Schließfach im Bahnhof deponiert.«

»Unglaublich. Einfach unglaublich.« Andrea schüttelte immer wieder den Kopf.

»Frau Häuser war in einer Klinik am Bodensee zur Behandlung«, berichtete der jüngere Polizist. Er war höchstens dreißig und warf seinem Kollegen einen fragenden Blick zu.

»Sag, was man herausgefunden hat«, forderte der ihn auf.

»Nun ja, sie hat sich dort einer plastischen Operation unterzogen, hat die Klinik aber vor Abschluss der Behandlung heimlich verlassen.«

»Sie haben gut recherchiert«, warf Tom ein. »Kompliment.«

»Es war nicht allzu schwierig, da wir ja ihre Daten

hatten. Und in der Brieftasche lagen etliche Zettel mit Notizen.« Er machte eine kleine Pause. »Etwas wirre Notizen, wenn Sie mich fragen.«

Eine Weile sprachen sie noch über Ellens Tod, über ihren wahnwitzigen Versuch, sich an Andrea zu rächen, dann verabschiedeten sich die Beamten.

Bedrückt blieben die anderen zurück.

»Ich hole jetzt eine Flasche vom besten Champagner hoch.« Chris stand auf. »Alles ist gut ausgegangen, niemand, außer der bedauernswerten Ellen Häuser, ist zu Schaden gekommen. Darauf sollten wir trinken und uns den wunderschönen Abend nicht verderben lassen.«

»Eine deiner besten Ideen.« Tom lächelte dem Freund liebevoll zu.

Andrea brauchte allerdings noch eine Stunde, ehe sie zu der vorherigen Lockerheit zurückfand. Später aber, als die Dämmerung hereinbrach und Bettina und Richard kamen, war sie wieder heiter und fröhlich.

51

Nach und nach wurden die Tage kürzer, die Abende, an denen man draußen sitzen und die letzte Wärme des Tages genießen konnte, seltener. Doch noch waren die Orte rund um den Bodensee von vielen Touristen bevölkert, auch der Herbst hatte in dieser Region viel Schönes und Interessantes zu bieten.

Dazu gehörten vor allem die Weinfeste, die überall gefeiert wurden. In Nonnenhorn hatte dieses Fest schon

Tradition, jährlich lockten die Veranstaltungen viele Tausend Besucher an. Zum Ausschank kamen die fünfzig verschiedenen Weine der bayerischen Bodensee-Winzer, die gern auch ihre übrigen Erzeugnisse anboten. Zudem gab es an vielen Ständen köstliche kleine Gerichte. Zum Beispiel Fisch vom Holzkohlegrill oder Kässpätzle.

Es war selbstverständlich, dass sich auch das Weingut Meiningen dieser Tradition anschloss. Tagelang bereiteten Bettina und ihre Angestellten das Fest vor, das für die Region so wichtig war.

»Wir konnten ja leider dieses Jahr beim Festival *Komm und See* nicht mitmachen«, sagte sie bedauernd, als sie zusammen mit Jochen und Johann die Flaschen aussortierte, die sie beim Fest anbieten wollte. »Ich war noch nicht wieder fit, und Richard musste zum Drehtermin. Schade eigentlich, denn ich find's immer toll, den Leuten zu zeigen, wo wir leben und den besten Wein der Region herstellen.«

»Du bist nicht gerade bescheiden.« Jochen lachte.

»Warum auch? Ich finde, wir haben den tollsten Rosé weit und breit. Und die anderen Erzeugnisse sind auch von bester Qualität.«

»Stimmt.« Johann hob eine besonders gute Flasche hoch. »Hiervon sollten wir uns noch was in den Keller legen, Jochen. So einen guten Tropfen gibt's so rasch nicht wieder.«

Bettina nickte. »Stimmt. Die Flaschen bleiben hier. Die öffnen wir bei deiner Hochzeit, Jochen.«

Der junge Winzer schüttelte den Kopf. »Danke, aber das kommt nicht in Frage. Wir trinken den Wein von der Nahe. Schließlich haben wir auch sehr guten Wein.«

Johann nickte. »Vor allem euer Riesling ist hervorragend. Also lass die Familie ruhig ein paar Kisten mitbringen.«

»Das wird meine geizige Schwägerin fuchsen, aber das macht nichts. Mir stehen jährlich hundert Flaschen zu, das hab ich mir damals ausbedungen. Es ist sogar vertraglich festgelegt.« Er verzog den Mund. »Sicher ist sicher.«

»Kluger Junge.« Bettina nickte ihm zu. »Aber wir nehmen trotzdem was von unseren Beständen mit. Schon allein um deine Verwandten davon zu überzeugen, wie qualitätsvoll wir hier arbeiten.«

»Und um zu zeigen, dass du in die Großfamilie Meiningen aufgenommen worden bist«, fügte Johann hinzu.

»Stimmt.« Bettina schloss einen der großen Kartons. »Ich freue mich schon auf eure Hochzeit. Das wird der krönende Abschluss der Saison.«

Jochen grinste. »Meine Mutter hat sich nicht eingekriegt, als ich anrief und sagte, dass ich in wenigen Wochen heiraten würde. Sie hat schon getobt, als ich das mir zustehende Geld haben wollte, um das Haus anzuzahlen.« Er zuckte mit den Schultern. »Mein Bruder war und ist ihr Liebling, und ich kann froh sein, dass ich das Geld meiner Patentante habe, sonst sähe es nicht so gut aus mit dem Hauskauf. Ich habe nie was davon angerührt.« Er hob zwei Kartons in den bereitstehenden Kombi. »Dass ich jetzt hier am Bodensee glücklich geworden bin, wurmt meine Mutter mit Sicherheit.«

»Das kann ich mir nicht vorstellen.« Bettina schüttelte den Kopf. »Jede Mutter freut sich doch über das Glück ihres Kindes.«

Jochen grinste. »Ja. Wenn mein Glück das wäre, das sie sich vorgestellt hat. Aber sie hat sich ein anderes Mädchen für mich in den Kopf gesetzt. Judith vom Nachbarwinzer ist ein blasses, dümmliches Ding. Sie wäre die ideale Schwiegertochter gewesen.«

»Wieso das denn?« Johann Kayser schüttelte verständnislos den Kopf.

»Das liegt doch auf der Hand.« Jochen konnte die Bitterkeit in der Stimme nicht mehr verbergen. »Judith kriegt zwei große Rebhänge als Mitgift, die würden optimal zu uns passen. Außerdem ist sie fügsam, Mutter könnte sie herumkommandieren, wie es ihr gefällt. Mit meiner Schwägerin klappt das nicht, die hat Haare auf den Zähnen und weiß sich zu wehren.«

»Das klingt nicht gerade nach Harmonie«, warf Bettina ein. Sie sah Jochen bedauernd an. »Langsam verstehe ich, warum du nicht mehr an die Nahe zurückwillst.«

»Das ist nur einer der Gründe.« Jochen lächelte jetzt wieder entspannt. »Ich fühle mich hier so wohl wie zuvor noch nirgendwo. Also sollte ich bleiben.«

»Das will ich doch schwer hoffen.« Johann legte ihm die Hand auf die Schulter. »Ich hab zwar nichts zu bestimmen, aber ich denke, dass du mal mein Nachfolger werden könntest. Der Jüngste bin ich nicht mehr, und ich gestehe, dass mir die schweren Arbeiten immer mehr Mühe machen.« Er sah zu Bettina hin, die lächelnd nickte.

»Ich bin deiner Meinung, Johann. Aber darüber reden wir ein andermal. Noch bist du der beste Kellermeister, den ich mir für unseren Betrieb wünschen kann.« Sie lächelte Johann zu. Er war grau geworden in den letzten beiden Jahren, und seit Ottmars Tod noch ein bisschen mehr. Und da Ottmar Johann mehr Freund als Chef gewesen war, fehlte er ihm, zudem plagte ihn das Rheuma immer stärker. Die harte Arbeit im Weinberg hatte Spuren hinterlassen, auch wenn Johann sich das nur ungern eingestand.

»Hört auf, über die Zukunft zu reden. Noch ist Johann fit, und ich muss noch viel lernen.« Jochen hob den letzten Karton hoch. »Ich hab noch nicht mal meinen Abschluss als Weinmacher.«

»Auch so eine Neuerung«, sagte Johann leise vor sich hin. »Früher hieß es Kellermeister, jetzt sind wir Weinmacher. Als würde sich das nicht von selbst verstehen.«

»Du hast recht«, gab Bettina ihm recht. »Und Jochen auch. Er hat noch ein bisschen Zeit – und du auch mit dem Ruhestand.« Sie lächelte ihm zu. »Jetzt bringen wir erst mal den Wein runter zu unserem Pavillon. In drei Stunden fängt das Fest an. Und Andrea und Daniela sind schon unterwegs, um beim Verkaufen zu helfen.«

Die Meiningens hatten in diesem Jahr einen besonders großen Stand, und Bettina war froh, dass die Freundinnen beim Ausschenken von Wein und Sekt helfen wollten.

»Ich muss gleich noch mal zurückfahren und die überbackenen Seelen abholen«, erklärte Johann, nachdem sie beim Pavillon alles ausgeladen hatten. »Die ersten Bleche werden bestimmt fertig sein.«

»Gertrud macht sich mal wieder viel zu viel Mühe«, sagte Bettina. »Drei verschiedene Sorten ... Das hätte nicht sein müssen.«

Gertrud fuhr dieses Jahr nicht mit zum Winzerfest, sie blieb auf dem Gut und passte auf Sonja auf.

Und auch Johann wollte sich nicht lange am Stand des Weinguts aufhalten, die Arbeit überließ er gern den Jüngeren.

»Was sind denn überbackene Seelen?« Jochen runzelte die Stirn. »Davon hab ich noch nie gehört.«

»Das glaube ich dir. Es ist eine schwäbische Spezialität.« Bettina kontrollierte, ob genügend Gläser und Einwegteller vorhanden waren. »Es ist im Grunde eine Art Baguette, dazu kommt eine Mischung aus Schinken, Pilzen und Käse. Oder es gibt die vegetarische Variante mit Quark und Kräutern. Aber man kann die Seelen auch mit einer Lachsmischung bestreichen. Der Phantasie sind keine Grenzen gesetzt.«

»Eigentlich passt alles in den Teig rein, was in der Küche übrig ist«, warf Johann ein. »So hat's meine Mutter zumindest immer gehalten. Heute werden die Seelen oft nur mit einer Masse bestrichen, aber das ist nicht authentisch.«

»Deine Frau macht's also richtig.« Jochen lächelte.

»Klar doch.«

»Sie ist eine Superköchin, das stimmt.«

Bettina lachte. »Ich weiß, warum ich ihr nicht in diesen Bereich reinrede.« Sie wandte sich um, als Andrea und Daniela von hinten an den Stand kamen.

»Sind wir zu spät?«

»Nein, nein, gerade richtig. In einer Stunde fängt das Fest offiziell an.«

»Drüben am Torkel ist schon richtig was los«, erzählte Andrea. Sie wandte sich an Bettina. »Willst du nicht auch hingehen und den Leuten erklären, was es mit dem Nonnenhorner Torkel auf sich hat?«

Doch die Freundin schüttelte den Kopf. »Das überlass ich den alten Winzern, die seit Jahrzehnten hier ansässig sind. Ottmar hat früher gern die Aufgabe übernommen.«

»Und was ist das für ein Ding?« Daniela sah von einem zum anderen. »Ich hab noch nie davon gehört.«

»Und du willst einen Winzer heiraten«, spottete Andrea liebevoll.

»Du wusstest es doch bis vor einigen Monaten auch nicht«, meinte Bettina. Sie wandte sich an Johann. »Erklär du es ihr. Du weißt am besten über unseren Torkel Bescheid.«

Dazu musste man Johann nicht lange auffordern.

»Der Nonnenhorner Torkel wurde im Jahr 1591 errichtet«, begann er zu erzählen. »Bis 1955 wurden darin Trauben gepresst. Man sagt, dass die Trauben mit vierhundert Zentnern Gewicht belastet wurden. Das war ein zeitraubendes, aber effektives Pressen damals. Es gab sogar einen Torkelmeister, der sich nie von der Presse entfernen durfte.«

»Der Baumstamm ist riesig«, warf Jochen ein. »Ich hab's mir mal angesehen.«

»Es sind drei riesige Stämme, die man verarbeitet hat«, korrigierte Johann. »Es ist tatsächlich ein Riesending. Seit etwa fünfzig Jahren steht der Nonnenhorner Torkel unter Denkmalschutz.«

»Den muss ich mir anschauen«, meinte Daniela.

»Den zeig ich dir auch noch.« Jochen gab ihr einen raschen Kuss. »Aber jetzt geht's erst mal los mit dem Fest. Die ersten Gäste sind schon da.«

Sie arbeiteten bis zum Abend. Etliche Tausend Besucher schlenderten durch den malerischen Ort am Bodensee, und viele ließen sich von den kulinarischen Köstlichkeiten, die überall angeboten wurden, verwöhnen.

Auch die überbackenen Seelen, die Gertrud in Mengen hergestellt hatte und die Johann noch zweimal nachlieferte, fanden reißenden Absatz.

Andrea und Daniela, Bettina und Jochen hatten alle Hände voll zu tun, Wein, Sekt oder Säfte auszuschenken.

»Schade, dass Markus keine Zeit hat, er wäre noch perfekter als wir«, meinte Andrea und lehnte sich kurz an eines der Fässer, die zur Dekoration aufgebaut worden waren. Ihre Rippen schmerzten immer noch ein wenig, und sie hätte sich zu gern ausgeruht, doch das gestattete sie sich nicht. Noch kamen viel zu viele Kunden an den Stand.

»Gleich kommt Richard. Der kann dich ablösen.« Bettina sah kurz auf die Uhr. »Eigentlich müsste er schon hier sein.«

Richard war gestern zu einer Talkshow nach München gefahren, hatte jedoch versprochen, am frühen Abend zurück zu sein.

»Hat er nicht Sorge, dass er von zu vielen Fans belästigt wird, wenn er hier Wein ausschenkt?«, fragte Daniela.

Bettina lachte. »Was soll's? Es ist vielleicht verkaufsfördernd. Und er macht es gern. Schließlich ist er offiziell Herr von Gut Meiningen.«

»Ja dann …« Sie wandte sich an einen alten Herrn, der zwei Gläser Grauburgunder orderte.

»Darf's sonst noch was sein?«

Der Kunde schaute sich um. »Wo ist denn der Richard? Der ist doch sonst immer dabei.«

»Er kommt sicher gleich.«

»Dann komm ich gleich noch mal her. Meine Frau ist ganz wild auf ein Autogramm von ihm.« Er zwinkerte

Bettina zu. »Verstehen Sie, was die Weiber an ihm finden?«

»Ich schon.« Sie lachte. »Ich bin mit ihm verheiratet.«

»Ja dann! Dann sollten Sie aufpassen, dass er Ihnen nicht mit einer Verehrerin davonläuft.«

»Tut er nicht.« Bettina goss die Gläser besonders voll. »Zum Wohl.«

»Danke.«

Der alte Herr war noch keine fünf Minuten fort, da ging ein Raunen durch die Menge. Die meisten der Touristen erkannten Richard, der an den Stand kam und Bettina mit einem liebevollen Kuss begrüßte.

»Tut mir leid, dass ich so spät bin, aber ich stand im Stau.«

»Jetzt bist du ja da.« Sie öffnete eine Flasche Sekt. »Möchtest du einen Schluck?«

»Gern.«

Er hatte das Glas noch nicht geleert, als die ersten Frauen an den Pavillon kamen und ein Autogramm von ihm verlangten.

»Hallo, Richard!« Einer der Winzer vom Nebenstand winkte ihm zu. »Das ist unlauterer Wettbewerb, das weißt du schon, gell?« Er lachte.

»Ich komm gleich mal zu dir rüber, Elmar!«, rief Richard zurück.

»Mach das. Und bring deine Fans mit! Ich kann noch Kunden brauchen.«

Richard antwortete nur mit einem kurzen Winken. Elmar und er waren zusammen zur Schule gegangen und hatten früher so manchen Streich ausgeheckt. Heute war Elmar einer der größten Winzer der Gegend, zudem betrieb er eine florierende Pension.

Bevor er aber zu dem alten Freund hinübergehen

konnte, musste Richard noch einige Autogramme schreiben und sich für Selfies zur Verfügung stellen. Gut eine Stunde lang kümmerte er sich um die zumeist weiblichen Fans, dann begab er sich in den rückwärtigen Bereich des Pavillons.

»Was zu viel ist, ist zu viel«, meinte er. »Ich hab schon Schmerzen in den Wangenmuskeln vom ständigen Lächeln.«

»Du Ärmster!« Bettina, die ihm gefolgt war, schmiegte sich für einen Moment in seine Arme. »Fahr doch schon zurück zum Gut. Wir kommen in spätestens zwei Stunden nach.«

»Nein, nein, ich bleibe schon noch.« Richard gab ihr einen Kuss. »Ich hole mir was zu essen. Seit dem Frühstück hab ich nichts Gescheites mehr zwischen die Zähne gekriegt.«

»Es sind leider nur noch zwei kleine überbackene Seelen da.«

»Sie *waren* da.« Richard wies auf einen kleinen Jungen, der gerade mit dem Gebäck in der Hand den Stand verließ.

»Tja, dann musst du dich anderweitig satt machen. Ich gehe wieder nach vorn.«

Andrea sah ihr mit einem gequälten Lächeln entgegen. »Hat Richard keine Lust mehr, sich den Fans zu stellen?«

»Nein, er hat Hunger, und du weißt ja, dass das wichtiger ist als alles andere.«

Andrea nickte nur. Sie fühlte sich nicht ganz wohl, und die verschiedensten Essensgerüche, die sie umgaben, steigerten die Übelkeit, die immer wieder für ein paar Sekunden in ihr aufsteigen wollte, noch mehr. Außerdem nahmen die Schmerzen in der Seite zu.

»Ruh dich aus, du siehst gar nicht gut aus«, sagte Bettina und sah die Freundin besorgt an.

»Es ist nichts. Nur die Rippen …« Andrea biss sich sekundenlang auf die Lippe. Hin und wieder, wenn sie sich anstrengte, spürte sie noch die Verletzungen. Vom Nebenstand, wo bisher nur Würstchen, Salate und Raclette serviert worden waren, stieg plötzlich der Geruch nach gegrilltem Fisch auf.

»O nein!« Sie konnte gerade noch ein paar Meter in ein nahes Gebüsch laufen, dann musste sie sich übergeben. Sie taumelte ein wenig und war dankbar, dass Bettina neben ihr stand und sie stützte.

»So was …« Sie schüttelte leicht den Kopf. »Das ist mir ja noch nie passiert.«

Bettina lächelte. »Vielleicht solltest du in den nächsten Tagen mal einen Gynäkologen aufsuchen.«

»Was?« Andrea schüttelte den Kopf. »Unmöglich!«

»Warten wir's ab!«

52

Seit anderthalb Stunden regnete es. Wie ein grauer undurchdringlicher Schleier fiel das Wasser vom Himmel, vertrieb jeden von der Straße, der nicht unbedingt hinaus musste.

Andrea verabschiedete den letzten Patienten, einen riesigen Rottweiler-Rüden in Begleitung eines jungen Polizeibeamten. Der Hund hatte gerade die Schutzhundprüfung III mit Bestnote bestanden. Sein Besitzer, ungemein stolz auf die Leistung seines Tieres, war nur in die Praxis gekommen, um eine kleine Wunde am linken Hinterbein behandeln zu lassen, die sich leider entzündet hatte. Es war keine schwerwiegende Verletzung, doch Andrea hatte die Wunde gesäubert und eine antiseptische Salbe aufgetragen, die noch drei, vier Tage lang aufgestrichen werden sollte.

»Danke, Frau Doktor.« Der Polizeibeamte tippte sich kurz an die Stirn, dann liefen Herr und Hund durch den Regen davon.

Für ein paar Minuten blieb Andrea an der Tür stehen, dann ging sie in die Ordination zurück und stellte sich ans Fenster, schaute hinaus auf den See, dessen Wasser heute grau und trüb wirkte. Weiter im Süden, in Richtung Alpen, zuckten Blitze auf, eins der Sommergewitter kündigte sich an.

»Wenn du zu Markus willst, kannst du ruhig schon fahren.« Chris kam aus seinem Behandlungsraum und legte ihr den Arm um die Schultern. »Wie fühlst du dich?«

Lächelnd drehte sich Andrea zu ihm um. »Gut. Wieso fragst du?«

»Na ja … Du warst heute Morgen beim Arzt.«

Andrea umarmte ihn. »Eigentlich sollte Markus der Erste sein, der es erfährt. Aber jetzt bist du es eben.« Sie legte den Kopf ein wenig in den Nacken. »Du wirst, wenn du magst, Patenonkel.«

»Was?!« Christian Paulsen schrie es gegen das Donnergrollen an. »Du kriegst … du bist …«

»Schwanger. Ja.«

»Ich fass es nicht! Das ist ja wundervoll.« Behutsam küsste er sie auf die Wange. »Du darfst auf keinen Fall mehr die Großtiere behandeln. Das ist viel zu anstrengend.«

»Hör auf mit dem Unsinn!« Andrea lachte. »Ich bin schwanger, nicht krank. Und solange es eben geht, mache ich meinen Job weiter wie zuvor.«

»Das werden wir ja noch sehen!« Chris bemühte sich um einen strengen Ton.

»Werden wir.« Sie machte sich lachend frei. »Und jetzt fahre ich wirklich los, wenn du gestattest.« Flüchtig sah sie zur Uhr. »Die Praxis ist zwar noch eine Viertelstunde lang geöffnet, aber ich glaube nicht, dass noch jemand kommt.«

»Ich bin ja da. Und Daniela bleibt sicher länger, falls es notwendig sein sollte.«

»Wo ist sie überhaupt?«

»Bei unseren stationär aufgenommenen Patienten.«

»Grüß sie … aber sag ihr noch nichts, bitte.«

»Natürlich nicht. Und jetzt hau ab! Aber fahr vorsichtig. Oder soll ich …« Er brach ab, als Andrea ihn lachend auf den Arm schlug.

»Hör sofort auf damit! Sonst ziehe ich morgen schon zu Markus.«

»Du wirst mich sowieso über kurz oder lang verlassen.« Chris verzog das Gesicht. »Markus renoviert ja schon.«

»Ich bin aber doch jeden Tag hier. Keine Angst, wir bleiben Partner, auf jeden Fall.« Sie strich ihm liebevoll über die die stoppelige Wange. »Und jetzt fahre ich los, ehe das Gewitter direkt über uns ist.«

»Und ich muss unbedingt Tom anrufen und ihm die Neuigkeit erzählen.« Chris strahlte, als würde er Vater werden. »Der wird neidisch werden, da bin ich sicher.«

»Wieso das denn?«

Für einen kleinen Moment verdunkelte sich Chris'

Miene. »Er wünscht sich doch auch Kinder. Aber ich denke darüber anders. Wir haben ja noch nicht mal ein gemeinsames Zuhause, und Zeit für ein Kind hat keiner von uns.«

»Dann kriegt mein Baby eben noch einen Patenonkel.« Andrea lächelte ihn an. »Das kannst du ihm ja schon versprechen. Falls er überhaupt will.«

»Dafür garantiere ich. Aber jetzt mach, dass du wegkommst, sonst wirst du klatschnass.«

Andrea nickte. Er hatte recht, das Unwetter kam bedrohlich rasch näher.

Sie erreichte das Hotel gerade noch rechtzeitig, ehe das Gewitter sich mit voller Macht über dem Lindauer Seebereich entlud. Kurz sah sie zu den Weiden hin, doch das Pferd und die Esel waren bereits vorsorglich in ihre Ställe gebracht worden. Nur die Schafe grasten unverdrossen vor sich hin, ihnen schienen Wind und Wetter nichts auszumachen.

Markus saß im Büro und vervollständigte die Bestellliste für den kommenden Tag. Die Hotelküche benötigte täglich frische Ware, und auch Getränke mussten nachgeordert werden.

»Liebling! Wie schön, dass du schon da bist.« Er stand auf und küsste Andrea.

»In der Praxis war nichts mehr los, und da dachte ich, ich komme einfach früher als verabredet her. Oder störe ich dich?«

»Nie. Ich schicke nur eben die Bestellung los, den Rest mache ich morgen.« Er wies auf einen kleinen Stapel, der links vom Computer in einer Ablagebox lag. »Die Rechnungen begleiche ich morgen erst.«

»Und ungern wie immer.« Andrea schmunzelte.

»Wer zahlt schon gern Rechnungen. Aber frische

Wäsche muss ebenso sein wie frische Ware für die Küche.« Er stellte den Computer aus. »Feierabend. Jetzt bin ich ganz für dich da.«

Eng umschlungen gingen sie hinüber ins Wohnhaus, das schon fast fertig renoviert war. Die Küche und das Treppenhaus hatten einen neuen Anstrich bekommen, neue Schlafzimmermöbel waren geliefert worden. Im Wohnzimmer, dessen Möblierung genau Andreas Geschmack entsprach, wollte sie nichts verändert haben. Sie mochte die hellen Ahornmöbel, den halbrunden Glastisch und die beiden antiken kleinen Kommoden aus Kirschholz, die einen guten Kontrast bildeten.

Der helle Parkettboden glänzte, er war frisch abgeschliffen und versiegelt worden. Allzu viele Teppiche mochte Andrea nicht darauflegen, doch die beiden Seidenbrücken, die sie sich vor Jahren in München gekauft hatte, würden sehr gut in den Raum passen.

Auf einem ovalen Beistelltisch gleich neben der Balkontür stand ein herrlicher Strauß Rosen.

»Sind die schön!« Andrea roch an den hellgelben Blüten, die einen zarten Duft verströmten.

»Eigentlich sollte ich dir rote Rosen schenken, aber ich weiß, wie sehr du gerade diese Farbe liebst.« Markus trat hinter sie und legte ihr die Arme um die Taille. »Ich kann's kaum erwarten, dass du bei mir einziehst.«

Langsam, ohne sich aus seinen Armen zu lösen, drehte sich Andrea um. »Mir geht es ebenso. Aber es gibt da noch etwas, das wir ändern müssen.« Es blitzte in ihren Augen auf.

»Und das wäre? Du kannst alles so gestalten, wie du möchtest, das weißt du.«

»Tja …« Andrea legte den Kopf leicht schräg. »Ich

finde schon, dass wir gemeinsam überlegen sollten, ob wir das Kinderzimmer im ersten Stockwerk oder neben unserem Schlafzimmer einrichten.«

»Kinderzimmer?«

»Ja. Wir werden eins brauchen.« Sie strahlte ihn an – und endlich begriff Markus.

»Liebling! Du bist … wir bekommen …« Vor lauter Glück war er sprachlos. Strahlend hob er Andrea hoch und wirbelte sie durchs Zimmer. »Wie wundervoll! Ein Baby! Ich werd verrückt.« Endlich ließ er sie wieder auf den Boden gleiten, doch nur, um sie gleich darauf zu küssen. »Verzeih, ich war viel zu ungestüm.«

»Ach was!« Sie lachte und umarmte ihn. »Ich bin nicht plötzlich aus Porzellan, nur weil ich schwanger bin.«

»Ich kann's noch gar nicht fassen.« Immer und immer wieder küsste Markus sie. Er war außer sich vor Freude.

Andrea atmete insgeheim auf. Ein wenig Angst hatte sie schon davor gehabt, ihm von der Schwangerschaft zu erzählen, die nun wirklich nicht geplant gewesen war. Dass er jetzt so überschwänglich reagierte, war einfach wunderbar.

»Ich hab noch eine Flasche Roederer Cristal im Kühlfach liegen. Der Champagner für die ganz besonderen Fälle. Die trinken wir jetzt.«

Andrea nickte. »Ich aber nur einen Schluck.«

»Stimmt ja! Ich Ignorant.« Er schlug sich an die Stirn.

»Du wirst dich noch dran gewöhnen.«

Andrea trank wirklich nur ein halbes Glas vom köstlichen Champagner. »Auf uns.«

»Auf dich, Liebling. Und auf das Baby.« Markus

umfing Andrea mit einem langen Blick. »Du ahnst gar nicht, wie glücklich du mich machst. Ein Kind … Das hab ich mir immer gewünscht.«

»Wahrscheinlich einen Sohn.« Sie lachte. »Damit das Hotel einen Erben bekommt.«

»Das muss gar nicht sein. Ich nehme auch eine Prinzessin, die genauso selbstbewusst sein darf wie ihre Mutter.«

»Danke.«

Sie saßen eng umschlungen im Wohnzimmer und sahen hinaus ins tobende Unwetter. In rascher Folge zuckten Blitze über den Himmel, gefolgt von heftigen Donnerschlägen.

Niemand war mehr auf dem See, alle kleineren Boote waren schon längst in die Häfen gefahren worden, und auch die Linienschiffe kreuzten jetzt nicht mehr durchs dunkle schäumende Wasser.

Wer die Gefahr, die der Bodensee barg, nicht kannte, war überrascht von der Gewalt, mit der das Wasser gegen die Ufer schlug, von der Wucht der Wellen, die häufig mannshoch wurden.

Eine halbe Stunde lang tobte sich das Gewitter über dem See aus, dann verzogen sich die dunklen Wolken so rasch wieder, wie sie gekommen waren.

Markus öffnete die Balkontür und ließ die kühle frische Luft ins Zimmer.

»Sag, wenn's dir zu kalt wird.«

»Ach was.« Andrea lachte. »Fang nur nicht an, mich in Watte zu packen, das halte ich nicht aus. Mach mir ein Käsebrot, das wäre toll.«

»Kommt sofort. Auch ein paar Gurken dazu?« Er lachte. »Schwangere mögen doch Saures, oder?«

Andrea zuckte mit den Schultern. »Ich hab's noch

nicht ausgetestet. Ich weiß nur, dass mir Fischgeruch im Moment zuwider ist.«

»Dann also Käse.« Markus lachte. »Du machst es einem leicht, dich zu verwöhnen.«

»Das sag nicht so leichtfertig dahin.« Andrea lehnte sich auf der bequemen Couch zurück. »Eine Schwangerschaft dauert neun Monate, und wer weiß, was noch alles passiert.«

»Mir egal.« Markus beugte sich über sie, um sie noch einmal zu küssen. »Ich finde alles, was jetzt passiert, einfach nur wundervoll.«

53

Herbstleuchten am Bodensee! Die Region ums bayerische Meer zeigte sich im frühen Herbst von der allerschönsten Seite. Helle Tage und warme Abende, die man am See verbringen konnte, verwöhnten die Touristen, aber auch die Winzer und Obstbauern waren glücklich über die Sonnentage, die den Reben die letzte Süße verliehen.

In den Weinbergen wurde mit Hochdruck gearbeitet, und auch die Obstbauern waren rund um die Uhr beschäftigt. Die Touristen hingegen genossen Spaziergänge am Seeufer entlang, besuchten Weinfeste oder die Inseln Reichenau und Mainau.

Auf der Mainau blühten Astern und Dahlien in verschwenderischer Pracht, es war ein Genuss fürs Auge, an den duftenden Rabatten und Beeten entlangzuschlendern und die bunte Vielfalt zu bewundern.

Bettina Meiningen dachte flüchtig an diese Zeit auf der Mainau zurück, während sie durch die Reben ging und Trauben schnitt.

»Das wird mit Sicherheit ein Spitzenjahrgang«, sagte sie und dehnte kurz den schmerzenden Rücken. Seit einer Woche ernteten sie jetzt die besten Trauben für den Sekt, den sie herstellen wollten. »Das werden unsere Meisterstücke«, hatte der verstorbene Ottmar Meiningen zu sagen gepflegt, wenn er die ersten Trauben für den prickelnden Sekt kelterte. Für ihn, wie für alle Winzer, war es Jahr für Jahr wieder aufregend gewesen, die ersten Proben eines jungen Weins zu nehmen.

»Die Müller-Thurgau-Trauben drüben vom westlichsten Hang müssen auch runter. Damit sind wir übermorgen spätestens fertig. Der Behang an diesen Stöcken ist ganz toll«, erklärte Jochen.

»Das stimmt. Solch einen Ertrag hatten wir in den Jahren, in denen ich auf Gut Meiningen lebe, noch nicht.« Sie sah zu Richard hinüber, der mit zwei Saisonarbeitern etliche Meter entfernt arbeitete. Er trug zum hellen T-Shirt eine blaue Latzhose und einen alten, ausgefransten Strohhut. Niemand hätte in ihm den berühmten Schauspieler Rick Meinhard vermutet.

Johann bemerkte ihren Blick. »Der Richard kann's immer noch, und er scheut die Arbeit im Weinberg auch nicht. Ist aber auch kein Wunder, seit frühester Jugend ist er mit in die Reben gegangen. Die Arbeit verlernt man nicht.«

»Das stimmt.« Bettina leerte die nächste Hotte in den Transportwagen. Sie arbeiteten gerade an einem Steilhang, die Lese an diesem Weinberg musste komplett per Hand durchgeführt werden.

Kurz schaute sie zu Jochen hin, der noch schneller arbeitete als sie selbst. Er war seit fünf Uhr auf den Beinen, doch der junge Mann zeigte noch keine Müdigkeit. Er schuftete für zwei, dabei strahlte er immerzu, denn während er mit der Weinlese beschäftigt war, arbeitete Daniela in der Tierarztpraxis und bereitete in jeder freien Minute zusammen mit Andrea die Hochzeit vor. Die Hochzeitseinladungen an ein gutes Dutzend Verwandte und Freunde aus Jochens Heimat waren verschickt worden und natürlich auch an die neuen Freunde aus Nonnenhorn und Lindau.

Daniela hatte nur zwei Schulfreundinnen eingeladen, Verwandte besaß sie keine mehr. Umso glücklicher war sie, bald eine eigene Familie gründen zu können.

»Wir sollten uns beeilen, es wird immer schwüler«, sagte Bettina und wischte sich über die Stirn. Ihr war auf einmal elend, die Reben verschwammen für Sekunden vor ihren Augen. Doch dann war es wieder vorbei, und sie arbeitete weiter.

»Es gibt aber kein Gewitter«, warf Johann ein, der gerade mit dem Traktor herangefahren kam, um die gefüllten Bottiche aufs Weingut zu fahren. Er stellte den Traktormotor ab und stieg dicht neben Bettina ab. Prüfend sah er sie an. »Du bist ganz blass. Setz dich mal lieber hin und mach eine Pause.«

»Kommt ja gar nicht in Frage. Ich bin ganz fit.«

Sie schüttete eine weitere Bütte in einen der großen Behälter, die auf der Ladefläche des Traktoranhängers stand. In dem Moment, in dem sie sich wieder umdrehen wollte, erfasste sie ein solch heftiger Schwindel, dass sie mit einem kleinen Seufzer zu Boden sank.

»Bettina!« Johann schrie auf. Er drehte sich um und winkte aufgeregt. »Richard! Hierher! Bettina!«

Seiner Stimme hörte man die Panik an, und Richard ließ die volle Bütte, die er auf dem Rücken trug, achtlos fallen und rannte zu Bettina.

»Meine Güte, regt euch nicht auf.« Sie war schon wieder bei Besinnung und griff nach der ausgestreckten Hand ihres Mannes. »Mir geht's schon wieder gut. Es war wohl die Hitze.«

Richard schaute sie skeptisch an. »Du bist noch ganz blass, Liebes. Komm, ich bring dich ins Haus.«

»Ach was!« Sie winkte ab. »Ich bin wieder ganz okay, mach dir keine Sorgen.«

Doch im Lauf des Tages musste sie sich eingestehen, dass doch nicht alles in Ordnung war. Ihr wurde mehrfach leicht schwindelig, wenn sie auch nicht noch mal die Besinnung verlor.

Nach dem Abendessen, das sie alle zusammen einnahmen, ging sie ins Bad und schloss sich für ein paar Minuten ein. Den Schwangerschaftstest hatte sie sich bereits vor einigen Tagen besorgt, ihn aber noch nicht benutzt.

Jetzt aber ... Ein Lächeln glitt über ihr Gesicht, als sie sah, dass der Test positiv war.

Richard saß noch draußen auf der Hausbank und trank ein Glas Rotwein. Leise ging sie hinaus zu ihm. Er hatte die Beine weit von sich gestreckt und hielt die Augen geschlossen.

»Hey du.« Er hatte sie gehört und streckte die Hand nach ihr aus. »Komm her.« Er zog sie auf den Schoß. »Geht's dir wieder besser?«

Sie schmiegte sich an ihn. »Sehr gut geht's mir sogar.«

»Super. Hier, trink einen Schluck.«

Sie schüttelte den Kopf. »Nein, danke, lieber nicht.«

»Aber der ist ganz mild. Ganz wie du ihn magst.«

»Nein, keinen Wein für mich.« Sie schob das Glas ein Stück zur Seite. »Für die nächsten Monate werde ich wohl auf Wein verzichten. Und Johann und Jochen müssen den jungen Wein allein probieren. Schade eigentlich.« Ein kleines, glückliches Lachen folgte.

Richard brauchte ein paar Sekunden, ehe er begriff.

Strahlend sah er sie dann an, küsste sie zärtlich, ehe er sich versicherte: »Ist es wahr? Wir bekommen ein Baby?«

Bettina nickte und strahlte ihn an.

»Mein Gott, ist das herrlich!« Er verteilte viele kleine verliebte Küsse über ihr Gesicht. »Ich liebe dich. Ich liebe, liebe, liebe dich.«

»Und ich liebe dich.«

Eng umschlungen saßen sie noch eine Weile auf der Bank und sahen über die liebliche Landschaft hinweg bis zum See. Sie genossen diese Augenblicke mit allen Sinnen, denn sie wussten, dass sie gerade wieder das erlebten, wofür wir Menschen leben: für Momente größten Glücks!

54

»Du bist total verrückt, Tom. Was schleppst du denn jetzt wieder an?« Chris sah kopfschüttelnd zu, wie Tom einen riesigen Teddy und eine große Holzeisenbahn aus dem Auto wuchtete.

»Ich konnte einfach nicht widerstehen.« Tom grinste. »Ich kann's kaum erwarten, das Baby im Arm zu halten.«

»Du bist aber nicht der Vater, vergiss das nicht. Außerdem, was soll die Eisenbahn? Wenn's ein Mädchen wird …«

»Dann hat es vielleicht auch Spaß dran. Wir leben im Zeitalter der Emanzipation. Vorbei die absolute Geschlechtertrennung beim Spielzeug.« Er schob sich an Chris vorbei ins Haus. »Die Eisenbahn können wir im Garten fahren lassen. Das ist auch was für Mädchen. Ich wollte auch immer so eine Bahn haben, hab sie aber nie gekriegt.«

»Ach so! Dann sind das alles Geschenke für dich. Willst du den Teddy mit ins Bett nehmen? Du, das wird eng.«

»Lieber den Teddy im Bett als einen alten Querulanten.«

»Damit meinst du nicht mich, oder?«

Tom zuckte mit den Schultern. »Möglich ist alles.«

»Na warte!« Sekunden später küssten sie sich, und Chris bewies seinem Freund, dass er alles andere als alt war.

»Wo willst du das alles abstellen?«, fragte er, nachdem sie sich schwer atmend voneinander gelöst hatten.

»Erst mal im Keller. Ich hab auch schon einen tollen Stubenwagen gesehen.«

»Nix da. Der wird nicht gekauft, bevor das Kind nicht gesund auf der Welt ist. Da sind Andrea und ich uns einig.«

»Ihr seid abergläubisch?« Tom lachte. »Und das im 21. Jahrhundert!«

»Das ist uns egal.« Von den beiden unbemerkt war Andrea aus der Ordination gekommen. Den weißen kurzen Kittel, den sie meistens während der Sprechstunde trug, hatte sie schon aufgeknöpft. »Chris hat recht, es gibt weder einen Stubenwagen noch einen Kinderwagen vor der Geburt. Das kann man alles innerhalb von wenigen Stunden besorgen.« Noch ehe Tom etwas einwenden konnte, fügte sie hinzu: »Der Stubenwagen ist bestellt, doch der wird erst geliefert, wenn das Kind da ist. Keine Diskussion.«

»Und ich hab gedacht, du bist eine moderne, emanzipierte Frau.«

»Bin ich ja auch. Aber es gibt eben Ausnahmen.« Sie legte den Kittel zur Seite. »Seid nicht böse, aber ich hab's eilig. Markus und ich wollen zur Mainau fahren und uns da die historische Zitrussammlung ansehen.«

»Das ist ein tolles Erlebnis!« Tom verdrehte kurz die dunklen Augen. »Gerüche wie in Italien. Der Duft der Limetten ist berauschend, du wirst sehen.«

»Bring ihm 'ne Tüte davon mit, vielleicht wird er dann wieder normal.« Chris versetzte seinem Freund einen Rippenstoß.

»Ignorant.«

»Danke! Ich liebe dich auch.«

»Schönen Tag noch, ihr zwei.« Lachend ging Andrea zu ihrem Wagen. Es war Mittwoch, die Praxis am Nachmittag geschlossen.

In Markus' Hotel hingegen herrschte reger Betrieb, als Andrea auf den Parkplatz fuhr. Ein paar Kinder standen an der Koppel und versuchten, sowohl die Esel als auch das Pferd anzulocken.

»Die Kinder wollen die Esel unbedingt streicheln.« Einer der Väter kam auf Andrea zu. »Sie gehören doch zum Hotel, oder? Gibt es keine Möglichkeit dazu? Oder zum Reiten?«

Sie schüttelte den Kopf. »Da drüben sind Kaninchen, die sind ideal zum Streicheln«, erwiderte sie. »Die Esel sind hin und wieder tückisch, das würde ich nicht empfehlen. Aber die Kaninchen sind es gewöhnt, angefasst zu werden. Die kann man sogar auf den Arm nehmen.«

»Das ist eine Alternative!« Der junge Vater wirkte erleichtert.

Noch ehe Andrea zum Wohnhaus hinübergehen konnte, kam ihr Markus entgegen.

»Da bist du ja endlich!« Sein Kuss wollte kein Ende nehmen.

»Kannst du wirklich weg von hier?« Andrea wies auf die vollbesetzte Terrasse.

»Kein Problem, meine Leute haben alles im Griff. Wir beide erobern jetzt die Mainau.«

Schon eine knappe halbe Stunde später schlenderten sie an blühenden Beeten entlang zum Schloss hinüber. Seit etlichen Jahren wurde im weitläufigen Schlosshof die historische Zitrussammlung ausgestellt.

»Ich hab mich extra noch mal schlau gemacht«, sagte Markus und wies auf die duftenden Sträucher und Bäume, die geschmackvoll über den ganzen Platz hinweg arrangiert worden waren. »Die Zitrusgewächse haben auf der Mainau Tradition. Schon 1866 brachte ein Großherzog die ersten Exemplare auf die Insel. Und Graf Bernadotte hat dann nach und nach die Sammlung erweitert.«

»Interessant.« Andrea schnupperte. »Man bekommt gleich das richtige Mittelmeer-Feeling.«

So ähnlich empfanden es viele Besucher, denn die Ausstellung war gut besucht. Schon von weitem lockten die goldenen und gelben Früchte der verschiedenen Zitrussorten die Besucher an.

»Die Hochstämmchen hat Bettina auch mal gepflegt, das hat sie mir erzählt.« Andrea wies auf etliche Limettenbäume, deren hellgrüne Früchte sich von den Pampelmusen, Zitronen und orangefarbenen Pomeranzen deutlich abhoben.

»Pomeranzen kenne ich ja noch«, meinte Andrea und zeigte auf die gelben Früchte. »Aber was sind Zedraten? Sie sehen aus wie Zitronen mit Knoten auf der Haut.«

Markus lachte. »Das sind im Grunde die ersten Früchte, die nach Europa exportiert wurden. Leider sind sie in Vergessenheit geraten. Zumindest bei uns. In den südlichen Ländern werden sie angebaut, das Fruchtfleisch hauptsächlich zu Zitronat verarbeitet.«

»Was du alles weißt!«

Er legte den Arm um ihre Schultern und lachte. »Ich sagte doch schon: Ich hab mich schlau gemacht.«

Eng umschlungen gingen sie weiter, bewunderten die Pflanzen, von denen einige sogar aus den Gärten der Medici stammten.

»Die Kübel sind auch schon etwas Besonderes«, stellte Andrea fest. »Sie sehen aus wie die Pflanzgefäße in Versailles.«

»Warst du mal dort?«

»Ja, vor einer kleinen Ewigkeit.«

»Aber es stimmt, die Gefäße sind denen aus Versailles nachempfunden.« Er wies aufs imposante Barockschloss. »Willst du dich da ausruhen?«

»Lieber nicht. Hier draußen ist es viel schöner.« Sie atmete tief ein und aus. »Der Duft ist berauschend.«

»Da hätte ich in meinem Schloss auch was zu bieten, das dich berauschen könnte«, raunte er ihr zu. »Kommst du dahin mit?«

»Sofort!« Ein sehnsüchtiger Glanz stand in ihren Augen, und sie schmiegte sich an ihn.

»Du weißt, ich erfülle dir jeden Wunsch.« Seine Stimme klang dunkel vor Leidenschaft.

Die ersten blauen Schleier der Nacht legten sich über den See, als sie heimfuhren. Die Bergspitzen der Ostalpen waren noch von einem zarten rotgoldenen Schein umgeben, doch von der Sonne, die die Region am Tag verwöhnt hatte, war nichts mehr zu sehen.

Leichter Wind war aufgekommen und rauschte in den drei alten Kastanien, die im Gastgarten des Hotels standen. In monotonem Rhythmus schlugen die Wellen des Sees an den feinen Kiesstrand, ließen die Tretboote und Paddelboote, die am hauseigenen Steg vertäut waren, auf und ab hüpfen.

Die beiden Schwanenpaare, die etliche Meter vom Ufer entfernt zu sehen waren, genossen die Ruhe, die sich endlich über den See senkte, ebenso die vier Entenfamilien, die einen letzten Ausflug mit ihren Jungen machten.

Markus parkte dicht vor seinem Privathaus und half Andrea beim Aussteigen.

»Komm, ehe mich noch einer der Angestellten sieht und irgendeine Frage hat, die mich jetzt ganz und gar nicht interessiert.«

»Und was interessiert dich?« Sie lächelte kokett.

»Nur du. Ausschließlich du.« Er zog sie mit sich ins Haus, und kaum war die Tür hinter ihnen ins Schloss gefallen, küssten sie sich lange und leidenschaftlich.

»Komm …« Markus führte sie ins Schlafzimmer. Langsam, fast andächtig zog er sie aus und küsste jeden Zentimeter ihrer Haut.

Andrea lag mit geschlossenen Augen da und genoss

seine Zärtlichkeiten. Kleine Schauder der Erregung durchfuhren sie, und sie streckte die Hand nach Markus aus.

»Komm zu mir. Ich halt's kaum noch aus.«

»Gleich.« Er lachte, küsste sie, streichelte die Innenseiten ihrer Schenkel und küsste die harten Brustspitzen, die Andreas Erregung verrieten.

»Ich liebe dich.« Endlich drang er in sie ein, behutsam, langsam und zärtlich liebte er sie. Und erst als Andrea sich ihm entgegenbäumte, als sie ihn fest umschlang, wurden seine Bewegungen rascher.

Gemeinsam erreichten sie den Höhepunkt und lagen dann, heftig atmend, nebeneinander. Markus hatte seine Hand auf ihren noch flachen Bauch gelegt und murmelte: »Ich kann's immer noch nicht wirklich glauben, dass wir bald zu dritt sein werden.«

»Ich merk es schon.« Andrea verzog leicht den Mund. »Vor allem morgens, wenn mir übel ist.«

»Mein armer Liebling! Wenn ich könnte, würde ich das Kind kriegen.«

»Um Himmels willen! Männer und schwanger werden! Die Welt wäre ausgestorben.«

»Du hast ja keine Ahnung, was ich alles aushalten kann.« Er richtete sich halb auf und küsste sie verliebt. »Ich bin ein Held.«

»Das werden wir ja sehen, wenn du mit in den Kreißsaal kommst.« Andrea lachte.

55

Graue Wolken zogen rasch über den Himmel, verdunkelten die gesamte Bodenseeregion. Die Segelboote, die stets wie kleine helle Farbtupfer auf der graublauen Wasseroberfläche wirkten, wurden rarer, nur die Fähren und Ausflugsboote machten ihre fahrplanmäßigen Touren.

»Wenn morgen so ein Wetter ist, trete ich aus der Kirche aus«, murmelte Gertrud und sah zum Fenster hinaus.

»Es wird nicht schöner, nur weil du dem Herrgott drohst«, gab Johann zurück. »Aber reg dich nicht auf, es kommt schon kein Unwetter runter. Morgen kann Hochzeit gefeiert werden, ganz wie geplant.«

»Das sagst du!«

»Das sag ich – und mein Rheuma. Das sich nämlich nicht gemeldet hat bisher. Mir tut nichts weh, und das besagt, dass das Wetter gut wird.«

»Du könntest unseren Wohlstand mehren und zum Wetterdienst gehen«, meinte Gertrud, die sich von Johanns Prognosen nicht beruhigen ließ. »Die Wettervorhersage war so was von unpräzise …«

»Ist sie doch immer. Ich verlasse mich da lieber auf meine alten Knochen.«

»Hör auf damit! Hast du alles beisammen für morgen? Ruf den Mathias noch mal an, damit er nur ja pünktlich mit der Kutsche vorfährt.«

»Das wird er schon.« Johann setzte sich und öffnete eine Flasche Wein. »Nun gib endlich Ruh, Gertrud. Du stellst dich an, als wärst du die Brautmutter.«

»Ich bin auch so was Ähnliches! Schließlich hat die

Daniela keine Eltern mehr, und deshalb werde ich dafür sorgen, dass sie morgen früh alles hat, was sie braucht.«

Johann schüttelte den Kopf, sagte vorsichtshalber nichts mehr. Stattdessen gönnte er sich einen besonders guten alten Rotwein, von dem er nur noch wenige Flaschen im Keller hatte. Sollten die Frauen sich nur aufregen wegen der Hochzeit morgen – er hatte alles bestens organisiert und war sicher, dass es keine Panne geben würde.

Die Kirche war geschmückt, mit dem alten Pfarrer, den er seit Ewigkeiten kannte, hatte er gestern noch einen guten Bordeaux getrunken, und auch die Kutsche von Mathias, dem Besitzer einiger Haflinger, war bestellt. Alles andere war Weiberkram, fand Johann und lehnte sich entspannt zurück.

Er genoss den Roten, während Gertrud immer wieder nach dem Wetter schaute. Doch endlich, die Dunkelheit war bereits hereingebrochen, klarte es wieder auf.

Strahlend schön zog der nächste Tag herauf, und Johann meinte triumphierend: »Ich hab's doch gesagt.«

Bettina fuhr schon ganz früh hinunter zur Kirche, um letzte Hand an den Blumenschmuck zu legen. Am Altar standen zwei große Gestecke aus weißen Rosen und kleinen Sonnenblumen, dazwischen hatte sie helles Efeu und Farne gesteckt. An die Bänke hängte sie jetzt noch kleine Buketts aus Sonnenblumen und Efeuranken.

»Wunderschön haben Sie geschmückt, Frau Meiningen.« Der alte Pfarrer kam aus der Sakristei. »Dankeschön.«

»Gern.« Sie sah auf die Uhr. »Tut mir leid, aber ich muss jetzt los.«

Er nickte. »Ich hab noch Zeit für ein ausgiebiges Frühstück. Bis später.«

Als Bettina zurück zum Gut kam, war Andrea schon da. Sie half Daniela beim Anziehen des Brautkleids.

Ungeduldig trat Daniela von einem Fuß auf den anderen. »Ich hätte doch ein kurzes Kleid nehmen sollen«, jammerte sie. »Bestimmt trete ich mir auf den Saum. Und der Schleier hält auch nicht.«

Andrea nickte. »Das stimmt. Irgendwie hält das Ding einfach nicht.«

»Ich wollte ihn sowieso nicht. Aber Gertrud fand ihn so schön.« Daniela verdrehte die Augen. »Was sagst du, Bettina?«

Kritisch betrachtete Bettina sie. »Du hast recht, es passt einfach nicht zu dir. Wir machen was anderes. Ich hab noch ein paar Rosen, die steck ich dir ins Haar. Den Schleier lass hier.«

»Den kann Andrea ja nehmen.« Daniela sah die Freundin an und lachte. »Zu deinem blonden langen Haar ist der helle Tüll ideal. Und du bist sowieso viel romantischer als ich.«

»Was du nicht sagst!« Andrea schüttelte den Kopf. »Wenn's nach mir ginge, würden wir gar nicht heiraten. Das muss doch heutzutage nicht mehr sein, nur weil man schwanger ist.«

»Sei nicht so pseudoprogressiv«, rügte Bettina. »Natürlich wirst du heiraten. Aus Liebe, und nicht wegen des Babys.«

»Wir hätten eine Doppelhochzeit feiern sollen, hab ich ja gleich gesagt.« Daniela zog das schlichte Kleid aus weißer Rohseide glatt.

»Nichts da! Deine Hochzeit wird hier gefeiert, auf dem Gut. Andrea und Markus feiern im Hotel, das ist ja klar.«

»Und du übernimmst auch da die Organisation, denk ich mir«, warf Andrea ein.

»Ist doch logisch! Schließlich hab ich schon einschlägige Erfahrung.« Bettina war bester Laune. Sie fühlte sich wieder besser und freute sich auf den Tag, der wunderschön zu werden versprach. Geschickt befestigte sie drei Rosen und ein paar Myrtenzweige an einem dünnen Haarreif. »So, das sieht besser aus.«

»Super«, befand auch Andrea. »Das wird auch Jochen gefallen.«

Der Bräutigam stand bereits, begleitet von Chris, Tom und Richard, vor dem Standesamt. In seinen Augen leuchtete es auf, als er Daniela erblickte.

»Wunderschön«, flüsterte er ihr ins Ohr, als er sie zur Begrüßung küsste.

Die Zeremonie war kurz und bürokratisch, nur Gertrud zerdrückte eine kleine Träne, als Daniela leise ja sagte.

Eine knappe Stunde später, in der Kirche, waren die Emotionen stärker, vor allem in dem Moment, in dem der Chor das *Ave Maria* anstimmte.

Zärtlich drückte Markus Andreas Hand. »Ich liebe dich«, raunte er ihr zu, »und ich kann es kaum erwarten, mit dir vorm Altar zu stehen.«

Sie nickte nur. Ein dicker Kloß steckte in ihrer Kehle, und verstohlen zwinkerte sie ein paar Tränen fort. Gertrud schluchzte laut, was Johann mit der Bemerkung »Bist doch nicht wirklich Brautmutter« kommentierte. Er war wohl der Einzige, der total gelassen und entspannt war.

Die Rührung war vergessen, als das Brautpaar unter lautem Beifall die Kirche verließ. Die Arbeiter des Weinguts und ein paar Freunde von Jochen standen

Spalier, hielten lange Stöcke mit Weinreben und bunten Bändern in den Händen, durch die das Brautpaar hindurchgehen musste.

Erst als einer der Haflinger laut aufwieherte, bemerkten sie die blumengeschmückte Kutsche. Girlanden aus Sonnenblumen, Efeuranken und weißen Astern hatte Bettina geflochten, und auch die vier Haflinger waren mit Blumen am Geschirr geschmückt.

»Wie schön!« Daniela strahlte. »Das war mein heimlicher Traum. Danke euch allen!«

»Ich wusste gar nicht, dass du so romantisch bist, Engelchen.« Jochen küsste sie verliebt, bevor er ihr in die Kutsche half.

»Du weißt noch vieles nicht von mir.« Übermütig zwinkerte sie ihm zu.

»Kein Problem, ich hab ja ein ganzes Leben lang Zeit, all deine Geheimnisse zu ergründen. Wird sicher aufregend.«

»Das versprech ich dir.« Daniela lachte, richtete sich in der Kutsche auf und rief: »Alle Mädels aufgepasst! Ich werfe jetzt den Brautstrauß.« Ganz genau merkte sie sich, wo Andrea stand – und warf ihr das Bukett aus zartgelben Rosen zu.

Applaus brandete auf, und Markus legte fest den Arm um Andrea. »Jetzt ist es beschlossen«, meinte er, »du wirst die nächste Braut.«

»War das jetzt dein Antrag?«

Er lachte. »Wart's ab, der kommt später.«

Zunächst aber feierten sie Daniela und Jochens Hochzeit. Auf dem Gut war alles festlich geschmückt, Markus hatte, als Geschenk, ein üppiges Büfett liefern lassen, und eine Band spielte vom späten Nachmittag an bis zum Abend.

»So ein tolles Fest kann man nicht mehr toppen«, sagte Andrea, als sie in der Nacht mit einem Taxi nach Hause fuhren. Sie war müde und lehnte den Kopf an Markus' Schulter. »Es war einfach herrlich! Und Daniela eine wirklich süße Braut. Sie hat so gestrahlt, als Jochen ihr verriet, dass die Hochzeitsreise nicht ins Appenzeller Land, wie geplant, sondern nach Venedig gehen würde.«

»Sie ist tief im Innern eben doch eine Romantikerin. So wie du.« Er küsste sie zärtlich auf die Stirn. »Sicher haben die beiden auch eine tolle Hochzeitsnacht. Aber damit konkurriere ich sofort.«

»Na, dann lass ich mich überraschen.«